WIE EIN FLÜSTERN IN DER NACHT

WIE EIN FLÜSTERN IN DER NACHT

NORWEGEN-THRILLER

DANIELA ARNOLD

FÜR MEINE TREUEN LESER

© 2020 Daniela Arnold, 86179 Augsburg

https://www.daniela-arnold.com

autorin@daniela-arnold.com

Covergestaltung: © ZERO Werbeagentur GmbH, München

Covermotiv: © FinePic / shutterstock.com

Lektorat/Korrektur: https://www.sks-heinen.de

Buchsatz: https://selfpublishingberatung.de

ISBN des Taschenbuchs: 9798695746754

ASIN des E-Books: B08L12H8P1

Imprint: Independently published

Das Werk einschließlich aller Inhalte ist urheberrechtlich geschützt.

Alle Rechte vorbehalten. Nachdruck oder Reproduktion (auch auszugsweise) in irgendeiner Form (Druck, Fotokopie oder anderes Verfahren) sowie die Einspeicherung, Verarbeitung, Vervielfältigung und Verbreitung mithilfe elektronischer Systeme jeglicher Art, gesamt oder auszugsweise, ist ohne ausdrückliche schriftliche Genehmigung des Urhebers untersagt. Alle Übersetzungsrechte vorbehalten.

Trotz sorgfältigem Lektorat können sich Fehler einschleichen. Die Autorin ist deshalb dankbar für diesbezügliche Hinweise.

Jegliche Haftung ist ausgeschlossen, alle Rechte bleiben vorbehalten.

Dies ist ein fiktives Werk. Ähnlichkeiten mit lebenden oder verstorbenen Personen sind nicht beabsichtigt und rein zufällig.

PROLOG
DAMALS

Liebes Tagebuch, schreibt man das so? Ich hab keine Ahnung ehrlich gesagt, doch meine Therapeutin meint, dass es hilfreich sein könnte, dich so zu behandeln, als seist du eine reale Person, der ich mein Innerstes offenbare. Es könne hilfreich sein, meinte sie, schmerzlindernd und den Grundstein für meine spätere Heilung legen. Sie meint, ich solle es doch einfach mal versuchen und dieses Experiment als Teil der Therapie sehen. Als Neuanfang sozusagen.

Doch im Grunde weiß ich nicht einmal, ob ein Neuanfang wirklich das ist, was ich am dringendsten brauche.

Die Leute sagen immer, dass man irgendwann selbst über das schlimmste Trauma hinwegkommt und die Zeit alle Wunden heilt. Was für eine hanebüchene Scheiße!

Dieser dämliche Spruch muss definitiv von jemandem stammen, der noch nie in seinem Leben etwas oder schlimmer noch jemanden für immer verloren hat.

Ich persönlich finde ja, dass vor allem das Gefühl der inneren Leere nach einem Verlust und diese tiefe Lücke, die er in uns hinterlässt, welche sich durch einen dunklen und *reißenden Schmerz in der Brust und im Leib bemerkbar macht, einen immer weiter auffrisst und das Weiterleben nahezu erträglich macht.*

Leider musste ich am eigenen Leib erfahren, dass das noch lange nicht alles ist.

Bei Weitem nicht.

Mein Verlust hat mir nicht nur das Herz aus der Brust gerissen, sondern mich innerlich vollkommen zerstört, ja, mich beinahe entzweigerissen. Es ist, als gäbe es mich seither zweimal. Den Teil meiner Selbst, an den ich mich kaum noch erinnern kann, weil meine damalige Sorglosigkeit, welche fast schon an Naivität grenzte, und mein glückliches, beinahe schon selbstgefälliges Leben sich nur noch wie ein Traum anfühlen, der in immer weitere Ferne rückt. Bis irgendwann gar nichts mehr davon übrig ist, vielleicht noch nicht einmal eine vage Erinnerung.

Und dann mein heutiges Ich, das man im Grunde nicht einmal als echte Persönlichkeit bezeichnen kann, weil es so zerbrechlich ist, dass selbst der kleinste Widerstand, ja sogar ein Lufthauch, es jederzeit zu Staub zerfallen lassen könnte. Es ist, als bestünde ich lediglich aus einer organischen Hülle aus Haut, Haaren und Knochen, gefüllt mit Organen und Blut. Ansonsten aber leer und emotionslos, darauf wartend, dass irgendwann jemand kommt, der mir endlich wieder Leben einhaucht.

Die Frage ist nur, ob es das überhaupt wert wäre.

Will ich nach allem, was geschehen ist, wirklich weiterleben?

Ich schließe die Augen, blende die Geräusche, welche von draußen zu mir hereindringen, aus, ignoriere deren Verursacher – Besucher, die ihre Angehörigen besuchen. Diese Menschen erinnern mich schmerzhaft daran, dass auch ich früher einmal wie sie war. Optimistisch und voller Hoffnung. Fröhlich, vielleicht sogar glücklich.

Früher ... bevor alles den Bach hinunterging.

Plötzlich überkommt der Zorn mich wie eine Tsunamiwelle.

Ich schließe die Augen, lasse den Stift fallen, der sich plötzlich heiß und brennend in meiner Hand anfühlt, und fege das Tagebuch mit einer einzigen Bewegung von Tisch, schnappe nach Luft.

Früher ... als ich jemand war, der gerne gelacht hat und nicht nur wusste, wie man Glück buchstabiert, sondern es gelebt hat, weil er geliebt wurde, ein Zuhause hatte.

Ich reiße die Augen auf, sehe mich um.

Mich schaudert beim Anblick des kargen Zimmers, in dem nichts weiter steht als ein viel zu schmales Bett, ein alter wackeliger Schrank und ein fahrbares Nachtkästchen.

Wie hübsch mein Zimmer früher war ... Doch genau wie an mein altes Leben erinnere ich mich auch daran nur noch verschwommen. Ich weiß noch, dass ich Unmengen an Büchern besaß, die kaum in die Regale passten, viel zu viele Stofftiere, mit denen meine Mutter mich als Kleinkind geradezu überhäuft hat.

Mein Zimmer strahlte aus, was ich war – ein behütetes Kind, das in einem liebevollen Zuhause aufwachsen dufte. Im Kreise einer wunderbaren Familie.

Ich spüre, wie mir die Tränen in die Augen schießen, die Enge im Hals mir die Luftzufuhr abschnürt.

Das passiert immer dann, wenn ich es zulasse, dass die Erinnerungen mich einholen. Die Erinnerungen an jenen Tag, an dem alles zerbrach, woran ich jemals glaubte.

All das Blut ...

Mein Herz rast, als vor meinem inneren Auge ein Bild entsteht.

Doch so sehr ich auch versuche, dagegen anzukämpfen, es gewinnt weiter an Kontur, bis ich es kurz darauf wieder so deutlich vor mir sehen kann, dass all meine Sinne darauf reagieren.

Und schließlich kann ich es auch riechen. Den kupferartigen Gestank des Blutes in der Luft, der sich durch jedes Zimmer meines damaligen Zuhauses fraß, sodass er auch Tage danach noch allgegenwärtig war.

Der Geruch von Angst und Verzweiflung, den die beiden mir wichtigsten Menschen innerhalb der letzten Momente ihres Lebens ausgedünstet haben.

Ich schlucke gegen die Hilflosigkeit an, als ich meine Mutter wieder vor mir auf dem Boden liegen sehe. Ihren Kopf, der etwas von einer zerschmetterten Wassermelone hatte, aus der das rote Fruchtfleisch quoll.

Da war so viel Blut.

Unfassbar viel Blut.

Und mein Vater ... Er hat inmitten von all dem Grauen gesessen und mich einfach nur angestarrt.

»Ich konnte ihr dauerndes selbstmitleidiges Gelalle und Gejammer einfach nicht mehr ertragen«, hat er gestammelt und währenddessen vollkommen emotionslos, beinahe schon angewidert auf ihren leblosen Körper geglotzt.

»Was hast du getan? Und wieso?« Ich weiß noch, wie erbärmlich mir meine Fragen angesichts dieser unvorstellbaren Situation vorgekommen sind, dennoch war der Drang, sie zu stellen, einfach überwältigend gewesen.

»Sie hat es verdient«, murmelte mein Vater daraufhin wieder und wieder, seinen Blick auf mich, aber dennoch ins Nichts gerichtet.

Ich stürzte auf meine Mutter zu, schüttelte sie laut schreiend, flehte sie an, wieder aufzustehen, obwohl mir natürlich längst klar war, dass sie sich niemals wieder vom Boden erheben, geschweige denn mich in ihre Arme nehmen würde.

Ich muss so schockiert gewesen sein, dass ich nicht einmal wahrnahm, wie mein Vater neben mir seine Waffe zur Hand nahm, sie entsicherte, den Lauf gegen sein Kinn presste und sich das Gehirn wegpustete. Noch heute kann ich das leichte Stechen seiner Knochensplitter auf meiner Haut spüren, den feinen Blutnebel überall auf meinem Gesicht und in meinen Haaren, die glibberige Masse überall auf meinem Körper, die sich später als Überreste seines Gehirns herausstellten.

Übelkeit überkommt mich. Schnell rubbele ich mir mit beiden Händen heftig übers Gesicht, doch dann wird mir klar, dass es nicht echt ist.

Diesmal nicht.

Erleichtert atme ich aus, stoße ein befreiendes Keuchen aus.

Oder war es doch ein Schrei?

Die Tür geht auf und eine der Schwestern kommt herein, mustert mich mit besorgtem Blick.

»Was ist hier los?«

Sie beobachtet mich, wie ich beinahe ungläubig von ihrem Gesicht auf meine Handflächen starre, mich darin verliere. »Ich geh den Doktor holen«, erklärt sie nach kurzem Zögern und verschwindet, lässt aber die Tür zu meinem Zimmer geöffnet, als wolle sie sicherstellen, mitzubekommen, falls ich doch irgendwelchen Blödsinn anstelle.

Da ist kein Blut. Da sind auch keine Knochensplitter, keine Glibbermasse, beruhige ich mich wieder und wieder. Kann nicht verhindern, dass mir einerseits die Tränen übers Gesicht laufen, ich andererseits aber ein irres Kichern ausstoße, bevor ich erneut meine Hände anstarre, die plötzlich nicht nur höllisch wehtun, sondern zudem dunkelrot aussehen, fast schwarz.

Blut ... geht es mir durch den Kopf.

Das IST Blut!

Mein Atem geht schneller und immer schneller, ein Schrei ertönt.

Und noch ehe ich begreife, dass ich selbst dieses animalische Geräusch von mir gegeben habe, bricht um mich herum das Chaos aus. Hände über und unter mir, dann ein stechender Schmerz, der endlich die ersehnte Dunkelheit mit sich bringt.

Wenn Sterben sich auch derartig erleichternd und friedlich anfühlt – kommt es mir vor dem Wegdriften noch in den Sinn –, dann wäre es doch am besten, einfach nicht mehr wach zu werden.

Niemals wieder ...

1

BODØ 2010

»Sag mal, gehst du mir aus dem Weg?«
Gillis wirbelte herum, sah seine Kollegin an. »Wie kommst du darauf? Ich hab es einfach nur eilig.«

Katna senkte den Blick, dann sah sie wieder auf, musterte ihn scharf. »Ich versuche seit zwei Tagen, dich anzurufen, schreibe dir eine Nachricht nach der anderen, doch du ignorierst mich nach Kräften. Was zur Hölle soll das?«

Gillis seufzte, setzte zur Erklärung an, unterließ es dann aber, zu antworten.

Nach einem weiteren Augenblick des Zögerns schluckte er, sah Katna an. »Im Moment ist alles ein wenig viel für mich. Ich brauche ein bisschen Zeit, dann klären wir alles, versprochen.«

Katna zog die Augenbrauen empor, schnaubte verächtlich. »Dann klären wir alles? Was denkst du, wer ich bin? Eine deiner Kunden oder was?« Sie stieß einen Grunzton aus, sah ihn zornig an. »Rede nicht mit mir, als sei ich gehirnamputiert, okay?«

Gillis spürte, wie ihm der Schweiß ausbrach, und

schluckte. Schließlich ließ er hilflos den Kopf sinken, suchte nach den richtigen Worten. »Der Grund, weshalb ich dir aus dem Weg gehe ... das mit uns ... muss aufhören, verstehst du? Ich kann das einfach nicht mehr machen.«

Er spürte Katnas Blick auf sich, sah auf. Sie wirkte nach außen hin ruhig und besonnen, doch innerlich, das spürte er, war sie fuchsteufelswild. Das Blöde an der Sache war nur, dass er sie verstand. Er konnte nachvollziehen, wie sie sich jetzt fühlte, wie sie sich seit Tagen fühlen musste, doch er konnte es eben nicht ändern, besser gesagt wollte er es nicht, selbst wenn er sich dadurch zum größten auf Erden wandelnden Arschloch degradierte.

»Ich muss an Yrla denken und an das Baby. Das haben sie nicht verdient, beide nicht.«

Katna sah ihn verblüfft an. »Und das fällt dir jetzt ein? Nachdem du mich fast zwei Jahre lang gevögelt hast?«

Er wollte sie unterbrechen, sich erklären, doch Katna hob die Hand, ließ ihn gar nicht erst zu Wort kommen. »Du hast mir gesagt, dass eure Ehe so gut wie am Ende ist, als das zwischen uns begann. Und dass du nicht weißt, ob du bereit bist, dich auf etwas Festes nebenher einzulassen. Du warst ehrlich zu mir und das war in Ordnung für mich. Doch dann wurde deine Frau schwanger – lassen wir es dahingestellt sein, ob sie dich gelinkt hat oder nicht –, trotzdem hab ich dir gesagt, dass du genau überlegen sollst, ob du weitermachen willst, und das wolltest du. Du hast mich sogar gebumst, als deine Frau in der Klinik gelegen hat, und jetzt kommst du drauf, dass alles falsch war?«

Gillis schüttelte den Kopf, schnappte nach Luft. »Das ist es nicht.« Er brach ab, wusste nicht, was er sagen oder tun konnte, ohne sich noch mehr der Lächerlichkeit auszusetzen.

Egal, dachte er schließlich, stieß die Luft aus. »Ich glaube, Yrla ahnt etwas. Vielleicht weiß sie es ja sogar. Und dann ist da noch das Baby. Meine Frau ... ich glaube, sie braucht mich jetzt.«

Katna nickte, funkelte ihn an. »Du dachtest dir also, dass du den Spieß jetzt umdrehst, mich zur Idiotin machst, nachdem du jahrelang sie belogen und betrogen hast?«

Er hob beschwichtigend die Hände. »Ich will niemanden zur Idiotin machen, ganz im Gegenteil. Ich will endlich das Richtige tun und meiner Ehe eine zweite Chance geben. Und das bedeutet nun mal, dass ich eine Entscheidung treffen muss.« Er hielt inne, fixierte Katna mit seinem Blick. »Und die treffe ich gerade in diesem Augenblick. Ich entscheide mich dafür, meine Frau nicht länger zu hintergehen. Und wenn das bedeutet, dass ich dich verletzen muss, dann ist das eben so.«

Er hob hilflos die Schultern, wich Katnas stahlhartem Blick aus.

Ihm war klar, dass ihre bisherige Zusammenarbeit innerhalb der Firma unter den heutigen Ereignissen leiden würde, doch darum konnte er sich auch später noch kümmern. Die Firma gehörte ihm, Katna war mehr oder weniger eine später dazu gekommene Teilhaberin, die er nötigenfalls eben ausbezahlen würde, um diese Sache ein für alle Mal beenden zu können. Doch jetzt ...

Er sah auf seine Armbanduhr, sog die Luft scharf ein. Er musste nach Hause und Yrla ablösen, die heute Abend eine Verabredung hatte. Seit der Kleine auf der Welt war, drehte Yrlas Alltag sich nur noch um das Kind, sie selbst hatte kaum noch Zeit für sich. Das und der Schlafmangel mussten die Hauptgründe sein, weshalb sie neulich zusammengebrochen und seither ein Nervenbündel war.

Mit anzusehen, wie seine starke Frau, die vor der Geburt eine gefeierte Konzertpianistin gewesen war, plötzlich am Rande des Wahnsinns dahinwandelte, hatte ihn schwer getroffen. Er hatte erkannt, dass Yrla ihm doch noch etwas bedeutete. Er sie nicht nur als die Mutter seines Sohnes sah, sondern auch als Ehefrau, die er nicht verlieren wollte. Sie so verletzlich und schwach zu sehen, so abgekämpft und hilflos, hatte etwas in ihm berührt und zu neuem Leben erweckt.

Nächtelang hatte er wach gelegen und überlegt, was er tun konnte. Ihr beichten, dass er eine Affäre hatte und diese beenden würde, um mit ihr zusammen an einem Neuanfang zu arbeiten? Doch dann war ihm klar geworden, dass das unfair wäre. Yrla ging es sowieso nicht gut im Moment, sie mit seinem Geständnis zu belasten, nur damit er künftig ein leichtes Gewissen hatte, erschien ihm falsch. Stattdessen hatte er beschlossen, Katna in einem ruhigen Moment beiseitezunehmen und ihr so nett und einfühlsam wie möglich beizubringen, dass es vorbei war. Nur deswegen war er nicht auf ihre Nachrichten zu einem Treffen in »ihrem Hotel« eingegangen, war ihr eine Antwort schuldig geblieben, hatte sie und ihre Anrufe ignoriert.

Hinzu kam, dass sein Sohn, dieses süße Baby eine Seite an ihm wachgekitzelt hatte, von der er geglaubt hatte, dass sie nicht existierte. Doch dann war alles anders gekommen. Der erste Blick in die Augen seines Kindes und alles war vergessen. All die stummen Vorwürfe, die er Yrla während der Schwangerschaft gemacht hatte – weggeblasen. Wen interessierte es jetzt noch, ob sie heimlich die Pille abgesetzt hatte, nur um ihn dazu zu bewegen, bei ihr zu bleiben.

Dass diese Ehe nicht mehr funktioniert hatte, war nicht nur Yrlas Schuld. Sicher, sie war es gewesen, der ihre Karriere stets wichtiger als alles andere gewesen war, doch auch ihre Ansicht hatte sich mit der hormonellen Umstellung in der Schwangerschaft verändert. Sie hatte alle Termine abgesagt, um das ungeborene Baby durch den Stress nicht zu gefährden, hatte sich einen Plan B für nach der Entbindung zurechtgelegt, einen Plan B, in dem auch er eine Rolle spielte. Wie lange hatte er sich gewünscht, im Leben seiner berühmten Frau nicht nur eine kleine Nebenrolle zu spielen? Und jetzt, da sie selbst es war, die erkannt hatte, wo ihre Prioritäten die ganze Zeit schon hätten liegen sollen, wollte er ihr wenigstens die Möglichkeit geben, es wiedergutzumachen.

Er sah Katna an, die ungeduldig mit dem Fuß wippte und aussah, als wolle sie ihm am liebsten an die Gurgel springen.

»Es tut mir wirklich leid«, stieß er aus und räusperte sich. »Lass uns nach dem Wochenende noch mal über alles reden, dann finden wir eine Lösung, mit der wir beide leben können.«

Ohne auf ihre Antwort zu warten, drehte er sich um und ging davon.

Als er eine knappe halbe Stunde später die Einfahrt zu seinem Haus hinauffuhr, spürte er ein nervöses Ziehen in der Magengegend.

Was, wenn Katna bei Yrla angerufen hatte?

Er stellte den Wagen ab, lehnte sich in seinem Sitz zurück.

Traute er ihr etwas derart Hinterlistiges zu?

Übelkeit stieg in ihm auf, als ihm klar wurde, dass Katna definitiv dazu fähig wäre.

Sie hatte so wütend ausgesehen.

Und er wusste, dass sie als knallharte Geschäftsfrau galt. Jemand wie sie ließ sich von niemanden untergraben oder verarschen, das war einer der Gründe gewesen, weshalb er sie überhaupt erst zu seiner Partnerin gemacht hatte. Wenn Katna spielte, dann, um zu gewinnen. Sie war niemand, der kampflos aufgab, die Zügel einfach losließ.

Er seufzte, stieg aus.

Auf dem Weg zur Haustür wurde ihm mulmig. Doch dann sagte er sich, dass es letztendlich egal war, ob sie Yrla angerufen hatte. Er war bereit, seiner Ehe eine zweite Chance zu geben, und er hoffte, dass seine Frau das genauso sah.

Er schloss auf und trat in den Gang, seufzte erleichtert auf, als er den würzigen Duft nach italienischen Kräutern wahrnahm, der in der Luft lag und davon zeugte, dass Yrla in der Küche stand und das Abendessen vorbereitete. Wenn sie kochte, dann bedeutete das doch, dass es ihr besser ging oder nicht?

Er zögerte noch einen Augenblick, dann stellte er seine Tasche ab. Auf dem Weg in die Küche schwirrten seine Gedanken weiter um Katna, doch als er die Tür zur Küche aufstieß und seine Frau tatsächlich am Herd stehen sah, schob er alle Bedenken beiseite. Katna konnte nicht angerufen haben, denn dann würde Yrla wohl kaum ihre berühmten Spaghetti für ihn kochen. Er ging zu ihr, umschloss ihre Mitte mit beiden Armen, küsste sie sanft in den Nacken.

Ihm fiel auf, dass sie sich bei seiner Umarmung versteifte, doch er schob diese Reaktion darauf, dass es in der letzten Zeit nicht besonders gut zwischen ihnen gelaufen war.

»Ich liebe dich«, murmelte er in ihr langes blondes Haar. »Tut mir leid, dass ich dir das so lange nicht mehr gesagt habe.«

Er wartete, bis sie sich zu ihm umdrehte, forschte in ihrem Gesicht nach einer Gefühlsregung.

Sie sah definitiv nicht wütend aus. Und auch nicht verletzt.

Vielmehr wirkte sie traurig, abgekämpft und ein klein wenig ... ängstlich.

»Was ist los?«, fragte er und legte den Kopf schief. »Hat der Kleine dich auf Trab gehalten? Wo ist er überhaupt?«

Sie schüttelte den Kopf, sah ihn stumm an. Schließlich holte sie tief Luft, räusperte sich. »Ich hab Leo zu meiner Mutter gebracht, weil ich einfach mal wieder etwas Zeit für mich brauchte ... und wir für uns.« Sie sah ihn an, schluckte. »Meine Verabredung heute Abend mit den Mädels hab ich auch abgesagt, stattdessen dachte ich, wir könnten uns mal zusammensetzen und überlegen, wie es weitergehen soll.« Sie brach ab, sah ihn an.

Plötzlich fühlte Gillis Verunsicherung in sich aufsteigen. War das, was er in ihren Augen zu erkennen glaubte, eine stumme Frage?

Wusste sie doch etwas und wollte, dass er von selbst damit herausrückte?

Oder redete er sich das nur ein, weil sein Gewissen an ihm zerrte?

Er nickte. »Klingt gut.« Er nahm ihre Hand, drückte sie sanft. »Ich weiß, dass es in letzter Zeit nicht gut lief. Und mir ist klar, dass die Schuld daran an uns beiden liegt.« Er hielt inne, wartete, ob sie etwas dazu zu sagen hatte, doch Yrla schwieg. Schließlich hielt er es nicht mehr aus, räusperte sich. »Wir beide haben Fehler gemacht, aber bitte glaube mir, wenn ich dir sage, dass du und Leo, ihr beide, mir alles bedeutet und ich keinen von euch beiden jemals verlieren will.«

Wieder wartete er auf eine Reaktion seitens seiner Frau, doch außer einem leichten Zusammenzucken kam nichts von ihr.

Er runzelte die Stirn, schob sie eine Armeslänge von sich weg, musterte sie besorgt. »Ist etwas passiert? Du wirkst so ... anders.«

Sie senkte den Blick, schüttelte stumm den Kopf. Schließlich sah sie ihn an, straffte die Schultern. »Ich bin nur vollkommen fertig, verstehst du? Die letzten Monate waren anstrengend. Hinzu kommt, dass mir sehr wohl bewusst ist, wie nahe wir beide am Abgrund entlangschrammen. Immer noch. Unsere Ehe steht auf der Kippe und ich ... ich hab einfach Angst.«

Er nickte, verzog das Gesicht. »Liebst du mich noch?«

»Das hab ich immer.«

Er sagte nichts, sah sie einfach nur an.

»Ich weiß, dass ich dir das oft nicht gezeigt habe, doch es ist die Wahrheit. Ich liebe dich und Leo ... Seit wir ihn haben, ist mir erst richtig bewusst geworden, wie viele Fehler ich selbst in der Vergangenheit gemacht habe. Und die muss ich irgendwie geradebiegen, das verstehst du doch oder?«

Gillis nahm ihre Hände in die seinen, zog sie an sich. »Wir schaffen das, okay?«

Sie nickte, wirkte aber bei Weitem nicht überzeugt.

»Wir haben einfach nur eine Zeit lang das UNS aus den Augen verloren – aber das ist nichts, das wir nicht wieder in den Griff bekommen können, hörst du?«

Sie löste sich von ihm, versuchte sich an einem schwachen Lächeln. »Lass uns erst mal essen, dann sehen wir weiter.«

Während er sich an den gedeckten Tisch setzte, drehte sie sich zum Herd, sah in einen der Töpfe. Er bemerkte, dass sie seltsam steif wirkte, irgendwie roboterhaft, fast so, als müsse sie sich zu etwas überwinden, das sie gar nicht tun wollte. Schließlich ging ein Ruck durch ihren Körper. Sie drehte sich zu ihm um, lächelte. »Essen ist gleich fertig.«

Er zuckte zusammen, als er den plötzlich eisig monotonen Klang ihrer Stimme in sich nachhallen ließ.

Sie weiß es, flüsterte eine Stimme in seinem Kopf.

Kurz war er geneigt, in sein Büro nach nebenan zu verschwinden und Katna anzurufen, sie zur Rede zu stellen. Er musste einfach wissen, ob sie Yrla angerufen hatte oder nicht. Doch dann sagte er sich, dass das auch bis nach dem Essen warten konnte. Er wollte Yrla nicht noch misstrauischer machen, als sie es eh schon war. Deswegen lehnte er sich auf seinem Stuhl zurück, fummelte sein Handy aus der Hosentasche, warf einen Blick auf seine Nachrichtenbox. Er zuckte zusammen, als Yrla plötzlich ganz dicht neben ihm stand, ihn mit undefinierbarem Gesichtsausdruck von oben herab anstarrte. Er wollte gerade den Mund öffnen und sie fragen, was zur Hölle in ihr vorging, als ihr Arm blitzschnell in die Höhe und im Bruchteil einer Sekunde auf ihn hernieder schoss.

Ein furchtbarer Schmerz durchzuckte ihn.

Vollkommen schockiert sah er seine Frau an, wusste für den Bruchteil einer Sekunde nicht, wie ihm geschah, doch dann hob sie erneut den Arm und er registrierte das Messer in ihrer Hand.

Glänzender Stahl, rasiermesserscharf.

Das japanische Fleischmesser, das er erst neulich im Internet bestellt hatte.

Er riss den Mund auf, um zu schreien, doch der zweite Hieb traf ihn so hart am Brustkorb, dass ihm die Stimme versagte.

Er hob den Arm zum Schutz vor weiteren Hieben, doch es war, als sei ihm jegliche Kraft aus den Gliedern gewichen. Schließlich spürte er es. Warmes, klebriges Blut, das aus der ersten Wunde zwischen Hals und Schulter schoss und bis auf den Tisch spritzte. Ungläubig sah er an sich hinab, bemerkte, dass auch die Wunde in seiner Brust heftig blutete.

Er schluckte, schmeckte etwas Metallisches in seinem Mund, hörte seine Lunge rasseln.

Wieder ein Hieb, in den Rücken diesmal.

Du musst aufstehen, meldete sich die Stimme in seinem Kopf zurück. *Weg hier, sofort! Hol doch um Himmels willen Hilfe. Kämpfe!*

Doch so sehr er es sich auch gewünscht hätte, er hatte einfach nicht die Kraft, vom Tisch aufzustehen und sich gegen Yrla zur Wehr zu setzen. Zu groß waren der Schock und die Fassungslosigkeit, dass die Frau, die er liebte, die Mutter seines Kindes, zu so etwas Furchtbarem fähig war. Tatenlos ließ er weitere Hiebe über sich ergehen, bis sie endlich von ihm abließ und sich ihm gegenüber an den Tisch setzte.

»Ruf … den Notarzt … bitte«, stieß er aus, doch seine Frau schüttelte nur stumm den Kopf.

Ungläubig blickte er an sich hinab, so als wäre er eben aus einem Albtraum erwacht und müsste sich vergewissern, dass es ihm gut ginge, er alles nur geträumt hatte. Nur, dass das hier eben kein Traum war und es ihm alles andere als gut ging. Er sah das Blut, spürte, wie seine

Atmung mehr und mehr versagte, und begriff doch nicht, was mit ihm passierte. Dass er dabei war, für immer abzutreten, weil seine Frau es so entschieden hatte.

»Warum?«, brachte er endlich hervor, sah Yrla mit verschwommenem Blick an.

Er konnte sich zwar weder bewegen und auch kaum mehr atmen, doch ansonsten war er vollkommen klar.

Er beobachtete seine Frau, wie sie seelenruhig das Messer vor sich auf den Tisch legte, ihn dabei nicht aus den Augen ließ.

»Ich weiß es«, sagte sie schließlich und Gillis bemerkte, wie brüchig ihre Stimme klang.

Er starrte sie an, schüttelte verständnislos den Kopf.

»Das mit Katna und dir – wie lange geht das schon so?«

»Es ist … vorbei«, stieß er aus, wohl wissend, dass er durch jedes weitere Wort seine letzten Kraftreserven aufbrauchte, wertvolle Atemluft vergeudete.

Sie sah ihn an, legte den Kopf schief.

»Seit zwei Jahren«, schob er schließlich hinterher. »Und mir tut das alles wirklich leid. Was ich vorhin gesagt habe … ich meinte jedes Wort davon vollkommen ernst.«

Er sackte in sich zusammen, spürte, wie mehr und mehr das Leben aus ihm wich.

Sie nickte, senkte den Blick. »Das weiß ich doch«, murmelte sie sanft und seufzte. Als sie wieder aufsah, wirkte ihr Gesichtsausdruck unendlich traurig. »Aber das hier …«, sie deutete mit dem Kopf auf seinen mehr und mehr in sich zusammensackenden Körper, »das hat damit nichts zu tun. Es ist nur so …« Sie brach ab, schien nach den richtigen Worten zu suchen. »Du hast es mir dadurch so viel leichter gemacht«, erklärte sie schließlich und verzog schmerzerfüllt das Gesicht. Sie sah ihn an, holte tief Luft. »Es dauert jetzt nicht mehr lange«, sagte sie leise. Dann stand sie auf und kam um den Tisch herum, beugte sich zu ihm hinab. Sie drückte ihm einen letzten Kuss auf den Mund. »Ich habe dich so sehr geliebt«, sagte sie mit erstickter Stimme und lächelte ihn mit Tränen in den Augen an. »Doch manchmal ist das eben einfach nicht genug.«

2

OSLO 2019

»Hast du schon gepackt?«, fragte Norja und sah Fynn abwartend an. Der Junge schüttelte den Kopf, strich sich durch die schwarz gefärbten Haare, verzog das Gesicht. »Hab Besseres zu tun. Die paar Klamotten kann ich auch morgen früh schnell packen.« Er musterte Norja missbilligend, drehte sich auf dem Absatz um und verschwand in seinem Zimmer. Seufzend setzte Norja sich auf einen der Stühle am Küchentresen, nippte an ihrem längst kalt gewordenen Kaffee. Sie selbst hatte ihre Tasche schon vor zwei Tagen angefangen zu packen, weil sie sich wie verrückt auf die paar Tage in der Natur, abgeschieden vom Rest der Welt, freute.

Sie brauchte ganz dringend eine Luftveränderung, frischen Wind, um ihren Geist aufzuschütteln, damit sie nach den Feiertagen wieder erholt durchstarten konnte.

Erst gestern hatte ihr Verleger angerufen und sich erkundigt, wie weit sie bei ihrem neuen Buchprojekt mittlerweile war. Und Norja hatte nicht anders gekonnt, als ihm die Wahrheit zu sagen. Sie hatte nichts. Kein einziges Wort, nicht einmal eine Idee. Ihr Kopf war leer gefegt.

Schreibblockade nannte man das in ihren Kreisen. Und bis vor Kurzem hatte Norja das für einen Mythos gehalten, den Autoren benutzten, wenn sie in Wahrheit keine Lust hatten, sich auf ihren Hintern zu setzen und einfach drauflos zu schreiben.

Jetzt wusste sie, dass es sich dabei um keine Ausrede handelte.

Sie hatte Lust zu arbeiten, ja, brannte nahezu darauf, ihre Finger über die Tastatur fliegen zu lassen und sich in eine neue Geschichte zu stürzen.

Mit ihrem Vorgänger, einem Fantasyroman für junge Leser, hatte sie einen bombastischen Erfolg gelandet und galt seither als neuer Stern am Himmel der Kinder- und Jugendbuch-Autoren. Doch tragischerweise war es genau dieser Erfolg, der sie jetzt blockierte.

»Helikon – Die Schattenträumerin« – so hieß ihr Bestseller – hatte sich weltweit über zwei Millionen Mal verkauft und jeder, einschließlich ihr Verlag, rechnete nun mit einem würdigen Nachfolger.

Die Frage, die Norja sich seither täglich stellte, war nun, ob der Schlüssel zu diesem Erfolg tatsächlich ihr Talent war oder ob sie einfach nur Glück gehabt hatte. Sie selbst hatte keine Ahnung, obwohl die Kritiken, die sie für ihr Buch erhalten hatte, bis auf wenige Ausnahmen wirklich gut waren.

Doch was, wenn es mit all dem nun vorbei war?

Vielleicht hatte sie ja nur diese eine wahnsinnig gute Idee gehabt und alles, was jetzt folgte, war Schrott?

Was, wenn sie ihre Leser enttäuschte? Und dazu den ganzen Rattenschwanz, der an jedem Projekt beteiligt war?

Wenn du nicht einmal anfängst, wirst du nie erfahren, was wäre, wenn ..., mahnte die Stimme in ihrem Kopf.

Sie räusperte sich.

Genau dieses Dilemma war der Grund, weshalb sie Drue überredet hatte, dieses Jahr Weihnachten mal etwas ganz anderes zu machen.

Sie brauchte dringend etwas Abstand zu allem hier, um ihren Gedanken wirklich freien Lauf lassen zu können. Sie brauchte neue Bilder vor Augen, neue Farben, neue Impulse.

Ihr Anwesen hier in Oslo, in dem sie ihr tägliches Leben als Mutter, Lebensgefährtin und angehende Stiefmutter fristete, gab all das nicht her. In diesem Haus gab es keine Überraschungen. Ihr Alltag als Mutter vereinnahmte sie gänzlich, sodass für etwas anderes fast kein Raum war.

Außerdem musste Norja zugeben, dass sie noch immer vollkommen frustriert war, wenn sie an das letzte Weihnachtsfest zurückdachte.

Drue und sie hatten die Feiertage getrennt voneinander verbracht, denn er musste mit seinem Sohn zu dessen Großeltern mütterlicherseits, damit diese ihren Enkel auch endlich mal wieder zu Gesicht bekamen, während sie selbst mit Taimi bei ihrer Mutter gewesen war.

Eigentlich ging das so, seit Drue und sie ein Paar waren, doch wenn Norja ehrlich war, hatte sie immer gehofft, dass damit irgendwann Schluss wäre.

Andererseits verstand sie natürlich die Beweggründe ihres Lebensgefährten und wollte ihm nicht im Weg stehen oder ihm irgendwelche Vorschriften machen. Es reichte schon, dass sie in Fynns Augen das Biest war, das die Ehe seiner Eltern, vielleicht sogar das Leben seiner

Mutter auf dem Gewissen hatte, da musste sie nicht auch noch an ihrem Image als zickige Lebensgefährtin arbeiten.

Vor der Beziehung mit ihr war Drue lange verheiratet gewesen. Pea, seine Frau, und er hatten Fynn bekommen, waren lange glücklich miteinander gewesen. Doch dann war Pea krank geworden – manische Depressionen, wie sie von Drue wusste – und alles war zu Bruch gegangen.

Als Drue realisiert hatte, dass akute Suizidgefahr bestand und selbst Fynn in Gegenwart seiner Mutter nicht sicher sein konnte, hatte er sie schweren Herzens in die Psychiatrie einweisen lassen müssen.

Der Horror hatte sich über Jahre hingezogen, bis es Pea am Ende doch noch gelungen war, sich das Leben zu nehmen. Zwar waren Drue und sie zu dem Zeitpunkt seit Langem kein liebendes Paar mehr gewesen, doch wehgetan – so Drue – habe der Tod seiner Ex-Frau dennoch.

Fynn war seither nicht mehr das unbeschwerte Kind von früher, hatte Drue ihr anvertraut, sondern wurde mehr und mehr zu einem verschlossenen Teenager, der gegen alles und jeden rebellierte, vor allem gegen seinen Vater.

Als dieser irgendwann mit der Wahrheit rausrückte, dass es eine neue Frau in seinem Leben gab – Norja –, wurde das Vater-Sohn-Verhältnis noch schlimmer – sofern das überhaupt möglich war.

In Fynns Vorstellung hatte seine Mutter sich nicht wegen ihrer Krankheit umgebracht, sondern weil Drue sie einfach gegen eine andere Frau ausgetauscht hatte.

Dass Norja und er sich erst kennengelernt hatten, als Pea schon lange Zeit in der Klinik verbracht hatte, blendete der Junge vollkommen aus.

Norja spürte ein leichtes Kribbeln im Innern, als sie sich an den Tag ihrer ersten Begegnung mit Drue zurückerinnerte. Er hatte damals den Zuschlag von Norjas erstem Verlag erhalten, ein Autorenfoto von ihr zu machen, und sich zu diesem Zweck mit ihr verabredet, um die Motive zu besprechen.

Es hatte sofort gefunkt zwischen ihnen beiden und bereits zwei Wochen später waren sie ein Paar gewesen.

Sie liebte alles an Drue. Seine nachdenkliche, beinahe schon melancholische Art, seine Intelligenz, die Art, wie er sie ansah, und die Tatsache, dass er ein so guter Vater war – trotz aller Widrigkeiten, welche seine Beziehung zu Fynn beeinträchtigten.

Inzwischen waren sie seit knappen viereinhalb Jahren ein Paar, seit dreieinhalb Jahren Eltern einer gemeinsamen Tochter.

Taimi ...

Als Norja nur wenige Monate nach ihrem Zusammenkommen unverhofft schwanger wurde, hatte sie schon befürchtet, Drue damit in die Flucht zu schlagen, stattdessen hatte er vor Freude geweint.

Er hatte ihr an jenem Abend gesagt, dass dieses Kind und sie für ihn quasi eine zweite Chance im Leben darstellten, nachdem seine erste Familie wegen Peas Krankheit unwiederbringlich zerstört war.

An jenem Tag hatte er ihr auch gestanden und sich im Vorhinein sogar dafür entschuldigt, dass er es einfach nicht fertigbrächte, sie in naher Zukunft zu heiraten, weil er es Fynn nicht noch schwerer machen wollte.

Norja schluckte.

Manchmal fragte sie sich, warum gerade sie solch unverschämtes Glück hatte. Einen Mann an ihrer Seite zu haben, dessen Liebe und Respekt sie sich sicher sein durfte. Mutter eines Kindes sein zu dürfen, das gesund und glücklich war. Einen Job zu haben, der sie nicht nur rundum zufriedenstellte, sondern ihr auch ein luxuriöses Leben ermöglichte.

Hatte sie all das wirklich verdient?

Ein dumpfes Ziehen bahnte sich den Weg durch ihre Eingeweide.

Dieses Gefühl war kein Schmerz im eigentlichen Sinne, sondern vielmehr eine Art düstere Vorahnung in ihrem Innern, die sie seit ihrer Kindheit begleitete. Ganz egal, wie viele gute Dinge das Leben bislang für sie bereitgehalten hatte, sie wurden stets von jenem dunklen Teil ihrer Selbst überschattet und daran erinnert, dass sie all das eigentlich nicht haben durfte. Kein Glück, keine Liebe, keinen Erfolg, ja, noch nicht einmal ein Leben.

Als sie sich damals Hals über Kopf in Drue verliebt hatte, war es eben dieses Ziehen in ihrem Leib gewesen, das sie mahnte, sich nicht allzu euphorisch in diese Liebelei zu stürzen.

Und auch während der Schwangerschaft mit Taimi war ihre Furcht, alles könne ein böses Ende nehmen, allgegenwärtig gewesen.

Im Grunde beherrschte die Angst ihr gesamtes Denken, ihren Alltag, seit sie damals ...

Das Klingeln des Telefons unterbrach ihre düsteren Gedanken. Sie schob sie beiseite, atmete erleichtert auf.

Ihre Mutter war dran, um sich zu vergewissern, dass sie sie nachher auch wirklich nicht vergaß, am Flughafen abzuholen.

Sie stöhnte leise, nachdem sie sie beruhigt und das Telefonat beendet hatte, nahm sich fest vor, Drue und Fynn heute endlich zu sagen, dass sie ihrer Mutter angeboten hatte, mit ihnen zu feiern.

Drue mochte ihre Mutter nicht und daran war sie, Norja, teilweise selbst schuld. Sie hatte Drue erzählt, dass sie kein allzu gutes Verhältnis zueinander hatten, ihr Miteinander als Tochter-und-Mutter-Gespann seit jeher kühlerer Natur war.

Und was Fynn anging – der mochte nichts und niemanden, der seiner Stiefmutter in spe nahestand, und hasste alles, was mit ihr zu tun hatte. Das war auch der Grund, weshalb Drue und sie in letzter Zeit häufiger stritten. Seit dem Klinikaufenthalt und späteren Tod seiner Ex-Frau hatte Drue den Jungen alleine großgezogen und so konnte sich zwischen ihnen eine Art Männer-Routine entwickeln. Als Norja irgendwann angeboten hatte, dass beide ja zu ihr ziehen könnten, war Fynn ausgerastet, sodass Drue Norjas Bitte zunächst ablehnen musste. Sie hatten während der Schwangerschaft mit Taimi getrennt gewohnt und auch das erste Jahr nach ihrer Geburt, doch schließlich hatte Drue sich gegenüber Fynn doch noch durchgesetzt.

Seither herrschte Krieg zwischen Norja und Drues Sohn, denn er akzeptierte es einfach nicht, dass sein Vater nach Peas Tod ein neues Glück verdiente.

Dabei hatte Norja alles versucht, dem Jungen näherzukommen, ihm wieder und wieder versichert, dass nicht sie der Grund für die Trennung seiner Eltern und schon gar nicht für den Tod der Mutter war.

Das Ende vom Lied sah so aus, dass Fynn sie nur noch mehr schnitt und all ihre Bemühungen, ihm näherzukommen, gegen sie verwendete und umzudrehen versuchte.

»Gib ihm etwas Zeit«, beschwor Drue sie seither fast täglich, doch inzwischen hatte Norja es aufgegeben, den Jungen quasi anzuflehen, sie in sein Herz zu lassen.

Das war auch der wahre Grund gewesen, weshalb

Norja es tunlichst vermeiden wollte, an Weihnachten tagelang nur zu viert aufeinanderzusitzen.

Das Ferienhaus, das sie über die Feiertage und darüber hinaus gemietet hatte, bot Platz genug für acht Leute, was der Grund war, auch Arlette und ihre Familie mitzunehmen.

Arlette war ihre beste Freundin seit Unitagen und anders als bei Norja war ihr Leben bisher nicht so glatt verlaufen.

Arlette war Grafikdesignerin und alleinerziehende Mutter, nachdem ihr Ex-Mann sie quasi über Nacht mit Kind und Kegel hatte sitzen lassen.

Seither kämpfte sie Jahr für Jahr ums finanzielle Überleben und auch jetzt stand ihr ein erneuter Rückschlag unmittelbar bevor.

Arlettes Tochter Bele war mit ihren gerade vierzehn Jahren schon jetzt eine wahrhafte Diva mit Zickenallüren vom Feinsten.

Arlette selbst wandelte seit zwei Jahren am Rande des Irrsinns, weil sie beinahe täglich mit Bele wegen Nichtigkeiten diskutierte.

Daran änderte auch ihr Lebensgefährte nichts, mit dem sie seit ein paar Wochen zusammenlebte.

Norja fand, dass Espen ein netter Kerl war und in Anbetracht des Benehmens von Arlettes Tochter Nerven wie Drahtseile haben musste.

Hatte er sich deshalb solange standhaft geweigert, mit Arlette zusammenzuziehen?

Falls dem so war, konnte zumindest Norja es ihm nicht verdenken.

Sie zuckte zusammen, als sie hinter sich plötzlich einen kühlen Lufthauch wahrnahm. Sie wirbelte herum, sah Fynn hinter sich stehen.

»Deine Mutter kommt also mit?«

Norja runzelte die Stirn. »Du hast mich belauscht?«

Der Junge antwortete nicht, starrte sie nur weiter finster an.

Sie stöhnte leise. »Sie wollte nicht alleine bleiben über die Feiertage … Was hätte ich also sagen sollen? Dass wir sie nicht dabei haben wollen?«

Fynn grinste. »Das wäre zumindest ehrlich gewesen. Ich sag dir ja auch ins Gesicht, dass du mir nicht das Geringste bedeutest.«

Norja schnappte nach Luft, spürte einen scharfen Schmerz in ihrem Innern.

Ruhig bleiben, mahnte ihre innere Stimme.

Sie schluckte, lächelte schließlich.

»Vielleicht kommen wir beide uns ja während dieses Urlaubs wenigstens ein bisschen näher …«

Fynn hob die Schultern. »Da würd ich mich an deiner Stelle nicht drauf verlassen.« Er fixierte sie mit kaltem Blick, hob die Augenbrauen empor. »Stimmt es, dass diese saublöde Schnepfe auch mitkommt?«

Norja war klar, dass er damit Bele meinte, und nickte. »Dass wir Arlette und ihre Familie mitnehmen, ist mein Weihnachtsgeschenk für meine Freundin. Du weißt doch, dass sie dieses Jahr kaum Aufträge gekriegt hat und sich Urlaub einfach nicht leisten kann. Ich dachte, wenn jemand unbedingt mal wieder eine Auszeit braucht, dann sie.«

Fynn starrte sie verblüfft an, dann stieß er ein belustigtes Lachen aus. »Wie edelmütig von dir …« Er musterte sie geringschätzig, schüttelte den Kopf. »Aber solange du dir diesen Müll selbst abnimmst, ist ja alles in Ordnung.«

Kurz war Norja versucht, ihn scharf zurechtzuweisen, denn das ging nun wirklich zu weit, doch dann unterließ sie es. Zwei Tage vor Abreise einen schlimmen und eventuell ausufernden Streit mit Fynn zu riskieren, war keine gute Idee. Vor allem nicht, wenn sie bedachte, dass sie Drue heute Abend noch irgendwie beibringen musste, dass er dieses Weihnachten mit seiner Schwiegermutter verbringen musste.

Sie erschrak, als nur Sekunden später ein lauter Knall durchs Haus dröhnte, auf den ein Kreischen aus dem Kinderzimmer folgte.

Norja seufzte und sah auf die Uhr.

So viel dazu, sich mehr Zeit für sich zu nehmen …

Fynn hatte mit seinem Wutausbruch wieder einmal seine kleine Schwester aus dem Schlaf gerissen.

In ein paar Tagen, nahm Norja sich in Gedanken vor, allerspätestens nach den Feiertagen würde sie die erstbeste Gelegenheit wahrnehmen und mit Drue ein ernstes Wort über Fynn reden. Denn so, das war ihr klar, konnte es nicht mehr viel länger weitergehen.

3
___
BODØ 2010

»Hast du mitbekommen, was los ist?«, fragte Hardo und riss Una somit unfreiwillig aus ihrem Arbeitstempo. Seufzend sah sie von ihrem Stapel Akten hoch, hob die Schultern.

»Wir müssen nach Løpsmarka, dort hat es einen … Zwischenfall gegeben.«

Una runzelte die Stirn. »Einen Zwischenfall? Was soll das denn bedeuten?«

Hardo sah Una düster an. »Sagt dir der Name Yrla Adamsen etwas?«

Una überlegte einen kurzen Moment, verneinte schließlich.

»Mensch, die Frau ist weltberühmt«, erklärte Hardo ihr. »Eine Art Wunderkind. Schon im zarten Alter von gerade 11 Jahren hat sie ihre erste Auszeichnung bekommen, angeblich weil sie magische Hände hat. Sie ist Pianistin, verzaubert ihre Zuhörer bei ihren Konzerten. Ihre CDs verkaufen sich besser als AHA früher.«

Una verzog das Gesicht zu einem skeptischen Grinsen. »Seit wann stehst du denn bitte schön auf Klassik? Du rennst doch jedes Wochenende zu irgendwelchen Rockkonzerten, da stelle ich mir jetzt schon die Frage, wie das zusammenpassen soll.«

Hardo sah Una ungeduldig an. »Ich höre tatsächlich hin und wieder auch mal was Klassisches. Aber in diesem speziellen Fall kenne ich die Adamsen durch Elisa.«

Una grinste jetzt noch breiter. Elisa war Hardos neueste Eroberung. Eine junge Blondine, die er erst vor einigen Monaten bei einer seiner Kneipentouren aufgerissen hatte. Ihr Kollege und Partner Hardo war ein Frauenheld durch und durch. Das Problem war nur, er liebte sie alle, leider aber nicht so intensiv, wie die Damen es sich gewünscht hätten. Er hielt es bei keiner Flamme länger als ein halbes Jahr aus, doch während dieser Zeit verfiel er ihnen mit Haut und Haar. Und wenn eine von denen auf klassische Musik stand, dann tat Hardo, der Rocker, das eben auch.

Una lehnte sich in ihrem Stuhl zurück, sah Hardo an. »Und warum reden wir von dieser Pianistin?«

Sein Gesicht verdüsterte sich. »Weil es ganz so aussieht, als habe sie vorhin ihren Mann getötet.«

Una riss die Augen auf. »Wie bitte?«

Hardo nickte. »Die Nachbarn der Adamsens haben lautes Geschrei gehört und den Notruf angerufen. Die Kollegen sind gerade vor Ort und meinten, wir sollten unbedingt dazukommen und uns das mal ansehen. Muss eine ziemliche Sauerei sein.«

Una warf einen letzten Blick auf ihren Schreibtisch und seufzte. »Ich komme einfach nicht dazu, die Protokolle der letzten Woche in die dazugehörigen Akten einzusortieren«, murmelte sie und stand auf.

Hardo verzog das Gesicht. »Wenn es stimmt, was die Kollegen vor Ort vermuten, muss das bis auf Weiteres sowieso erst mal warten.« Er hielt Una die Tür auf, seufzte. »Hoffentlich sitzen wir nicht bis spät in die Nacht in Løpsmarka fest.«

»Hast du ein Date?«, fragte Una, noch ehe sie sich bremsen konnte.

»Elisa und ich haben was zu feiern«, erklärte Hardo ihr. »Wir haben beschlossen, zusammenzuziehen, und wollten uns heute an die genauere Planung machen.«

Das könnt ihr euch schenken, dachte Una im Stillen, verkniff sich ihre Stichelei jedoch.

»Schön für euch«, sagte sie stattdessen und drückte auf den Aufzugsknopf. Die Tür glitt auf und gemeinsam betraten sie die Kabine. »Kannst du mir auf dem Weg dorthin noch etwas über die Dame erzählen?«, fragte sie Hardo. Er sah sie an, schüttelte den Kopf. »Ich weiß auch nur das, was ich dir gerade schon erzählt habe.«

Una grinste. »Ich dachte eigentlich, dass ich fahre und du dich währenddessen übers Internet her machst. Wäre doch gut, wenn wir schon vor unserem Eintreffen dort ein wenig darüber Bescheid wüssten, um was für Leute es sich handelt.«

Das Haus der Adamsens – oder vielmehr das Anwesen des Paares – stellte sich als noble Villa inmitten eines riesigen Grundstücks heraus. Hardo hatte herausgefunden, dass Yrla ihr Vermögen nicht nur ihrer Karriere zu verdanken hatte, sondern außerdem der Tatsache, dass sie viel Geld väterlicherseits vererbt bekommen hatte. Yrlas Vater war genau wie seine Tochter ein bekannter Musiker gewesen, der vor etwas mehr als sechs Jahren an einer schweren Krankheit gestorben war. Er und Yrlas Mutter waren seit Langem geschieden und hatten keine weiteren Kinder, sodass das gesamte Vermögen des Mannes an seine einzige Tochter gegangen war.

Außerdem hatte Hardo recherchiert, dass Yrla ein paar Mal wegen Trunkenheit am Steuer verurteilt worden war und ihr Mann – Gillis – ein Typ mit blütenweißer Weste Inhaber einer Marketingfirma war.

Una marschierte zielstrebig auf den Eingang zu, während Hardo staunend die Gegend auf sich wirken ließ. Wer hier lebte, schwamm im Geld – so viel stand fest.

Una grinste, als sie sich vorstellte, wie Hardo in diesem Augenblick davon träumte, mit seiner Elisa hierher zu ziehen.

Sicher nicht mit dem mickrigen Gehalt, schoss es ihr durch den Kopf.

Sie warf ihm einen Schulterblick zu, machte eine auffordernde Kopfbewegung, dass er ihr folgen sollte. Vor der Tür zum Anwesen hatten sich ein paar Menschen – höchstwahrscheinlich Nachbarn – versammelt, denen man die Sensationsgier buchstäblich ansah.

»Wenn Sie diesen Bereich bitte freihalten würden«, schnauzte sie und sah eine der lautstark schnatternden Frauen genervt an. »Das hier ist ein Tatort, also stellen Sie sich gefälligst woanders hin!«

Ohne sich umzudrehen, wusste sie, dass Hardo hinter ihr über ihre harsche Art grinste und mit den Augen rollte. Anders als sie war er jemand, der in den prekärsten Situationen stets ruhig blieb und niemals die Fassung verlor.

Ganz im Gegensatz zu ihr, die beinahe täglich wegen irgendwelchen Kleinkrams aus der Haut fuhr.

Sie wusste, dass dieser Umstand dem Schlafmangel geschuldet war, unter dem sie litt, weil ihr Sohn – letzte Woche gerade drei Jahre alt geworden – momentan jede

Nacht wegen furchtbarer Albträume wach wurde und danach nicht mehr schlafen wollte.

Una hatte Oli, ihren Mann, geradezu angefleht, doch hin und wieder selbst mal den Arsch zu heben und nach dem Kleinen zu sehen, doch er behauptete steif und fest, nichts von all dem mitzubekommen.

Daher blieb wie gehabt alles beim Alten und Una kam inzwischen beinahe täglich auf dem Zahnfleisch daher.

An der Haustür angekommen, begrüßte sie die Kollegen per Handschlag, ließ sich in wenigen Sätzen auf den neuesten Stand bringen. »Sie hat wirklich kein Wort gesagt?«, fragte sie, als der Kollege von der Streife, ein junger Typ um Mitte zwanzig, seinen Bericht beendet hatte.

Er schüttelte den Kopf. »Sie ist total weggetreten. Als wir hier ankamen und uns niemand öffnete, haben wir die Tür eingetreten.« Er brach ab, als er Unas Blick sah, und kratzte sich verlegen am Kopf. »Ich weiß, dass wir auf einen Beschluss hätten warten sollen, aber ich dachte, es kann sich ja auch um Leben und Tod handeln ... wegen der Schreie, verstehen Sie?«

Una nickte. »Ihr seid also rein ins Haus ... Und dann?«

»Dann haben wir die junge Frau in der Küche sitzen sehen. Neben ihr ...« Er brach ab. »So was hab ich noch nie gesehen, wissen Sie?« Er räusperte sich. »Sie hat etliche Male auf ihren Mann eingestochen und anschließend seelenruhig abgewartet, bis er tot ist.«

»Woher wissen Sie, dass sie es war?«

Der Kollege verzog das Gesicht. »Da ist überall Blut. In der Küche, auf dem Tisch, an ihr.«

»Hat die Frau gesagt, dass sie es war?«

Kopfschütteln.

»Und woher wissen Sie, dass sie seelenruhig abgewartet hat?«

»Weil sie – im Gegensatz zu den Nachbarn – keine Hilfe gerufen hat. Sie hat weder die Polizei noch den Notarzt angerufen. Stattdessen saß sie einfach am Tisch und starrte vor sich hin, als wir rein sind.«

»Was haben die Nachbarn gesagt, wer geschrien hat?«

»Sie wussten es nicht. Dieses Geschrei ... sie sagten, es habe wie ein sterbendes Tier geklungen.«

Una schluckte. »Und danach? Haben Sie die Frau schon versucht, auszuquetschen?«

Der junge Mann riss den Kopf hoch, sah Una perplex an. »Für wen halten Sie mich? Selbstverständlich hab ich versucht, mit ihr zu reden. Aber wie ich bereits anmerkte, ist sie ein wenig ... na ja ... durch den Wind würde ich sagen.«

Una legte den Kopf schief, sah den jungen Mann fragend an.

»Als wir rein sind, wirkte sie vollkommen klar, beinahe eiskalt, es war jedenfalls keinerlei Gefühlsregung in ihrem Gesicht zu erkennen. Und jetzt, keine zehn Minuten später, ist sie vollkommen in sich zusammengesackt, sitzt heulend wie ein Häufchen Elend im Wohnzimmer.«

Sie hat einen Schock, ging es Una durch den Kopf. *Das oder sie weiß ganz genau, was sie tut, und will uns etwas vorspielen.*

Sie sah zu Hardo, hob die Brauen empor. »Sehen wir uns die Misere mal an?«

Er nickte, ging ihr voraus ins Haus hinein. Auch im Innern der Villa wirkte alles edel und luxuriös. Selbst der würzig frische Raumduft zeugte davon, dass hier jemand lebte, der permanent an seinem Zuhause arbeitete, es hegte und pflegte, sich keine Gedanken über die dazugehörigen finanziellen Mittel zu machen brauchte.

In der Küche angekommen, zog sich Unas Magen zusammen. Der Kollege draußen hatte von einer Sauerei gesprochen, doch das hier war weit mehr als das. Es sah aus wie in einem Schlachtbetrieb – überall war Blut, selbst an den Wänden und Schranktüren. Sie sah sich zu Hardo um, der aussah, als müsse er sich jeden Augenblick übergeben.

Schnell schlüpfte sie in ihre Füßlinge und Handschuhe, von denen sie immer mehrere Paare mit sich trug, und trat näher zu der Leiche heran. Der Tote saß zwar auf einem Stuhl, war jedoch mit dem Oberkörper vornüber auf den Tisch gekippt, was es Una erschwerte, sich alle Einstichstellen genauer anzusehen. Sie wollte den Kollegen von der Spurensicherung die Arbeit nicht zusätzlich erschweren, daher beließ sie es bei einem ersten Eindruck. Sie zog ihre Kamera aus der Tasche ihres Jacketts, machte ein paar Fotos von der Küche, widmete sich dann dem Toten.

Gillis Adamsen war Anfang dreißig gewesen und ein Bild von einem Mann. Die langen blonden Haare zum Zopf gebunden und einen Hipsterbart im Gesicht wirkte er mindestens zehn Jahre jünger.

Er trug Jeans und Jackett – beides Designerstücke und keinesfalls von der Stange, was Unas Vermutung hinsichtlich des Lebensstils des Paares bestätigte.

Sie beugte sich näher zu dem leblosen Körper hinunter, sah sich die Wunde auf dem Rücken und an der Schulter genauer an. Una vermutete, dass der Hieb zwischen Schulter und Hals die Lunge verletzt hatte, er letztendlich daran gestorben war.

Erstickt an seinem eigenen Blut, dachte sie. *Armes Schwein!*

Sie richtete sich auf, als sie einen Windhauch hinter sich spürte. Sie wirbelte herum, sah sich dem jungen Kollegen von vorhin gegenüber. Er sah nervös aus, schien mit sich zu ringen, ob er es wagen konnte, seine Kollegin von der Kripo bei der Arbeit zu stören.

»Da steht eine ältere Dame draußen«, kam er schließlich auf den Punkt. »Sie behauptet, ihre Tochter würde in diesem Haus wohnen, und sie hat ein Baby dabei.«

»Ein Baby?« Una runzelte die Stirn, schob sich an dem Kollegen vorbei, marschierte in den Gang hinaus. Dort traf sie auf eine gut gekleidete Frau Mitte fünfzig, die tatsächlich ein Kind auf dem Arm trug und Una schockiert ansah. »Was ist hier los?«, fragte sie und klang, als könne sie nur unter größter Anstrengung die Fassung wahren. »Geht es meiner Tochter gut?«

Una holte tief Luft. »Das Kind ... gehört das hier ins Haus? Ich meine ... Yrla ... ist das ihr Kind?«

Die Frau nickte, fing an zu weinen. »Was ist mit ihr? Geht es meiner Kleinen gut?«

Una, die sich zunehmend unbehaglicher fühlte, wusste nicht, was sie erwidern sollte.

»Wenn Sie Yrla Adamsen meinen, sie ist okay«, schaltete sich der Kollege ein, sah die Frau an. »Aber für Sie wäre es besser, wenn Sie jetzt gehen würden, denn das hier ist ein Tatort.«

Die Frau zuckte zusammen. »Ist etwas mit Gillis? Er ist mein Schwiegersohn, wissen Sie.«

Una seufzte, sah die Frau an. »Wie ist Ihr Name, wenn ich fragen darf?«

»Ich bin Ida Adamsen«, sagte sie. »Yrlas Mutter.«

»Dann hat Ihr Schwiegersohn den Namen seiner Frau

angenommen?«

Die Frau nickte. »Das hat ihr Manager damals so entschieden.«

Una sah die Frau an, lächelte beruhigend. »Wie mein Kollege bereits sagte, Ihrer Tochter geht es gut. Sie sitzt, glaube ich, im Wohnzimmer, muss sich aber noch einigen meiner Fragen stellen.«

»Und Gillis? Was ist mit ihm?«

»Er ist tot«, erklärte Una ihr sanft, beobachtete, wie die Frau zu zittern begann.

Sie mochte ihn, ging es ihr durch den Kopf und sofort spürte sie dieses Ziehen im Leib. Sie hasste diesen Teil ihres Jobs. Menschen sagen zu müssen, dass sie ihre Liebsten nie mehr wiedersehen würden, sie nie wieder in die Arme nehmen durften – daran würde sie sich nie gewöhnen.

»Soll ich Ihnen jemanden an die Seite stellen, der sich um Sie kümmert?«, fragte Una.

Die ältere Frau schüttelte den Kopf, drückte das Baby fester an sich.

Keine Sekunde später fing es an zu wimmern.

Yrlas Mutter zitterte noch immer, sah von dem Kind zu Una. »Ich verstehe das einfach nicht ... Wie konnte sie das nur tun?«

Una riss die Augen auf, starrte die Frau an. »Was meinen Sie? Was hat Ihre Tochter getan?«

Die Frau schluchzte auf. »Das Baby ... Sie hat es einfach vor meiner Haustür abgestellt. Ohne vorher anzurufen und Bescheid zu sagen. Dabei wusste sie doch, dass ich heute Abend mit meinen Freundinnen zum Essen verabredet bin. Gott sei Dank hatte ich etwas vergessen und musste deswegen noch mal zurück, sonst hätte der Kleine stundenlang allein in der Kälte gelegen.«

4

HARDANGERVIDDA 2019

»Soll das ein beschissener Witz sein?«, maulte Bele, während sie ihr Gepäck aus dem Kofferraum zerrte. »Wenn es hier kein WLAN oder wenigstens ein stabiles Internet gibt, bin ich sowieso weg.«

Arlette sah Norja entschuldigend an, verdrehte die Augen.

Die Fahrt von Oslo hierher hatte anstatt der veranschlagten Dreieinhalb Stunden knappe sechs Stunden gedauert, was an ihrer aller Nerven gezerrt hatte. Norja sah ihre Mutter an, die, ihre Reisetasche in der Hand, skeptisch zur Lodge hinüber sah. »Das ist es also? Das Haus, das du gemietet hast?«

Norja nickte. »Schön hier, nicht wahr?« Sie deutete auf den schneebedeckten Berggipfel in der Ferne, welcher aus der schroffen Landschaft in Richtung Himmel ragte, und lächelte. »Das ist der Gaustatoppen. Wenn das Wetter passt, können wir die Tage eine Winterwanderung dorthin unternehmen.« Sie sah zu Arlette, dann zu Bele. »Du wirst schon sehen, das werden tolle Tage, die vor uns liegen.«

Bele, von Norjas Schwärmerei unbeeindruckt, zuckte mit den Schultern. »Ich hoffe, in der Hütte gibts genügend Zimmer. Auf keinen Fall teile ich mir eins mit meiner Mutter.«

Norjas Blick ging zu Arlette, die bei den Worten ihrer Tochter merklich zusammengezuckt war.

»Das Haus hat insgesamt sechs Schlafzimmer, so viel kann ich schon mal sagen. Außerdem haben wir eine Wohnküche und ein extra Wohnzimmer, zwei Badezimmer und zwei extra Toiletten. Es muss also keiner bei seinen Eltern im Zimmer schlafen, geschweige denn, sich in die Hose machen.« Die letzte Bemerkung war eher als Spitze in Richtung Bele gedacht, doch die hatte Norja gar nicht gehört, weil sie schon auf dem Weg zum Eingang war.

Fynn, der es endlich geschafft hatte, seine Tasche aus dem Kofferraum des Busses zu hieven, kam auf Norja zu und grinste fies. »Und?«, fragte er betont provokativ. »Ist es so, wie du es dir vorgestellt hast?«

Norja wusste, dass er damit weder die Gegend noch das Haus selbst meinte, sondern sich auf die Personen bezog, die sie im Schlepptau hatten. Allen voran ihre Mutter, die noch immer mit düsterem Blick neben dem Bus stand, wie bestellt und nicht abgeholt.

Arlette kam zu ihr, legte ihr einen Arm um die Schulter, zog sie kurz an sich. »Also ich finde es traumhaft hier«, erklärte sie und warf mit der freien Hand ihre langen, dunklen Haare zurück. »Diese Stille, die wunderschöne Natur ... Übrigens gibt es hier in der Nähe einen Wasserfall, zu dem wir wandern könnten. Das Ding soll über hundert Meter hoch sein.«

Norja sah Arlette an und grinste. Das war typisch für ihre Freundin, sie fuhr nirgends hin, ließ sich auf nichts

Neues ein, ohne sich vorher genauestens darüber zu informieren.

»Und wir können zum Tinnsjå fahren, dort muss es auch traumhaft um diese Jahreszeit sein«, schaltete sich Espen, Arlettes Freund, ein. »Ich war vor ein paar Jahren mal im Sommer hier und hab mir immer vorgenommen, im Winter wieder herzukommen.« Er sah Norja schmunzelnd an, dann zwinkerte er Arlette liebevoll zu.

»Ich brauch den ganzen Mist nicht«, warf Fynn ein, der dabei zusah, wie sein Vater die letzten Gepäckstücke, inklusive der Langlaufski, aus dem Bus kramte.

»Aber es schadet dir auch nicht, mal was anderes als deinen Computer zu sehen«, konnte Norja sich nicht verkneifen zu sagen.

Der Junge warf ihr einen bösen Blick zu.

»Norja hat recht«, schaltete sich Drue ein und sah seinen Sohn an. »Wann warst du denn das letzte Mal an der frischen Luft? Du kommst aus der Schule und igelst dich in deinem Zimmer ein. Da ist das hier«, er machte eine ausladende Handbewegung, »doch mal eine nette Abwechslung.«

Fynn hob gelangweilt die Schultern, trottete in Richtung des Ferienhauses.

Das kann ja heiter werden, dachte Norja und stöhnte innerlich. Bereits auf der Fahrt hierher war die Stimmung im Bus eher gedrückt als heiter gewesen, was Norja auf den Stress und die Hektik geschoben hatte, die mit ihrer Abreise einhergegangen waren.

Dabei war sie es doch gewesen, die die meiste Arbeit gehabt hatte. Es war an ihr hängen geblieben, mangels Platz im Kofferraum dafür zu sorgen, die restlichen Lebensmittel, die sie für die Feiertage brauchten, per Telefon zu ordern, sodass sie sie morgen nur noch in Tinn abholen musste. Außerdem hatte sie allein sich um den Weihnachtsbaum gekümmert, der morgen in aller Herrgottsfrühe geliefert werden würde. Wenn sie das alles auch noch hätten mitnehmen müssen, dann wäre kein Platz mehr für die Skier im Bus gewesen.

Sie sah Fynn hinterher, der jetzt neben Bele auf der Holzveranda des Hauses stand und genau wie das Mädchen mit finsterer Miene auf sein Handy starrte.

Norja sah Drue an, grinste. »Wie es aussieht, ist das Internet eher bescheiden.« Sie deutete mit dem Kopf in Richtung der beiden Teenager, lachte.

»Vielleicht beschäftigen sie sich dann mal miteinander«, warf Arlette ein und grinste, schulterte schließlich ihre Tasche. »Sollen wir reingehen?«

Norja nickte, drehte sich zu Taimi um, die in ihren Schneeanzug eingemummelt neben ihrer Großmutter stand und als Einzige aussah, als sei sie wirklich glücklich. »Ist dir kalt, mein Schatz?«

Taimi schüttelte den Kopf. »Können wir später einen Schneemann bauen?«, fragte sie an ihre Großmutter gewandt.

Sie riss die Augen auf. »Heute noch? Ich bin total durchgefroren und müde von der langen Fahrt hierher. Ich glaube, das verschieben wir lieber auf morgen.«

Als Norja bemerkte, wie enttäuscht Taimi wegen der Abfuhr ihrer Oma war, eilte sie zu ihrer Tochter, ging vor ihr in die Hocke. »Pass auf, wir gehen jetzt erst mal rein, trinken einen heißen Tee und wenn wir dann alle unsere Zimmer bezogen haben, bauen wir dir den schönsten Schneemann, den du je gesehen hast.«

Taimis Augen strahlten. »Du verziehst die Kleine«, bemerkte ihre Mutter spitz, sah Norja provokativ an. »Das hätte doch auch morgen gereicht.«

Norja seufzte innerlich, beschwor sich im Stillen, ruhig zu bleiben. »Sie hat genau wie wir alle stundenlang still gesessen. Ist doch klar, dass sie jetzt noch etwas Tolles machen will.«

»Also ich bin dabei«, schaltete sich Drue ein, um die Atmosphäre wieder zu entspannen. Er sah zu Arlette und ihrem Freund. »Ihr doch auch, oder?«

Beide nickten, liefen anschließend in Richtung Haus, um ihnen etwas Privatsphäre zu lassen. Kurz überlegte Norja, ob sie diesen Moment nutzen sollte, ihrer Mutter zu sagen, dass sie sich ruhig etwas zusammenreißen könne, doch dann ließ sie es.

Sie ist alt, sagte die Stimme der Vernunft in ihrem Innern. *Bestimmt ist sie morgen besser drauf.*

Als sie eine knappe Stunde später endlich alle Taschen, Koffer und Tüten ins Haus geschleppt hatten und jetzt versammelt um den großen Holztisch in der Wohnküche saßen, hatte Norja zum ersten Mal das Gefühl, endlich in ihrem wohlverdienten Urlaub angekommen zu sein. Die Zimmervergabe war entgegen den Bedenken der Erwachsenen reibungslos verlaufen. Weder Bele noch Fynn hatten sich über ihr relativ winziges Domizil beschwert und auch Norjas Mutter hatte keinen Kommentar von sich gegeben, als Drue verkündet hatte, dass ihr Zimmer neben dem von Taimi lag.

Gemeinsam hatten Arlette und sie das Gepäck in den jeweiligen Zimmern verstaut und sich anschließend darangemacht, die mitgebrachten Vorräte wegzuräumen und das heutige Abendessen zu planen, während die Männer sich damit beschäftigt hatten, Holz aus der Hütte neben dem Haus zu holen und den Küchenherd anzuheizen, der inzwischen eine behagliche Wärme verströmte.

Als Nächstes stand Schneemannbauen für alle auf dem Plan, doch zuvor würden sie Arlettes Spezialität genießen – eine heiße Schokolade mit Zimt, Vanille und Marshmallows, die sie gerade dabei war, zuzubereiten.

»Ich will nichts davon«, erklärte Norjas Mutter und sah streng zu Arlette. »Sie wissen ja, dass ich Diabetikerin bin.«

Arlette sah Norja ratlos an, schüttelte dann den Kopf und wandte sich der älteren Frau zu. »Wusste ich nicht, wenn ich ehrlich bin. Wenn Sie mögen, mache ich Ihnen aber stattdessen einen leckeren Tee. Welche Sorte mögen Sie denn?«

Norja grinste, als sie mitbekam, dass ihre Mutter angesichts der Freundlichkeit von Arlette kleinlaut nickte. »Kamille wäre nett.«

»Kommt sofort«, gab die zurück und grinste, als sie Norjas Blick begegnete.

»Also mir ist das zu blöd«, maulte Bele, die die letzten zwanzig Minuten erfolglos versucht hatte, sich bei Instagram einzuloggen. »Das Internet hier ist wirklich kacke«, pflichtete Fynn ihr bei. Gemeinsam machten sie sich auf den Weg nach oben, wo sich ihre Zimmer befanden.

»Na wenigstens sind sich beide in dieser Beziehung einig«, flachste Drue und lachte. Er sah zu Espen. »Was hältst du davon, wenn wir beide uns nachher ums Abendessen kümmern, damit die Damen sich mit Taimi in den Schnee stürzen können?« Er warf Norjas Mutter einen Blick zu. »Du kannst dich ja solange ein bisschen ausruhen.«

Norja bemerkte, dass Espen plötzlich erleichtert

wirkte, so als freue er sich, keine Zeit mit Arlette, Taimi und ihr verbringen zu müssen.

Dann ging ihr auf, dass Arlette heute die ganze Fahrt über ausgelassen gewirkt und jeden im Bus – mit Ausnahme von Espen – mit überschäumender Freundlichkeit behandelt hatte. Sie warf Arlette einen fragenden Blick zu. Die zuckte nur mit den Schultern.

Es war keine Seltenheit, dass Arlette und ihr Freund sich in den Haaren lagen, doch gerade jetzt, fand Norja, war das ein denkbar schlechter Zeitpunkt. Weihnachten stand vor der Tür und sie allein hatte die Tage, die sie hier verbringen würden, bis ins kleinste Detail durchgeplant. Zwei Streithähne, die sich ignorierten oder – schlimmer noch – ankeiften, würden die Stimmung mit Sicherheit trüben, wenn nicht gar kaputt machen.

Sie beschloss, draußen mit Arlette zu reden und zumindest zu versuchen, zu retten, was zu retten war.

Später am Abend fühlte Norja sich wie durch den Fleischwolf gezogen. Die lange Anreise, das vorherige tagelange Planen, Packen und Dinge besorgen mit Taimi im Nacken, hatte sie doch mehr Kraft gekostet, als angenommen.

Hinzu kam, dass Taimi vorhin einfach nicht genug bekommen und nach dem Schneemannbauen noch darauf bestanden hatte, eine Schneeballschlacht zu machen. Immer wieder hatte Norja währenddessen versucht, aus Arlette herauszukitzeln, was zwischen ihr und Espen vorgefallen war, jedoch nichts aus ihr herausbekommen. Stattdessen hatte sie sogar den Eindruck gehabt, dass Arlette auch auf sie wegen irgendwas böse war, doch wenig später beim Abendessen war sie wieder vollkommen unbekümmert und ganz die Alte gewesen, sodass Norja sich jetzt fragte, ob sie sich alles nur einbildet oder tatsächlich etwas falsch gemacht hatte. Sie sah sich in der gemütlichen Wohnküche um, trank ihren Rotwein aus.

Während sie vorhin das Geschirr vom Abendessen aufgeräumt hatte, war ihre Mutter zu ihr gekommen, um anzumerken, wie hübsch sie das Haus fand, das Norja für sie alle ausgesucht hatte.

Sie war erleichtert gewesen, ja fast dankbar darüber, dass die Frau tatsächlich ein nettes Wort ihr gegenüber gefunden hatte, doch jetzt hasste sie sich dafür.

Ja, das Haus war toll, alles an diesem Ort war wunderschön, doch aus dem Mund ihrer Mutter hatte es sich irgendwie gönnerhaft angehört und keineswegs aufrichtig.

Sie sah sich um, sog die heimelige Atmosphäre des komplett mit Holz vertäfelten Raumes in sich auf. Der Eigentümer des Anwesens hatte wirklich an alles gedacht. Die Küche war nicht nur gemütlich, sondern außerdem funktional und praktisch. Es gab einen Kühlschrank, eine Mikrowelle und sogar eine hypermoderne Kaffeemaschine samt etlichen anderen Haushaltsgeräten, welche das tägliche Leben erleichtern konnten. Auch das Wohnzimmer mit der riesigen Sofalandschaft in der Mitte, dem großen Eichenholztisch und dem alten Plattenspieler auf der Anrichte strahlte – genau wie die winzigen Schlafräume mit den Himmelbetten – eine urige Gemütlichkeit aus. Und obwohl das Haus über keinen Stromanschluss verfügte, musste auch auf den Luxus einer heißen Dusche am Abend nicht verzichtet werden, denn es gab in jedem Badezimmer einen Wasserboiler, der genau wie alles andere in diesem Haus von dem Dieselaggregat im Schuppen nebenan versorgt wurde. Norja hatte sich bewusst für dieses Domizil ohne Fernseher und Telefonanschluss entschieden, damit sie die Tage eben nicht mit der Glotze, sondern mit Ausflügen in die Natur und geselligen Spieleabenden verbringen würden. Seltsamerweise hatten sich darüber weder Fynn noch Bele beschwert.

Einzig Norjas Mutter bedauerte es ein wenig, dass sie ihre abendliche Telenovela jetzt nicht sehen konnte.

Egal, sagte Norja sich im Stillen, *ein paar Tage ohne Intrigen und Herzschmerz wird sie schon aushalten.* Sie trank ihr Weinglas leer, stellte es in die Spüle und machte das Licht in der Küche aus. Die anderen hatten sich bereits vor einer halben Stunde in ihre Zimmer verkrümelt, schliefen wahrscheinlich längst, doch obwohl Norja todmüde war, wusste sie, dass sie noch einige Zeit brauchen würde, ehe sie selbst innerlich zur Ruhe käme.

Falls Drue schon schliefe, könnte sie ihn ja auf ganz besondere Art und Weise noch einmal wecken ...

Ein wohliges Ziehen schoss durch ihren Unterleib. Grinsend huschte sie ins untere Bad, das genau neben der Küche lag, machte sich ein wenig frisch. Anschließend ging sie ins Wohnzimmer hinüber, um auch dort alle Lichter auszuschalten und zu kontrollieren, dass keine Kerze mehr brannte.

Sie blieb einige Sekunden lang stehen, ließ die Atmosphäre des Raumes auf sich wirken, fragte sich, was genau es war, das hier noch fehlte.

Der Baum natürlich!

Sie lächelte, als sie daran dachte, dass die Hälfte des Inhalts ihres Koffers aus Schmuck für den Weihnachtsbaum bestand, den sie im Laufe des morgigen Tages gemeinsam mit Taimi schmücken würde. Dann machte sie sich auf den Weg zur Anrichte, wo tatsächlich noch ein kleines Teelicht brannte, und pustete es aus. Auf dem Weg zur Tür spürte sie plötzlich ein Kribbeln am Rücken. Sie drehte sich um, starrte in Richtung des riesigen Wohnzimmerfensters, bemerkte, dass das Kribbeln stärker wurde. Stand da draußen jemand und beobachtete sie?

Hastig schaltete sie das Licht aus, schüttelte den Kopf. So ein Blödsinn! Dieses Haus war das einzige weit und breit. Wer zum Teufel sollte sich also da draußen herumtreiben und zu ihr hereinglotzen?

Dennoch ... Sie konnte einfach nicht anders. Anstatt nach oben zu gehen, riss sie ihre Jacke von der Garderobe und schlüpfte hinein, ging zögernd auf die Haustür zu, trat auf die Veranda. Als sie registrierte, dass es zu schneien begonnen hatte, hüpfte ihr Herz vor Freude. Sie liebte frischen Schneefall, beugte sich so weit über die Holzbrüstung, bis ihr Kopf im Freien war, drehte ihr Gesicht zum Himmel, spürte, wie die dicken, schweren Schneeflocken auf ihrer warmen Haut schmolzen.

Dann fiel ihr das Kribbeln im Rücken wieder ein. Sollte sie wirklich mitten in der Nacht alleine ums Haus herumgehen, um nachzusehen?

Norja spürte, wie sie angesichts der tiefen Dunkelheit hier draußen der Mut verließ, und trat den Rückzug an. Plötzlich vernahm sie ein Rascheln hinter sich, wirbelte erschrocken herum.

»Was machst du denn um diese Zeit noch hier draußen«, herrschte sie Fynn harscher als gewollt an.

Der Junge reagierte wie immer mit einem gelangweilten Grinsen. »Ich wollte mir nur was zu trinken holen, als ich die offene Haustür bemerkt habe. Nun stell dir doch mal vor, ich hätte einfach zugesperrt, ohne noch mal nachzusehen.« Er zwinkerte schmunzelnd, dann drehte er sich auf dem Absatz um und ging davon.

5
___

BODØ 2010

Zwei Tage waren seit der Tragödie um Yrla Adamsen und ihren Ehemann Gillis vergangen.

Zwei Tage, während derer die Frau kein Wort darüber verloren hatte, was genau vorgefallen war.

Mittlerweile hatte das gerichtsmedizinische Gutachten bestätigt, was Una lange vermutet hatte, nämlich, dass der Todesursache von Gillis Adamsen die tiefen Stiche zwischen Schulter und Hals und am Rücken zugrunde lagen.

Die Spitze des Messers hatte die Lunge des Mannes so heftig perforiert, dass er innerhalb weniger Minuten an seinem eigenen Blut erstickt war.

Eine schreckliche Art zu sterben, dachte Una und verzog das Gesicht. So sehr sie sich auch den Kopf zerbrach, begriff sie einfach nicht, weshalb Yrla stumm hinnahm, was man ihr vorwarf, sich weder gegen die Anschuldigungen zur Wehr setzte, geschweige denn endlich rausließ, was sich tatsächlich zugetragen hatte.

Una seufzte, als ihr Ida, die Mutter der Frau, einfiel. Vor allem deren letzte Worte, bevor sie auf Anraten der

Polizisten vor Ort zurück nach Hause gefahren war. Seither tat sich auch Una selbst schwer damit, zu verstehen, wie eine Mutter ihr Kind einfach in der Kälte zurücklassen konnte, ohne zu wissen, wann jemand käme, um sich darum zu kümmern. Doch selbst auf diese Frage hatte Yrla bis heute beharrlich geschwiegen.

Dabei waren sich die Ärzte und Pfleger sicher, dass die Frau mittlerweile wieder vollkommen klar im Kopf war, zwar noch immer unter einem Schock leide, dieser aber keine Auswirkungen auf ihr Sprachzentrum habe. Daher lag es klar auf der Hand, dass Yrla Adamsen freiwillig schwieg und somit bewusst Informationen zurückhielt, die zur Lösung des Falles beitragen konnten.

Una erinnerte sich an Yrlas nervlichen Zusammenbruch, kurz nachdem die Polizeibeamten ihre Mutter fortgeschickt hatten. Sie war hysterisch geworden, hatte um sich geschlagen, sodass der gerufene Notarzt ihr ein Sedativum verabreichen musste. Zwar war es ihr am nächsten Tag deutlich besser gegangen, trotzdem hatte sie sich laut den Schwestern schreckliche Sorgen um ihr Baby gemacht und unaufhörlich nachgefragt, ob es ihrem Sohn denn auch wirklich gut ginge. Erst als sie von ihrer Mutter höchstpersönlich bestätigt bekommen hatte, dass der Kleine wohlauf sei, war der Großteil ihrer Anspannung von ihr abgefallen – so der Arzt.

Dennoch wurde Una das Gefühl nicht los, dass Yrla vor etwas … oder jemandem schreckliche Angst hatte und deswegen schwieg.

Leider konnte sie diese These nicht beweisen und so blieb ihr nur, jedem Hinweis nachzugehen und sich auf die paar Häppchen an Infos zu verlassen, die sie von den Angehörigen und Freunden der Frau bekam.

Inzwischen hatten Hardo und sie mit vier Leuten

gesprochen und sie alle behaupteten dasselbe – nämlich, dass die Ehe der Adamsens auf der Kippe gestanden habe.

Angeblich deswegen, weil Yrla vor der Schwangerschaft nur auf ihre Karriere fixiert gewesen war und ihren Ehemann links liegen gelassen hatte.

Das hatte auch Ida Adamsen bestätigt, weil dieser Fakt einen ewigen Streitpunkt zwischen Mutter und Tochter dargestellt hatte.

Ida hatte Hardo anvertraut, dass sie früher oft versucht habe, ihre Tochter dazu zu bringen, zu begreifen, dass ihr Job – so wichtig und wunderbar dieser auch sein mochte – nicht ihr gesamtes Leben bestimmen dufte, doch war sie dabei stets auf taube Ohren gestoßen.

Schließlich bestätigte sich, was alle längst vermuteten – nämlich, dass Gillis seit Längerem Trost in den Armen einer anderen Frau gefunden hatte.

Über zwei Jahre lang hatte er Yrla mit seiner Geschäftspartnerin betrogen und nun stellte sich für sie alle die Frage, ob Yrla davon gewusst und deswegen die Nerven verloren haben könnte.

Gillis' Geschäftspartnerin, eine wunderschöne Frau mit dunklen langen Haaren und südländischem Aussehen, hatte sich mit Händen und Füßen dagegen gewehrt, als Una gestern mit Hardo im Schlepptau in deren Firma aufgekreuzt war und alles auf den Kopf gestellt hatte.

Auf die unzähligen Nachfragen der Frau, was das alles zu bedeuten habe, war ihnen am Ende nichts anderes übrig geblieben, als ihr zu erzählen, dass Gillis Adamsen Opfer eines Verbrechens geworden war und sie sich auf der Suche nach Hinweisen befanden. Katna war heulend zusammengebrochen, hatte ihnen letztendlich ihre Affäre mit Gillis gestanden. Sie musste den Mann sehr gemocht haben – so viel stand fest.

Una schluckte schwer, als sie sich an den Besuch bei dessen Frau im Krankenhaus vorhin erinnerte.

Yrlas Miene hatte wie versteinert gewirkt, als Una zum wiederholten Male versucht hatte, der Tragödie auf den Grund zu gehen und etwas über die Hintergründe zu erfahren.

Zuerst hatten Hardo und sie gedacht, dass es daran lag, dass die Frau nicht mit der Polizei über das Vorgefallene reden wolle. Doch als sie schließlich auch das bevorstehende Gespräch mit ihrem Anwalt ablehnte und sich selbst gegenüber ihrer Mutter verschloss, begriff Una, dass das Schweigen der Frau eine tiefer gehende Ursache haben musste.

Angst.

Es stand außer Zweifel, dass das der einzige infrage kommende Grund war, doch Una konnte sich beim besten Willen nicht erklären, welchen Sinn das machen sollte.

Yrla Adamsen hatte ihren Mann getötet und schwieg über die Umstände der Tat. Das allein war nicht ungewöhnlich, schließlich schwiegen sich die meisten Verbrecher über ihre Taten aus, um sich nicht selbst zu belasten. Doch Yrla weigerte sich sogar, mit einem Anwalt zu sprechen, der sie entlasten könnte, und das passte einfach nicht.

Una schloss die Augen, stieß die Luft aus.

Laut der Spurensicherung deutete alles darauf hin, dass Yrla tatsächlich eine kaltblütige Mörderin war, die ihren Mann getötet hatte, während nebenan auf dem Herd das Essen köchelte.

Doch war Yrla Adamsen eine Psychopathin?

Una kam nicht dagegen an, zuzugeben, dass die Frau auf sie einen vollkommen anderen Eindruck gemacht hatte.

Gebrochen – ja.

Zutiefst verzweifelt – auch das.

Liebende Mutter – auf alle Fälle.

Doch steckte hinter der Fassade dieser tieftraurigen, verletzlich wirkenden Frau tatsächlich eine Psychopathin?

Die Spurensicherung hatte auf der Tatwaffe einzig Yrlas Fingerabdrücke gefunden.

Und auch ansonsten sprach alles dafür, dass es die Pianistin gewesen war, die zugestochen hatte.

All das Blut an den Wänden und am Boden.

Auf der Kleidung der Frau und sogar in deren Gesicht.

Diese Bilder hatten Bände gesprochen, doch spiegelten sie auch die Realität wider?

Das Schlimme war, dass Yrla eine Verurteilung zu lebenslanger Haft wegen Mordes bevorstand, den sie vielleicht gar nicht begangen hatte.

Katna, Gillis' Partnerin, hatte ihnen erzählt, dass er die Affäre am Tag seines Todes beendet habe, weil er seiner Ehe eine zweite Chance geben wollte. Auch das passte hinten und vorne nicht zusammen. Wieso sollte Yrla ihren Mann wegen seiner Affäre töten, wenn er diese doch nachweislich beendet hatte und alle Karten wieder auf seine Ehe setzen wollte? Hinzu kam, dass Gillis' Partnerin sicher war, dass Yrla von alldem keine Ahnung haben konnte.

Katna selbst hatte für den Tatzeitpunkt ein mehr als stichfestes Alibi vorzuweisen, war von der Liste an Verdächtigen daher gestrichen worden. Doch wer kam ansonsten infrage, Gillis Adamsen getötet zu haben und alles so aussehen zu lassen, als sei dessen Frau die Täterin?

Una zuckte zusammen, als es an der Tür klopfte und sie somit unsanft aus ihren Gedanken gerissen wurde.

Keine Sekunde später kam Ida Adamsen ins Zimmer, ihren kleinen Enkel auf dem Arm, den sie beschützend an ihre Brust drückte.

Die Frau hatte tiefdunkle Schatten unter den Augen, wirkte blass und ausgezehrt, als habe sie seit Tagen keinen Schlaf abbekommen.

Der kleine Junge wimmerte leise vor sich hin und für den Bruchteil eines Augenblicks hatte Una das Gefühl, angesichts dieses traurigen Anblicks keine Luft zu bekommen.

»Was kann ich für Sie tun?«, fragte sie leise, darauf bedacht, das kleine Menschenwesen nicht noch mehr zu verunsichern.

Ida schluckte, sah Una mit leidvoller Miene an, deutete mit dem Kopf in Richtung des freien Stuhls gegenüber ihrem Tisch.

»Klar doch, setzen Sie sich gerne«, bot Una der Frau an, lächelte freundlich.

»Danke«, kam es brüchig über Ida Adamsens Lippen. »Ich bin hier, um mit Ihnen über meine Tochter zu sprechen.« Sie brach ab, schnappte nach Luft, stieß ein lautes Schluchzen aus. Die Frau schien selbst über diesen Gefühlsausbruch erschrocken zu sein, warf dem Kind auf ihrem Arm einen prüfenden Blick zu.

Sie will stark bleiben, ging es Una durch den Kopf. *Für ihren Enkel.*

Ihre Kehle fühlte sich plötzlich wie ausgetrocknet an, die Zunge pappte ihr wie Styropor am Gaumen. Selbst das Atmen fiel ihr mit jedem Luftholen schwerer und schwerer. Als sie sich wieder im Griff hatte, sah sie die Frau offen an. »Was genau wollen Sie mit mir besprechen?«

»Yrla war das nicht«, kam Ida schließlich kurz und

knapp auf den Punkt. »Meine Kleine kann noch nicht einmal eine Spinne töten, geschweige denn hat sie ihrem Mann etwas derartig Grausames angetan. Jemand anderes muss dafür verantwortlich sein und es ihr angehängt haben. Meine Yrla wäre niemals zu so etwas fähig. Genauso wenig, wie sie ihren über alles geliebten Sohn einfach so vor meiner Haustür abstellen würde. Ich habe wirklich lange darüber nachgedacht, das Für und Wider gegeneinander abgewogen und bin jetzt absolut sicher, dass meine Tochter damit nichts zu tun haben kann!«

Una sah die Frau fest an, nickte schließlich. »Ich glaube Ihnen, dass Sie absolut überzeugt davon sind, dass Ihr Kind unschuldig ist. Doch Fakt ist nun mal, dass alle Beweise gegen Yrla sprechen. Die Fingerabdrücke auf der Tatwaffe, die Blutspritzer überall in der Küche und auf der Kleidung Ihrer Tochter. Die Tatsache, dass es keinerlei Hinweis auf einen Einbruch gibt. Und zu guter Letzt das Schweigen von Yrla selbst. Das alles spricht dafür, dass sie es getan hat, da will ich ganz ehrlich zu Ihnen sein.«

Ida legte den Kopf schräg, musterte Una. »Ich kann in Ihren Augen sehen, dass Sie etwas vor mir verheimlichen.«

Una schluckte. »Zu den laufenden Ermittlungen darf ich niemandem Auskunft geben. Auch nicht den nächsten Angehörigen aller Beteiligten. Das hat nichts damit zu tun, dass ich Ihnen absichtlich etwas verschweige, das Ihre Tochter betrifft.«

Ida nickte, verzog das Gesicht zu einem schwachen Lächeln. »Sie sind eine gute Lügnerin.«

»Wie bitte?«, stieß Una aus, sah die Frau perplex an.

»Ich kann es in Ihren Augen lesen, meine Liebe. Sie wissen genauso gut wie ich, dass etwas anderes, sehr viel Größeres hinter diesem Mord steckt, und ich bin heute hier, um Sie anzuflehen, meine Tochter niemals aufzugeben – ganz egal, wie lange es auch dauern mag, bis Sie herausgefunden haben, was wirklich passiert ist.«

Wieder ein Klopfen an der Tür, nur diesmal streckte Unas Kollege Hardo den Kopf ins Zimmer, sah sie mit düsterer Miene an, zuckte beinahe unmerklich zusammen, als er Ida Adamsen bemerkte.

»Kann ich dich kurz sprechen?«, bat er Una und zog beim Anblick der alten Dame bedeutungsschwanger die Augenbrauen empor.

Sie nickte, stand auf.

»Bitte entschuldigen Sie mich einen kurzen Augenblick«, bat sie Yrlas Mutter und verließ den Raum.

»Was ist los, das nicht ein paar Minuten warten kann?«, fragte sie ungeduldig.

Hardo sah sie ungerührt an, straffte die Schultern.

»Eben kam ein Anruf aus der U-Haft rein. Die Kollegen haben wegen Yrla Adamsen angerufen. Wie es aussieht, will sie ein umfassendes Geständnis ablegen und sofort mit dir und einem Anwalt sprechen.«

6

HARDANGERVIDDA 2019

Ein lang gezogenes Weinen riss sie aus dem Schlaf. Dann vernahm sie das zarte Stimmchen von Taimi, die nicht verstand, wieso ihr Vater sie nicht zu ihrer Mami lassen wollte. Sie hörte die Stimmen von Arlette und Espen, die das Kind mit Engelszungen versuchten, zu beruhigen. Benommen setzte Norja sich auf, warf einen Blick auf ihre Armbanduhr. Es war fast zehn Uhr und augenblicklich verspürte sie den Anflug eines schlechten Gewissens, weil sie so lange geschlafen hatte.

Nach der gestrigen Begegnung mit Fynn hatte sie ewig wach gelegen und darüber nachgegrübelt, was genau der Junge wohl mit seiner Äußerung gemeint haben könnte.

Schließlich hatte sie schweren Herzens Drue geweckt, ihm von dem Gefühl erzählt, das sie im Wohnzimmer plötzlich verspürt hatte.

Er hatte angemerkt, dass es wohl ziemlich verrückt sei, sich bei dieser Kälte vor das Ferienhaus von Fremden zu stellen und neugierig hereinzulinsen. Schließlich hatte auch Norja einsehen müssen, dass es sich wahrscheinlich nur um Einbildung handelte. Es sei ein wirklich langer und anstrengender Tag gewesen, hatte Drue gesagt und damit Norjas eigene Vermutung quasi bestätigt. Ihre Nerven hatten ihr einen bösen Streich gespielt und das Zusammentreffen mit Fynn am Ende war dann der Tropfen gewesen, der das Fass zum Überlaufen brachte.

Rückblickend, da war Norja sicher, durfte man die Bemerkung des Teenagers nicht allzu ernst nehmen, vor allem nicht, weil er ständig und überall auf ihr herumhackte, sie schikanierte und schnitt, wann immer es ihm möglich war.

Sie musste der Tatsache ins Auge sehen – der Junge mochte sie nicht, gab ihr die Schuld am Scheitern der Ehe seiner Eltern, vielleicht sogar am Tod der Mutter und dagegen anzukämpfen, würde ein langwieriger Kampf werden, für den fünf Tage Auszeit bei Weitem nicht ausreichten.

Sie schlug die Decke zurück, richtete sich auf. Als ihre nackten Fußsohlen den Boden berührten, zuckte sie zurück. Es war eiskalt im Zimmer und der Boden fühlte sich an ihren vom Bett warmen Füßen wie pures Eis an. Schnell schlüpfte sie in ihre Hausschuhe und stand auf. Eine heiße Dusche wäre jetzt genau das Richtige, würde den letzten Rest Schläfrigkeit aus ihrem Körper vertreiben, ihn aufwärmen. Sie ging ins Bad nebenan, griff nach der Klinke, als sie ein lautstarkes Stöhnen vernahm.

»Kann man hier nicht mal in Ruhe kacken, verdammt?«

Fynn…

Sie musste wirklich dringend mit Drue über die Ausdrucksweise des Jungen reden.

Kurz überlegte sie, das Badezimmer am anderen Ende des Ganges zu benutzen, doch dann sagte sie sich, dass es vielleicht unpassend wäre, weil es im Grunde zu Arlettes Schlafzimmer gehörte.

Norja verzog das Gesicht bei der Vorstellung, mit ungeputzten Zähnen und zerknittertem Gesicht nach unten gehen zu müssen.

Egal, dachte sie schließlich, *wir sind hier zum Entspannen und dazu gehört, dass ich mich auch mal im Schlafanzug an den Frühstückstisch setzen kann.*

Sie machte sich auf den Weg, roch bereits auf der Treppe den Duft nach frisch aufgebrühtem Kaffee, freute sich auf eine Tasse des belebenden Getränks.

Nachdem Drue letzte Nacht wieder eingeschlafen war, hatte sie noch stundenlang wach gelegen, bis auch sie endlich in einen unruhigen Schlaf gleiten durfte. Irgendwann war Taimi wach geworden, weil der Wind so laut ums Haus gepfiffen und ihr Angst gemacht hatte. Sie hatte laut geweint, war fast nicht zu beruhigen gewesen, hatte so für ordentlichen Wirbel im Haus gesorgt. Arlette und ihr Freund waren dabei wach geworden, genau wie Drue und Fynn. Lediglich ihre mit Schlafmitteln vollgepumpte Mutter und Arlettes Tochter hatte der Lärm vollkommen unberührt gelassen.

Anschließend waren Drue und sie bis fast drei Uhr morgens damit beschäftigt gewesen, das Kind wieder zum Schlafen zu bewegen und so Ruhe ins Haus zu bringen.

Als Norja in die Küche trat, drehte Drue, der gemeinsam mit Taimi am Herd stand und herumwerkelte, sich zu ihr um, zwinkerte ihr zu. »Setz dich, meine Schöne, Kaffee und Kuchen sind unterwegs.« Er wirkte trotz der nächtlichen Unterbrechung seines Schlafs betont munter, ja, sogar ausgelassen und fröhlich, im Gegensatz zu Arlette und ihrem Freund, die wie zwei

Schluck Wasser am Tisch saßen und düster vor sich hin starrten.

»Tut mir wirklich leid wegen letzter Nacht«, murmelte Norja mit betretenem Blick zu ihrer Freundin.

Arlette sah auf, murmelte ein kaum hörbares »Guten Morgen« in ihre Richtung und starrte wieder demonstrativ auf die Tischplatte.

Norja sah Drue fragend an, woraufhin er ratlos mit den Schultern zuckte.

»Kann ich euch was helfen?«, wollte Norja von Drue wissen, doch der winkte ab. »Ich hab zwei Fertigmischungen im Ofen. Schokolade und Apfel-Mandel. Müssten in zwanzig Minuten fertig sein, dann gibts ein süßes Frühstück für alle.«

»Papa hat mir gezeigt, wie man Kuchen backt«, rief Taimi begeistert und klatschte in ihre winzigen Hände. »Und er hat mir heiße Schokolade gemacht. Wenn du brav bist, Mami, darfst auch eine haben und zwei Stücke Kuchen, genau wie ich.«

Norja beugte sich zu ihrer Tochter hinunter, drückte sie fest, gab ihr ein Küsschen auf die Wange. »Mami mag Kaffee ein bisschen lieber als Schokolade, mein Schatz.« Dann biss sie sich betreten auf die Unterlippe, sah Drue an. »Wie lange bist du denn schon auf den Beinen?«

Er runzelte die Stirn, überlegte. »Seit kurz nach neun glaube ich. Taimi hat versucht, ihre Oma aufzuwecken, aber die schläft so und fest wie ein Murmeltier«, sagte er mit bedeutungsvoller Stimme. »Deswegen ist die kleine Maus anschließend zu uns ins Bett gekrochen und ich dachte, bevor sie dich auch noch weckt, stehe ich lieber auf.«

Norjas Mutter, die unbemerkt in die Küche getreten war, sah ihren Schwiegersohn in spe beleidigt an. »Ich nehme jeden Abend eine halbe Schlaftablette, weil ich sonst im Stundentakt wach bin. Tut mir leid, aber mit diesen Dingern im Blut kriege ich einfach gar nichts mehr mit.«

Norja biss sich auf die Lippen. Sie hatte ihrer Mutter schon öfters gesagt, wie bedenklich sie es fand, dass sie ständig irgendwelche Schlafmittelchen einnahm, doch es hatte keinen Zweck.

Sie wandte sich Drue zu. »Morgen früh stehe ich auf, versprochen.«

Er winkte ab. »Mach dir keinen Stress deswegen.«

Er goss ihr eine Tasse mit Kaffee voll, reichte sie ihr. »Jetzt setz dich hin und werde erst mal richtig wach.« Er musterte sie besorgt. »Du wirkst müde und blass, alles okay mit dir?«

Sie nippte an ihrem Kaffee, schluckte, seufzte dankbar. »Ich muss einfach nur meine Kaffeespeicher auffüllen, dann bin ich wieder auf dem Damm.« Norja sah Arlette prüfend an, verzog das Gesicht, als ihr klar wurde, dass sie und ihr Freund nicht nur mit niemandem in diesem Raum sprachen, sondern auch miteinander kein Wort gewechselt hatten, zumindest nicht, seit sie hier war. Wie es aussah, hatten ihre Freunde gestritten, was keine Seltenheit bei den beiden war.

»Habt ihr euch schon Gedanken darüber gemacht, wer mich nach Tinn begleiten möchte?«, fragte Norja, um das peinliche Schweigen am Tisch zu durchbrechen. Ihre Mutter, die gerade dabei war, sich am Tresen einen Tee aufzubrühen, drehte sich zu ihr um. »Also wenn es dir recht ist, würde ich gerne mit Taimi hierbleiben. Wir könnten zusammen spielen und wenn das Wetter später besser wird, wäre ein Spaziergang sicher auch ganz nett.«

Norja nickte. »Ist es okay, Schatz, dass du bei Omi

bleibst?«, fragte sie an Taimi gewandt, die noch immer neben ihrem Vater stand und durch die Glasscheibe des Holzofenherds die Kuchen beobachtete.

Das Mädchen drehte sich zu ihrer Mutter um, nickte strahlend. »Bald bekomme ich Geschenke, stimmt doch, oder?«

Drue brach in Lachen aus, sah zu Norja. »Das und die beiden Kuchen im Ofen sind im Augenblick alles, was die kleine Maus interessiert.«

Norja grinste. »Ich schätze schon«, erklärte sie Taimi. »Und? Bleibst du bei deiner Omi?«

Das Kind sah unsicher von Norja zu ihrer Großmutter, nickte schließlich. »Du kommst ja bald wieder ...«

Norja spürte, wie sich vor lauter Liebe dem kleinen Mädchen gegenüber ihr Innerstes zusammenzog, und lachte. »Klar komme ich wieder. Ich besorge nur unser Essen für die Feiertage.« Sie wandte sich Arlette zu. »Was hältst du davon, mitzukommen? Wie lange ist es her, dass wir zwei Mädels so richtig shoppen waren?«

Arlette hob den Kopf, sah Norja mit undurchdringlicher Miene an. »Ewigkeiten«, gab sie schließlich schroff zurück. »Du müsstest eigentlich wissen, dass mein Jahr ziemlich kacke gelaufen ist und ich deswegen kein Geld zum Shoppen übrig habe.«

Norja zuckte unter den harschen Worten der Freundin wie ein geprügelter Hund zurück.

Arlette, der Norjas Reaktion nicht entgangen war, verzog das Gesicht. »So hab ich es nicht gemeint.« Sie brach ab, zögerte. »Es ist nur ...« Wieder ein Moment des Zögerns, auf den ein seltsamer Blick zu Espen folgte. Schließlich sah sie Norja entschuldigend an. »Heute ist mir einfach nicht nach shoppen, okay?«

Norja nickte, versuchte, sich ihre Enttäuschung nicht anmerken zu lassen.

»Ich hab eine Idee«, mischte sich Drue ein, um die Stimmung etwas zu heben. »Was haltet ihr Mädels davon, es euch heute bei dem Sauwetter so richtig gemütlich zu machen? Trinkt eine Flasche Wein zusammen, tratscht über alte Zeiten, während wir Männer uns auf die Jagd begeben.«

»Auf die Jagd?« Espen sah Drue verdutzt an. »Ich wusste gar nicht, dass du Jäger bist ...«

Drue sah Arlettes Freund an, grinste verschmitzt. »Bin ich auch nicht. Das Wort Jagd sollte nur ein aufregenderes Synonym fürs Einkäufe-Abholen darstellen. Ich finde, die Mädels haben es sich mehr als verdient, ein wenig zur Ruhe zu kommen, oder nicht?«

Er sah Espen auffordernd an, zwinkerte verstohlen. Und dann begriff Arlettes Freund endlich. »Klar, können wir machen. Ich wollte die Tage eh noch etwas besorgen, das kann ich genauso gut heute gleich erledigen.«

Norja sah zu Drue, lächelte dankbar. »Soll ich dir eine Liste machen, was wir brauchen und wo ich was bestellt habe?«

»Ist es viel?«

Sie hob die Schultern. »Eigentlich nicht. Du musst nur den Fisch für Heiligabend holen und das Lamm für die Feiertage. Außerdem hab ich zu Hause schon eine kleine Liste vorbereitet, mit Dingen, die ich frisch zum Kochen brauche, die gebe ich dir, bevor ihr fahrt.«

Drue grinste. »Das trifft sich ehrlich gesagt sogar ganz gut, dass ich mit Espen fahre, denn so kann ich ganz in Ruhe noch eine nette Überraschung für dich besorgen.«

Norja lachte. »Wir hatten doch ausgemacht, dass wir uns nichts schenken«, sagte sie schmunzelnd.

»Du hast also gar nichts für mich?« Drue legte den Kopf schief.

»Eine Winzigkeit vielleicht«, gab Norja grinsend zurück.

»Ich geh mir einen Zettel holen«, warf ihre Mutter ein, die ihren Tee mittlerweile ausgetrunken hatte. Sie stand auf, sah Drue an. »Du kommst doch sicherlich an einer Apotheke vorbei?«

»Und wenn nicht, ist es auch kein Problem, dann suche ich eine.«

Norja seufzte erleichtert, als sie mitbekam, wie nett Drue mit ihrer Mutter umging, und das, obwohl sie es ihm mit ihrer nörgeligen Art nicht immer einfach machte.

Als sie ihm vorgestern Abend, kurz vor ihrer Fahrt zum Flughafen, davon erzählt hatte, dass ihre Mutter über die Feiertage dabei sein würde, war er im ersten Moment gar nicht erfreut gewesen. »Deine Mutter wird uns alles miesmachen«, hatte er angemerkt und Norja war nicht umhingekommen, ihm insgeheim recht zu geben. Anschließend hatte er ihr für einige Stunden die kalte Schulter gezeigt, war jedoch noch am selben Abend zu einer *besonderen* Versöhnung bereit gewesen, auf die Norja nur zu gern eingegangen war. Sie vermutete, dass seine schnelle Bereitschaft, ihr zu vergeben, darauf gründete, dass er selbst seine Eltern schon im Kleinkindalter wegen eines schweren Unfalls verloren hatte. Anschließend war er bei seinen Großeltern mütterlicherseits aufgewachsen, die ihn gehegt und gepflegt, ihm eine trotz allem schöne Kindheit ermöglicht hatten.

Sie warf Drue einen liebevollen Blick zu, formte mit ihren Lippen lautlos ein »Dankeschön«, woraufhin er ihr einen Luftkuss zuwarf.

»Wann ist denn der Kuchen endlich fertig?«, schaltete

sich jetzt Taimi ein und sah schmollend in die Runde. »Ich hab nämlich großen Hunger.«

Es war schon fast Mittag, als Espen und Drue endlich so weit waren, nach Tinn zu fahren. Die Kleinstadt war mit dem Auto in einer knappen halben Stunde zu erreichen, trotzdem machte Norja sich bereits jetzt Sorgen, dass beide es nicht vor Einbruch der Dunkelheit zurück schafften. Der Schneesturm tobte noch immer wie verrückt und sie vermutete, dass es schwierig werden könnte, auf weite Sicht zu fahren.

»Wird schon gut gehen«, beruhigte Drue sie, zog sie an sich. »Wir düsen da jetzt ganz fix rüber und sind schneller zurück, als du denkst.« Plötzlich hielt er inne, sah Norja an. »Hattest du nicht gesagt, dass heute der Baum geliefert werden soll?«

Norja riss die Augen auf. »Den hab ich total vergessen. Ich seh mal schnell nach, ob er draußen liegt. Ich hab mit dem Lieferdienst vereinbart, dass sie ihn auf der Terrasse ablegen.«

Sie eilte in den Gang hinaus, öffnete die Tür, spähte hinaus.

Nichts.

Mit ungutem Gefühl in der Magengegend machte sie sich auf den Weg zur Treppe in Richtung des Vorplatzes, doch auch da war weit und breit nichts von einem Weihnachtsbaum zu sehen.

Vielleicht hat er ihn einfach hinten in den Garten geschmissen?, ging es ihr durch den Kopf.

Sie ging zurück ins Haus, schlüpfte in ihre Jacke, suchte anschließend den Garten ab.

»Was ist los?«, fragte Drue, der unbemerkt hinter ihr aufgetaucht war.

»Der Lieferant hat unseren Baum vergessen«, gab Norja betreten zurück. »Dabei hat er versprochen, dass er heute Morgen geliefert wird.«

Drue warf einen Blick auf die Uhr, deutete in Richtung Himmel. »Wer weiß, vielleicht kommt er wegen des Wetters etwas später?«

Norja nickte, atmete erleichtert auf. »Das wäre natürlich möglich, warten wir also noch bis heute Nachmittag.«

Drue zog sie an sich, küsste sie. »Mach dir nicht so viele Sorgen, meine Süße, du wirst sehen, alles wird gut. Wie werden ein traumhaftes Weihnachtsfest verbringen, es uns so richtig gut gehen lassen.«

Gemeinsam gingen sie zurück zum Haus, wo Espen bereits fertig angezogen auf der Veranda stand und auf Drue wartete. Von Arlette war weit und breit nichts zu sehen. Norja beschloss, die Freundin später danach zu fragen, was zwischen ihr und Espen vorgefallen war. Sie gab Drue einen Abschiedskuss und eilte fröstelnd ins Haus zurück.

»So eine Scheiße!«

Norja, die zusammen mit ihrer Mutter, Arlette und Taimi Memory spielte, zuckte zusammen.

»Seid ihr schon wieder da?« Sie sah Drue und Espen entgeistert an, warf einen Blick auf ihre Uhr. Seit ihrer Verabschiedung waren fünfzig Minuten vergangen, so schnell fuhr niemand nach Tinn zum Einkaufen und wieder zurück.

»Die Karre springt nicht an!«, kam es von Espen. Er suchte Arlettes Blick, seufzte, als er begriff, dass sie ihn noch immer zu ignorieren gedachte. Schließlich wandte er sich Norja zu. »Und wie es aussieht, ist es etwas Größeres.«

Sie schüttelte verwirrt den Kopf, sah von ihm zu Drue. »Was soll das heißen? Wie kann da was Größeres kaputt sein? Ich hab den Wagen vor zwei Monaten inspizieren lassen, da war er noch einwandfrei beieinander.«

Drue hob seufzend die Schultern. »Was soll ich sagen? Wir haben alles versucht, aber die Karre bleibt stumm, gibt einfach keinen Mucks von sich.«

»Habt ihr es mit der Batterie versucht? Vielleicht ist sie leer?«, gab Arlette zu bedenken.

»Die ist okay, Schatz«, erklärte Espen ihr mit aufgesetzter und vollkommen überzogener Freundlichkeit, klang dabei fast unterwürfig. »Wie gesagt, Drue und ich haben alle Möglichkeiten, die wir notfalls selbst beheben könnten, bereits durch und nichts gefunden. Im Grunde sind wir jetzt auf den Mechaniker angewiesen.«

»Das ist deine Schuld«, stieß Norjas Mutter aus, sah ihre Tochter an. »Ich hab gleich gesagt, dass es falsch ist, nur mit einem Wagen hierher zu fahren.«

Norja stöhnte. »Hättest du denn eine bessere Idee gehabt? Ich nämlich nicht ... Arlettes Wagen ist steinalt, Espens ein Firmenfahrzeug, das er ausschließlich in Oslo privat nutzen darf. Und was Drues Auto angeht, hätten wir zuerst in teure Schneeketten und neue Reifen investieren müssen. So blieb am Ende nur die Option, mit meinem Wagen zu fahren, weil er erstens gut in Schuss und zweitens groß genug für alle ist.«

Ihre Mutter gab einen abfälligen Grunzton von sich. »Gut in Schuss ... Jetzt sehen wir ja, wie toll die Karre beieinander ist.« Sie presste die Lippen aufeinander, fixierte sie. »Und das nächste ... Wären wir mit zwei

Autos hier, säßen wir jetzt nicht in der Misere. Wir müssten vielleicht sogar nicht extra noch mal los, um einzukaufen. Wir hätten mehr Platz gehabt, alles gleich mitnehmen zu können.«

»Jetzt beruhigen wir uns alle wieder«, schaltete Drue sich mit fester Stimme ein. »Norja hat den gesamten Ausflug hierher alleine geplant, sich wirklich Gedanken gemacht, wie die Feiertage für uns alle zu etwas Besonderem werden. Sie derartig anzugreifen, ist meines Erachtens vollkommen unangebracht. Dass das Auto jetzt nicht anspringt, ist außerdem wirklich nichts, das man ihr vorwerfen könnte.«

»Fuck! Fuck! Fuck!«, drang es fluchend aus dem ersten Stock zu ihnen ins Erdgeschoss. Keine Sekunde später kam Bele ins Zimmer geplatzt. »Das Netz ist tot«, rief sie und sah anklagend von ihrer Mutter zu Norja, als trügen beide die Schuld an dieser Misere. »Ich komm weder ins Internet, noch kann ich eine Nachricht versenden.«

Wie auf Befehl kam Fynn hinter ihr ins Zimmer gestolpert, grinste Bele überheblich an. »Dann hast du jetzt endlich die Möglichkeit, an deiner verkorksten Persönlichkeit zu arbeiten.«

»Arschloch«, gab Bele wütend zurück. »Was weißt du denn schon von mir ...«

Wütend starrte sie wieder aufs Display, wirkte, als sei sie den Tränen nahe. »Gestern ging es wenigstens noch einigermaßen, aber heute ist alles absolut tot. Ich kann nicht mal meine Freundinnen anrufen.«

»Vielleicht liegt es am Wetter«, beruhigte Norja den Teenager. »Da draußen stürmt und schneit es seit Stunden. Ich wette, dass dein Netz wieder funktioniert, sobald es aufhört.«

»Mhm«, kam es kurz darauf von Espen. »Mein Handy

geht auch nicht und bei Arlette ist auch alles tot. Sieht nach etwas Schwerwiegenderem aus ... Vielleicht hat der Sturm einen Mast umgerissen.«

»Na prima«, jaulte Bele und wirkte so verzweifelt, als habe sie nicht nur das Handynetz, sondern eine wichtige Person aus ihrem Leben verloren. »Das wird supergeil mit euch und ohne Internet.« Sie drehte sich auf dem Absatz um, rannte davon.

Fynn eilte ihr hinterher und zum ersten Mal fragte Norja sich, ob er eventuell an Bele interessiert war und das nur hinter seiner coolen Maske aus Beleidigungen und Sticheleien verbarg.

Sie sah von Arlette zu Taimis Großmutter, bemerkte, dass der anklagende Gesichtsausdruck ihrer Mutter einer Maske der Furcht gewichen war. Die Frau starrte sie mit weit aufgerissenen Augen an.

Fragend hob Norja die Augenbrauen. »Mama, alles in Ordnung?«

Kopfschütteln. In den Augen ihrer Mutter sammelten sich Tränen. »Und wenn es weiter schneit?«, fragte sie mit zitternder Stimme. »Was, wenn wir auch morgen keinen Empfang haben? Dann sitzen wir irgendwann hier, ohne Essen und ohne Trinken, können uns nicht einmal Hilfe holen.«

7

BODØ 2013

Mit hämmerndem Herzen schrak Una aus dem Schlaf hoch. Im ersten Moment wusste sie nicht, wo genau sie sich befand, dann nahmen die Umrisse und Konturen ihres Wohnzimmers an Schärfe zu und sie atmete erleichtert auf.

Sie hatte einen furchtbaren Albtraum gehabt, wie beinahe jede Nacht, seit ihr Mann mit Emil bei dessen Großeltern zu Besuch war.

Eigentlich hatte sie versprochen, mitzukommen, doch dann hatte die Chefetage wegen einer Serie an Raubüberfällen bis auf Weiteres eine Urlaubssperre verhängt und Una somit einen Strich durch die Rechnung gemacht.

Oli, ihr Mann, war wie immer sehr verständnisvoll gewesen, ganz anders als Emil, ihr Sohn, der nicht so gnädig auf die Absage seiner Mutter reagiert hatte.

Oli rief Una jeden Tag an, doch Emil weigerte sich beharrlich, mit ihr zu sprechen, zu tief saß die Enttäuschung des Jungen darüber, dass seine Mutter mal wieder ihren Job der Familie vorzog, auch wenn die Sachlage in Wahrheit ein klein wenig anders war.

Una stöhnte, als ihr bewusst wurde, dass sie – mal wieder – auf dem unbequemen Sofa im Wohnzimmer eingeschlafen war, was ihr Rücken den gesamten vor ihr liegenden Arbeitstag zu spüren bekommen würde. Abend für Abend nahm sie sich vor, nach dem Essen zu duschen und sich anschließend ins Schlafzimmer zu verkrümeln, doch inzwischen war es schon mindestens viermal vorgekommen, dass sie kurz nach dem Essen auf dem Sofa eingeschlafen und erst mitten in der Nacht wieder wach geworden war.

Sie sah auf die Uhr.

Knapp zwei Uhr...

Sollte sie um diese Zeit duschen?

Und riskieren, dass das heiße Wasser ihre Lebensgeister weckte und sie nicht mehr einschlafen konnte?

Sie verzog das Gesicht, stand auf, um den Rest der Nacht im Schlafzimmer zu verbringen. Sie war schon fast aus dem Wohnzimmer hinaus, als das Telefon im Gang zu schrillen begann. Sie hatte den Klingelton so laut eingestellt, dass man ihn von jedem Zimmer aus wahrnahm, doch hier und heute, mitten in der Nacht, empfand Una dieses Geräusch als ohrenbetäubend.

Missmutig ging sie zu der kleinen Kommode, fischte den Hörer von der Station, meldete sich.

Es war Hardo, ihr Kollege. Er klang abgehackt und merkwürdig blechern, ganz so, als wäre er um diese Zeit noch unterwegs und befände sich inmitten einer riesigen Menschenansammlung.

»Ich verstehe dich nicht«, rief Una harsch. »Kannst du nicht auf dem Handy anrufen?«

Plötzlich brach die Verbindung ab.

Wieso rief ihr Kollege überhaupt auf dem Festnetz an?

Sie ging ins Wohnzimmer zurück, wo ihr Handy auf

dem Tisch lag. Sie nahm es auf, bemerkte, dass sie den Ton vergessen hatte, anzustellen, stöhnte verärgert.

Hardo hatte mehrmals angerufen und ihr gleich drei Nachrichten geschickt.

»Ruf zurück« stand in der ersten. »Hast du schon wieder den Ton vergessen« in der nächsten.

»Komm zur Saltstraumenbrücke, ich brauche dich hier!!!« in der letzten Nachricht.

Una schloss für einen Moment lang die Augen, seufzte. Das war es also mit dem Schlaf für heute Nacht.

»Was ist passiert?«, schrieb sie Hardo und wartete.

»Ein verlassenes Auto auf der Brücke hat den gesamten Verkehr blockiert«, schrieb er zurück. »Die Kollegen von der Verkehrswacht haben bereits alles abgesucht, doch der Fahrer bzw. die Fahrerin des Wagens ist nach wie vor unauffindbar.«

»Was genau soll das heißen?«, schrieb Una zurück. »Ist der Wagen beschädigt? Gab es einen Unfall?«

»Der Wagen ist unversehrt und absolut verkehrstauglich«, kam es kurz darauf von Hardo. »Das ist ja das Seltsame. Der Wagen steht einfach mitten auf der Brücke, die Fahrertür geöffnet, aber vom Fahrer fehlt jede Spur.«

Als Una eine knappe Stunde später an der Saltstraumenbrücke ankam, wimmelte es von Polizisten, ungebetenen Zuschauern, sogar ein paar Leute von der Presse waren bereits vor Ort. Sie hielt Ausschau nach Hardo, erblickte ihn schließlich inmitten einiger Kollegen von der Spurensicherung. Während sie sich auf den Weg zu ihm machte, nahm sie die Atmosphäre dieses Ortes in sich auf. Das dröhnende Wasser unter ihr, die Dunkelheit um sie herum, einzig die leuchtenden Scheinwerfer des verlassenen Wagens auf der Brücke tauchte alles in ein gespenstisches Licht.

Was ist hier passiert?, ging es Una durch den Kopf. *Wer lässt mitten in der Nacht seinen fahrbereiten Wagen hier stehen und geht zu Fuß weiter? Das ergibt doch keinen Sinn. Ganz davon abgesehen, dass unten am Ufer sogar Lebensgefahr besteht. Zumindest dann, wenn sich die tosenden Wassermassen mit einer Geschwindigkeit von bis zu 40 km/h durch die rund hundertfünfzig Meter breite Meerenge drängen.*

Una spürte, wie ihr Innerstes sich verkrampfte.

Und wenn es gar nicht freiwillig war? Was, wenn dem Besitzer des Wagens oder der Besitzerin etwas zugestoßen ist?

»Habt ihr im Wagen etwas gefunden?«, kam Una ohne Umschweife auf den Punkt, sah sich in der Runde ihrer Kollegen um.

»Blut oder andere Substanzen?«

»Ein wenig angetrocknetes Erbrochenes im Kindersitz, das Zeug muss aber schon älter sein«, erklärte Hardo ihr. »Ansonsten nichts Auffälliges. Kein Blut, keine Fäkalien oder Urin – nichts.«

»Es befindet sich ein Kindersitz im Wagen?«

»Ja, für ein Kind im Alter bis zu zwei Jahren«, kam es von einem Kollegen der Spurensicherung. »Meine Frau und ich, wir haben auch so einen, daher weiß ich das so genau.«

»Und der Besitzer des Wagens, wissen wir schon etwas über diese Person?«

Hardos Gesichtsausdruck verdüsterte sich. »Der Wagen ist auf eine Frau angemeldet. Freja Toor, dreißig Jahre alt, wohnhaft in Bodø. Ich hab ein Team von zwei Leuten losgeschickt, die sollen mal klingeln, um herauszufinden, was hier los ist.«

Una spürte, wie sich die Unruhe in ihrem Innern von

Sekunde zu Sekunde weiter verstärkte. »Ich hab kein gutes Gefühl bei der Sache«, murmelte sie leise, doch Hardo hatte es trotzdem gehört. Er sah sie betreten an, schüttelte den Kopf. »Ich auch nicht, ehrlich gesagt, ich auch nicht.«

»Was Neues?«, fragte Una, als ihr nach ihrer Mittagspause Hardo im Aufzug begegnete. Er schüttelte den Kopf. »Die Kollegen haben alles versucht. Mehrmals bei Freja Toor geklingelt, bei ihr angerufen, die Nachbarn aufgescheucht. Leider weiß keiner von denen etwas über den aktuellen Aufenthaltsort der Frau, da sie ziemlich zurückgezogen lebt und kaum Kontakt zu ihren Nachbarn pflegt. Die einzigen nützlichen Infos bekamen wir von einer Frau im Haus gegenüber. Laut der Dame lebt Freja mit ihrer kleinen Tochter zusammen, die sie nach dem Tod ihres Mannes vor einem Jahr alleine aufzieht.«

»Der Mann von Freja Toor ist tot?«

Hardo nickte. »Er hatte Krebs … irgendwas in der Bauchgegend … Genaueres wusste die Nachbarin auch nicht. Jedenfalls bekam Freja seit dem Tod ihres Mannes regelmäßig Besuch von einer jüngeren Frau, die ihr ziemlich ähnlich gesehen haben soll. Die Nachbarin meint, es könne ihre Schwester sein.«

»Habt ihr Freja eine Nachricht hinterlassen, dass sie sich bei uns melden soll?«

»Klar.« Hardo nickte. »Im Briefkasten und auf Band. Sollte sie irgendwann nach Hause kommen, wird sie sich bestimmt bei uns melden.«

Una stieß die Luft scharf aus. »Und nun? Was sollen wir in der Zwischenzeit machen?«

Er räusperte sich. »Ich würde jetzt vorsichtshalber den

Suchtrupp aktivieren. Ich meine, was sonst könnten wir tun, ohne noch mehr Zeit zu verlieren? Immerhin könnte ein kleines Kind in Gefahr sein!«

Una sah ihn an, nickte. »Die Chefetage ist instruiert, wir haben acht Leute bekommen, drei davon sind Taucher. Das Problem ist nur der Strom unterhalb der Brücke. Dort zu suchen, wird relativ sinnlos sein und ist beim Wechsel der Gezeiten definitiv eine große Gefahr für die Taucher. Andererseits dürfen wir keine Option ungenutzt lassen.«

»Dann suchen wir eben zuerst vor und hinter der Brücke.« Hardo schluckte. »Wenn jemand sie aus dem Auto gezerrt und genau zum Gezeitenwechsel über das Geländer in die Tiefe geworfen hat, könnte sie theoretisch bis zum Skjerstadfjord gespült worden sein.«

Una nickte, fuhr sich fahrig durchs Haar. »Mir geht nur das Kind nicht aus dem Kopf, verstehst du?«

»Wir wissen doch gar nicht, ob es im Wagen war … Im Grunde wissen wir noch nicht einmal, ob die Frau wirklich in Gefahr schwebt.«

Una sah Hardo an, tippte sich mit Zeige- und Mittelfinger ihrer rechten Hand auf den Bauch.

Hardo nickte. »Deine Intuition wieder, mhm?«

Una verzog das Gesicht. »Ich kann es nicht ändern. Ich denke eben, dass das Auto der Frau nicht ohne Grund auf der Brücke stand.«

Hardo räusperte sich. »Dann kümmere ich mich jetzt mal ganz schnell um den Suchtrupp, damit es endlich vorwärtsgeht.« Er sah Una an, legte den Kopf schräg. »Was hältst du davon, wenn wir die Presse ins Boot holen? Wir haben zwar den Namen der Besitzerin des Wagens, doch unser System hat bislang außer Adresse und Telefonnummer nichts über diese Frau ausgespuckt, das uns irgendwie weiterhelfen könnte. Ich hab das Rechercheteam darauf angesetzt, mal das Internet zu durchforsten, doch auch dort herrscht bislang eher Ebbe, was weitere Infos angeht. Im Grunde sind wir also darauf angewiesen, dass jemand das Auto oder den Namen der Frau im Fernsehen oder im Radio erkennt und sich umgehend bei uns meldet.«

Knappe vier Stunden später lehnte Una sich zufrieden in ihrem Stuhl zurück. Sie hatte sowohl bei TV 2 als auch beim NRK erwirkt, dass heute Abend zur Hauptsendezeit über den Vorfall auf der Saltstraumenbrücke berichtet wurde.

Jetzt blieb ihr nur noch, sich zu gedulden und die Zeit für sich arbeiten zu lassen. Sie rechnete noch heute mit zahlreichen Anrufen und Hinweisen, hatte deswegen die Telefonzentrale doppelt besetzt.

Hardo und sie hatten ebenfalls beschlossen, heute länger zu bleiben, wollten sich später eine Pizza kommen lassen.

Ihr Magen knurrte, als sie an geschmolzenen Käse und würzige Tomatensoße dachte, doch Hardo war noch immer in Begleitung des Suchtrupps vor Ort unterwegs, um im Erfolgsfalle aus erster Hand zu erfahren, was mit Freja Toor passiert war.

Sie zog eine der Schubladen auf, inspizierte deren Inhalt, nahm sich schließlich frustriert einen alten Schokoriegel heraus. Sie wollte gerade den ersten Bissen machen, als ihr Handy zu brummen begann. Sie nahm es zur Hand, warf einen Blick aufs Display.

Hardo!

Ihr Innerstes verkrampfte sich, während sie seinen Anruf annahm.

»Irgendetwas Neues?«, fragte sie ungeduldig.

Sie vernahm einige hektische Atemzüge ihres Kollegen, dann ein verkrampft klingendes Hüsteln. »Ich dachte schon, dass deine Intuition diesmal falsch ist«, begann Hardo mit belegter Stimme. »Doch dann kam vor circa zwanzig Minuten eine Meldung von Team 1 rein. Wie es aussieht, wurde beim letzten Gezeitenwechsel in etwa zweihundert Metern Entfernung hinter des Saltstraumens eine tote Frau angeschwemmt.«

»Hast du die Leiche gesehen?«, fragte Una atemlos.

»Um genau zu sein, bin ich in diesem Augenblick vor Ort.« Hardo räusperte sich. »Und ich muss dir leider sagen, dass das Alter der Toten rein optisch gesehen mit der verschwundenen Freja Toor übereinstimmen könnte.«

8

HARDANGERVIDDA 2019

»Jetzt kommen wir alle erst mal wieder runter«, rief Drue, um die aufkeimende Hysterie abzumildern. »Wir wissen im Moment überhaupt nicht, woran es liegt, dass der Handyempfang weg ist. Es stimmt, was Espen sagt, ein Mast könnte umgefallen sein.« Er blickte in die Runde, räusperte sich. »Aber genauso gut ist es möglich, dass es tatsächlich nur am Wetter liegt.« Er deutete in Richtung des Fensters. »Da draußen tobt ein heftiger Schneesturm, sobald der vorbei ist, könnten wir Glück haben, dass die Handys wieder funktionieren und wir Hilfe rufen können.« Drue sah zu Norja. »Was hältst du davon, wenn wir in die Küche gehen und mal genau nachsehen, was wir noch an Vorräten da haben? Wir verschaffen uns einen Überblick darüber, wie viele Tage wir auskommen, ohne zwingend einkaufen zu müssen, das trägt hoffentlich zur allgemeinen Beruhigung bei.«

Norja nickte, stand auf, folgte Drue in die Küche. Als sie beide allein im Raum waren, brach sie in Tränen aus. »Das ist meine Schuld«, stammelte sie. »Meine Mutter hat recht. Ich wollte, dass an den Feiertagen einfach alles stimmt, wollte den Fisch deswegen nicht in einer Kühlbox mitschleppen, sondern frisch kaufen. Genau wie das Fleisch. Ich hätte einfach einplanen müssen, dass das Wetter umschlagen oder andere Dinge dazwischenkommen können.« Sie schüttelte den Kopf. »Das hab ich aber nicht, hörst du? Wenn wir jetzt wirklich tagelang auf dem Trockenen sitzen, die Feiertage mit Dosensuppen und belegten Broten überstehen müssen, kann ich mir diese Geschichte auch in zehn Jahren noch von meiner Mutter anhören.«

Drue grinste, zog sie an sich. »Und das ist wirklich so schlimm? Ich meine, wer ist deine Mutter, dass dir ihr Urteil so viel bedeutet? Du hast doch selbst gesagt, dass sie, seit du denken kannst, an dir herumgenörgelt hat. Dass du ihr noch nie etwas recht machen konntest. Jetzt angenommen, das alles wäre nicht passiert, denkst du nicht, dass sie etwas anderes gefunden hätte, das sie dir vorhalten kann?«

Norja stieß die Luft aus, nickte. »Aber in diesem speziellen Fall hat sie recht, findest du nicht?«

»Du hättest sie auch alleine bei sich zu Hause sitzen lassen können. Dann hätte sie ihren Fernseher, ihre gewohnte Umgebung, vielleicht besseres Essen, wäre aber mutterseelenallein gewesen. Stattdessen hast du ihr angeboten, sie mitzunehmen, das allein reicht, finde ich, um endlich zu erkennen, dass du eine wirklich gute Tochter bist. Und wenn sie das nicht von allein erkennt, ist sie es sowieso nicht wert, ganz egal, ob sie deine Mutter ist.«

Norja ließ sich Drues Worte ein paar Augenblicke durch den Kopf gehen, dann stellte sie sich auf die Zehenspitzen, küsste ihn auf die Nase. »Wenn ich dich nicht hätte«, seufzte sie dankbar, spürte, dass seine Worte ihr guttaten.

Drue legte den Kopf schief, grinste. »Dann gehen wir es jetzt an?« Er deutete auf die Schränke und den Kühlschrank, musterte Norja. »Okay. Am besten schreiben wir alles auf, das wir haben.«

Drue eilte in den Gang hinaus, wo in einer kleinen Schale auf der Schuhkommode einige Stifte und ein Notizblock lagen.

Gemeinsam durchsuchten sie Schrank für Schrank, notierten akribisch ihren Vorrat.

Als sie fertig waren, verglichen sie ihre Listen.

»Wir kriegen zwar kein Gourmet-Dinner zusammen, ansonsten finde ich es aber gar nicht so übel«, flachste Drue, um Norja ein wenig aufzuheitern.

Sie gingen zu den anderen ins Wohnzimmer, riefen unterwegs in den ersten Stock hinauf, damit sich auch Fynn und Bele zu ihnen gesellten. Als alle vollzählig waren, ergriff Drue das Wort. »Wie ihr mittlerweile wisst, stimmt etwas mit Norjas Wagen nicht. Espen kennt sich ein wenig mit Automechanik aus, muss in dem Fall aber passen. Ich selbst hab von so was gar keinen Dunst. Deswegen sind wir bis auf Weiteres darauf angewiesen, dass ein Mechaniker sich den Wagen ansieht. Leider bekommen wir wegen des Wetters im Augenblick keinen Handyempfang, um jemanden anzurufen, der uns abschleppt und uns gegebenenfalls einen Mietwagen besorgen könnte. Also heißt es jetzt erst mal – aussitzen, bis das Wetter sich beruhigt. Das kann heute noch sein oder erst morgen. Fakt ist aber ...«, er machte eine bedeutungsvolle Pause, »dass keiner von uns bis dahin verhungern muss. Wir haben genügend Vorräte für die nächsten Tage, ganz davon abgesehen, dass wir hier im Haus vor dem Wetter da draußen sicher sind. Wir haben es warm und gemütlich, machen wir also das Beste aus dieser Situation.«

»Das heißt also, dass wir Suppen, Nudeln und solchen Scheiß zu Weihnachten essen müssen?«, jammerte Bele.

»Ist doch kacke«, pflichtete Fynn ihr bei, warf Norja einen bösen Blick zu.

War klar, dass du mir wieder den alleinigen schwarzen Peter zuschiebst, dachte Norja wütend. *Reicht nicht, dass ich für meine Mutter schon die Idiotin vom Dienst bin, da hast du mir gerade noch gefehlt.*

Sie seufzte leise, warf Arlette einen Blick zu. Die erwiderte ihren Blick zwar, doch Norja konnte ihren verschlossenen Gesichtsausdruck beim besten Willen nicht deuten. Gab auch sie ihr für all das die Schuld?

Hatte sie am Ende auch Angst wie ihre Mutter?

Oder war Arlettes Reaktion nur die Essenz ihres Streits mit Espen?

Sie schluckte, verwarf diesen Gedankengang, konzentrierte sich aufs Hier und Jetzt. »Wie Drue sagte, könnte es schlimmer aussehen«, warf sie ein. »Wir haben vier Packungen Nudeln, etwas Reis, Kartoffeln, zwei Kilo Mehl, Trockenhefe, eine Fertigmischung Kuchen und einige Dosen mit Tomaten, Thunfisch sowie verschiedene Suppen. Was den Getränkevorrat angeht, haben wir ein paar Flaschen Saft für die Kinder, Kaffee und Tee, dazu etwas Milch, ein wenig Bier für die Männer und zwei Flaschen Weißwein. Dazu kommt noch der Inhalt des Kühlschranks. Und wir verfügen über ausreichend Trinkwasser aus der Leitung – also alles halb so wild. Mit ein wenig Fantasie bekommen Arlette und ich aus diesen Vorräten durchaus auch ohne weitere Einkäufe ein akzeptables Weihnachtsessen hin.«

Sie brach ab, sah in die Runde. Norja fiel auf, dass ihre

Mutter jetzt zwar nicht mehr ängstlich aussah, sie aber dennoch mit einer Mischung aus Skepsis und Verachtung musterte. Kurz erwog sie, deren Blick zu ignorieren, aber dann sagte sie sich, dass es jetzt einfach zu viel war. »Hast du ein Problem mit dem, was ich gerade gesagt habe?«, forderte sie sie heraus. Ihre Mutter schwieg, hielt aber ihrem Blick stand.

»Ich weiß, dass diese Situation nicht das ist, was wir alle uns für dieses Weihnachtsfest, geschweige denn für unseren Kurzurlaub gewünscht haben. Aber da es nun einmal so gekommen ist, müssen wir jetzt alle das Beste daraus machen. Und sich gegenseitig die Schuld zuzuweisen, ist ziemlich kontraproduktiv, finde ich.« Sie starrte ihre Mutter abwartend an, doch die sagte noch immer keinen Ton, glotzte einfach nur stumm zurück.

Schließlich winkte Norja ab, stand auf. »Da aus der Einkaufstour unserer Männer nun nichts mehr wird, zumindest vorerst nicht, was haltet ihr davon, wenn wir uns eine Kleinigkeit zu essen machen und dann alle zusammen ein paar Spiele machen?«

»Ist das dein Ernst?«, maulte Bele, sah augenrollend zu ihrer Mutter. Arlette hob die Schultern, gab aber keinen Ton von sich.

»Also ich mach bei dieser Scheiße jedenfalls nicht mit«, protestierte Fynn und stand auf, musterte Bele von oben herab. »Ich weiß nicht, ob du lesen kannst, aber falls doch und natürlich vorausgesetzt, dass du irgendwann fertig damit bist, über dein angenehmes Wesen nachzudenken, könntest du dir von mir ein Buch ausleihen. Ich hab einen ganzen Stapel dabei.«

»Arschloch«, schimpfte Bele, drehte sich aber erstaunlicherweise auf dem Absatz um und lief Fynn nach oben nach. Es folgte erstauntes Schweigen der Erwachsenen und sogar Taimi wirkte überrascht.

Schließlich durchbrach Norjas Mutter die Stille im Raum. »Angenommen, der Schneesturm hält an«, warf sie ein. »Was machen wir dann? Ich meine, die Lebensmittel, die wir haben, reichen, wenn wir sie rationieren, sicherlich ein paar Tage für uns alle, aber irgendwann wird es zwangsläufig eng. Was soll dann passieren? Wir können doch nicht naiv und blauäugig hier herumsitzen und das Verderben auf uns zurollen lassen.«

Norja spürte, wie eine Welle des Zorns sie überrollte. »Kannst du bitte sofort damit aufhören, vor Taimi so eine Weltuntergangsstimmung zu verbreiten! Ich meine, wir leben heute und es geht uns gut, was morgen und übermorgen ist, sehen wir, wenn es so weit ist. Niemandem ist geholfen, wenn wir uns gegenseitig Angst machen und Panik verbreiten.«

»So sehe ich das auch«, kam ihr Drue zu Hilfe. Er sah ihre Mutter an. »Was genau macht dir denn Sorgen? Wir haben doch alles, was wir brauchen ... Wasser und genug zu essen, Holz zum zusätzlichen Heizen und zur Unterstützung des Dieselaggregats in der Hütte. Und nur für den Fall, dass das Wetter anhält, können wir immer noch versuchen, ein paar Hundert Meter zu laufen, um irgendwo anders vielleicht ein Netz zu bekommen. Wir könnten sogar versuchen, zu Fuß in den nächsten Ort zu kommen, länger als zwei Stunden dauert das auch nicht und die fittesten von uns könnten definitiv den Versuch wagen ... also zumindest wäre ich schon mal dabei.« Er brach ab, hob die Schultern. »Im Augenblick fehlt es uns an nichts, außer an etwas positiverer Stimmung.«

Als Norja sah, dass ihre Mutter unter Drues Worten

ganz kleinlaut wurde, ging es ihr schlagartig besser. Sie lächelte schwach, als er ihr unbemerkt zuzwinkerte.

»Na, wenn's so ist«, gab ihre Mutter schließlich zurück und stand auf, »dann ist alles in bester Ordnung und ich kann mich beruhigt ein paar Stunden aufs Ohr hauen …« Sie klang optimistisch, doch Norja kannte die Frau viel zu gut, um nicht zu erkennen, dass ihre Bemerkung vor Sarkasmus nur so troff.

Kopfschüttelnd sah sie ihrer Mutter nach, wandte sich Arlette und Espen zu. »Dann eben nur wir vier«, erklärte sie mit gekünstelter Fröhlichkeit. »Sollen wir was spielen oder uns dick einpacken und eine Schneeballschlacht machen?«

Arlette sah Norja fassungslos an, schüttelte den Kopf. »Da draußen schneit es wie irre und es ist stürmisch. Willst du, dass wir uns zu allem Übel auch noch den Tod holen?«

Sie stieß einen miesepetrigen Grunzton aus, stand auf. »Ihr könnt rausgehen, wenn ihr wollt, aber ich mache es jetzt wie deine Mutter und leg mich bisschen hin. Wenn ich Glück habe, ist der Albtraum vorbei, wenn ich aufwache.« Mit diesen Worten marschierte sie aus dem Wohnzimmer, ignorierte den fragenden Blick ihres Lebensgefährten.

Espen seufzte. »Tut mir wirklich leid, dass Arlette heute so biestig drauf ist«, erklärte er. Betreten kratzte er sich am Kopf, stand ebenfalls auf. »Leider muss ich zugeben, dass das meine Schuld ist, deswegen geh ich mal lieber hinterher und sehe, ob ich das irgendwie wieder gutmachen und hinbiegen kann.«

Als auch er gegangen war und sie nur noch zu dritt im Wohnzimmer saßen, stieß Norja einen tiefen Seufzer aus, sah Drue missmutig an. »Wenn ich ehrlich bin, muss ich zugeben, dass auch ich gar keine Lust mehr auf all das habe«, stieß sie aus. »Am liebsten würde ich alles zusammenpacken und nach Oslo zurückfahren ... Aber halt, geht ja nicht, das Auto ist im Eimer.« Sie zuckte zusammen, als sie Taimis traurigen Gesichtsausdruck sah.

Ein Ruck ging durch ihren Körper.

Halt!, meldete sich die Stimme in ihrem Innern zu Wort. *Du hast das alles so liebevoll und genau durchgeplant und dich so darauf gefreut, Zeit mit deinen Lieben zu verbringen. Lass dir das doch nicht von ein paar Miesepetern und Streithähnen verderben.*

Sie straffte die Schultern, sah erst Drue an und dann ihre Tochter. »Dann eben nur wir drei. Was hältst du davon, meine Kleine, gehen wir ein bisschen da raus und sehen mal nach, wie es deinem Schneemann so geht?«

Augenblicklich sprang Taimi von ihrem Sessel auf, klatschte in die Hände. »Anziehen! Anziehen!«

Norja lachte, sah Drue an. Der grinste zufrieden, zog sie in seine Arme, küsste sie, ignorierte Taimis vergnügtes Gequietsche. Als er sich wieder von ihr löste, schob er sie auf Armeslänge von sich weg, musterte sie aus seinen dunkelblauen Augen. »So gefällst du mir schon viel besser, meine Schöne.«

Am frühen Abend war endlich alle Anspannung von Norja abgefallen. Drue und sie waren mit Taimi eine Stunde draußen gewesen, hatte den Schneemann restauriert und eine kleine Schneeballschlacht gemacht, die Taimi natürlich haushoch gewonnen hatte. Anschließend hatte es heiße Schokolade für alle und den Rest des Kuchens vom Frühstück gegeben. Und während sich Drue und Taimi im Wohnzimmer ein Kinderbuch ansahen, wollte Norja die Zeit nutzen, das Abendessen vorzubereiten. Sie würde eine leckere Kartoffelsuppe für alle zaubern und als Einlage eine der beiden Räucherlachs-Packungen verwenden. Außerdem wollte sie eine Packung Mehl dazu verwenden, ein oder zwei köstliche Weißbrote zu backen, denn Butter und Käse gab der Kühlschrank noch zur Genüge her. Sie krempelte die Arme hoch, wollte sich gerade an die Arbeit machen, als sie innehielt. Die feinen Härchen an ihrem Körper richteten sich kerzengerade auf, dann spürte sie ein leichtes Kribbeln im Leib. Sie hob den Kopf, starrte zum Fenster hinaus, konnte wegen der Dunkelheit dort draußen jedoch nichts erkennen. Sie zögerte, ging schließlich zum Lichtschalter, legte ihn um. Als es in der Küche dunkel war, ging sie wieder zum Fenster zurück, starrte durch die Scheibe. Plötzlich war sie absolut sicher, dass da draußen jemand stand und zu ihr hereinsah. Sie schnappte nach Luft, wusste im ersten Augenblick nicht, was sie machen sollte. Wenn sie jetzt nach Drue riefe, ihm davon erzählte, würde sie unweigerlich Taimi damit schaden, ihr fürchterliche Angst machen. Also schwieg sie, schaltete das Licht wieder ein und ignorierte das Gefühl in ihrem Innern. Sie fing an, Kartoffel für Kartoffeln zu schälen und zu würfeln, lauschte hin und wieder, ob sich in den anderen Zimmern endlich etwas rührte.

Nichts.

Sie vermutete, dass ihre Mutter sich wieder mal mit Medikamenten vollgedröhnt hatte und wie ein Stein schlief, während Arlette damit beschäftigt war, die Annäherungs- und Versöhnungsversuche von Espen abzuwehren.

Fynn!

Stand er da draußen und beobachtete sie?

Amüsierte er sich darüber, wie sehr er es doch immer wieder schaffte, sie zu verunsichern, ja, sogar zu demütigen?

Doch hätte sie ihn nicht hören müssen, wie er die Treppe hinunter zur Haustür gegangen war?

Wurde sie langsam verrückt?

Färbte die miese Stimmung ihrer Mutter auf sie ab?

Norja seufzte, nahm einen Topf aus dem Schrank, gab ausreichend Wasser hinein, stellte ihn auf dem heißen Küchenherd ab.

Danach schälte und würfelte sie weiter, bis sie eine für acht Personen ausreichende Menge fertig hatte. Sie wusch die Kartoffeln, gab alle in eine Schüssel, ging damit zum Herd.

Wieder spürte sie das innere Kribbeln, bemerkte, wie ihr von einem Augenblick auf den anderen eiskalt wurde.

Schnell gab sie die Kartoffeln aus der Schüssel in den vorbereiteten Topf, zuckte zurück, als kochend heißes Wasser auf ihren Arm spritzte. Schmerzerfüllt schrie sie auf, ließ die Schüssel fallen, fluchte.

Plötzlich kam ihr in den Sinn, dass es vielleicht tatsächlich eine Scheißidee gewesen war, hierher zu kommen.

»Was ist los?«, fragte Drue, der, von ihr unbemerkt, in die Küche gekommen war. Prüfend sah er sie an, runzelte die Stirn.

»Ich hab mich verbrannt«, stieß Norja weinerlich aus, deutete mit dem Kopf auf ihren rechten Unterarm. Kurz überlegte sie, Drue zu sagen, dass sie wieder das Gefühl hatte, beobachtet zu werden, entschied sich aber dagegen.

Er verzog mitfühlend das Gesicht, hob die heruntergefallene Schüssel auf. »Taimi ist auf dem Sofa eingeschlafen, was hältst du also davon, wenn wir die Zeit nutzen und nach oben gehen, bis die Kartoffeln fertig sind? Ich verarzte deine Brandblasen und anschließend dich.« Er zuckte bedeutungsvoll mit den Augenbrauen, brachte Norja so zum Lachen. »Ist eigentlich nur halb so schlimm«, beschwichtigte sie. »Ich lass einfach ein bisschen kaltes Wasser drüber laufen, dann müsste es wieder gehen. Und zu deinem zweiten Vorschlag – den verschieben wir lieber auf heute Abend, wer weiß, am Ende kommen die anderen genau in dem Moment runter, wenn wir mitten dabei sind ... Könnte peinlich werden, meinst du nicht?«

Drue sah sie gespielt schmollend an, grinste dann. »Versprochen?«

Norja lachte, ließ sich von ihm küssen. »Versprochen.«

Als Norja am nächsten Morgen erwachte, wusste sie instinktiv, dass es noch immer schneite. Sie sah zu Drues Bettseite hinüber, bemerkte, dass er wie gestern bereits aufgestanden war. Sie gähnte ausgiebig, sah auf ihre Uhr.

Wenigstens ist noch nicht zehn Uhr, dachte sie erleichtert und stand auf. Heute würde sie für das Frühstück sorgen, so viel stand fest.

Sie ging ins Bad, seufzte erleichtert, weil es diesmal nicht bereits besetzt war. In Windeseile zog sie sich aus, warf einen Blick in den Spiegel und seufzte, als ihr klar wurde, dass ihr Haar strähnig aussah und ihr wie angeklatscht über die Schultern fiel, sie es würde waschen müssen, wenn sie nicht wie eine Pennerin aussehen wollte. Sie schlüpfte in die enge Kabine, schaltete das Wasser ein. Sie seufzte genüsslich, als der heiße Wasserstrahl ihre Muskeln im Nacken massierte, schloss die Augen.

Als sie ein Geräusch vernahm, riss sie erschrocken die Augen auf, sah durch die angelaufene Glasscheibe die Umrisse eines Mannes ... oder eines großgewachsenen Teenagers.

Wie es aussah, hatte sie vergessen, die Türe zu verriegeln.

»Bist du das Drue?«, rief sie und hoffte inständig, dass er es war und nicht Espen oder schlimmer noch Fynn, der sich gerade jetzt die Zähne putzen wollte.

Ein Kichern ertönte, dann hörte sie, wie der Klodeckel an der Wand anschlug. Norja runzelte die Stirn. Drue wäre niemals so respektlos, in ihrer Gegenwart zu pinkeln oder Schlimmeres ...

Und Espen ... Arlettes Freund mochte in vielerlei Hinsicht ein unsensibler Trottel sein, aber er wäre ganz sicher nicht so dreist, sich zu erleichtern, während sie gerade duschte.

Blieb also nur Fynn und dem – das musste Norja zugeben – traute sie ein solches Verhalten definitiv zu. Sie erinnerte sich an gestern Nacht. Drue und sie hatten sich leidenschaftlich geliebt, als sie plötzlich wieder das Gefühl beschlich, beobachtet zu werden. Und tatsächlich hatte sie nur den Bruchteil einer Sekunde später die Tür ihres Schlafzimmers quietschen gehört und einen Schatten draußen im Gang vorbeihuschen sehen.

Sie schluckte, als sie wenig später die Toilettenspülung hörte, kurz darauf die Umrisse der Person näher in Richtung Duschkabine kamen. Instinktiv bedeckte sie ihre Brust mit dem linken Arm, ihre Scham mit der rechten Hand.

Wieder ein Kichern.

Lauter diesmal.

Norja fand, dass es irgendwie bösartig klang.

Fremd.

Klang dieses Kichern wirklich nach Fynn?

Doch wer sonst sollte hier zu ihr ins Badezimmer kommen?

Und vor allem sich unbemerkt an all den Menschen im Haus vorbei geschlichen haben?

»Geh ... weg«, stieß sie aus und wich bis zur gefliesten Wand hinter sich zurück.

Aus dem Kichern wurde ein heiseres Keckern.

Das klingt doch nicht nach dem Jungen, dachte Norja beinahe in derselben Sekunde und spürte, wie ihre Muskeln butterweich wurden.

Oder doch?

Spielten ihre Angst und die Scham ihr einen bösen Streich?

Wer außer Drues Sohn sollte sich einen Spaß daraus machen, sie in den Wahnsinn zu treiben?

Ihr war selbstverständlich bewusst, dass sie splitterfasernackt war, doch plötzlich fühlte sie sich zudem seltsam gläsern, so als gäbe die angelaufene Scheibe der Duschkabine viel mehr preis als nur ein Paar Brüste und eine Vagina. Sie drehte sich zur Seite.

»Denkst du dämliche Fotze wirklich, dass ich dir etwas weggucke?«, flüsterte eine Stimme, die so hasserfüllt klang, dass sie Norja bis ins Mark erschütterte.

Sie spürte, wie ihre Beine unter ihr nachgaben, ließ sich zitternd auf den Boden der Duschkabine gleiten.

Dann fing sie hemmungslos an zu schluchzen.

9
BODØ 2013

Der gestrige Arbeitstag hatte an Unas Nerven gezehrt. Die Pressemeldung bezüglich des verlassenen Wagens auf der Brücke hatte eine Vielzahl von Wichtigtuern aus ihren Verstecken gelockt, doch etwas wirklich Brauchbares war nicht zutage gefördert worden. Kurz hatte Una mit sich gerungen, eine Meldung über die gefundene Leiche hinterherzuschieben, doch nach Rücksprache mit Hardo und der Chefetage hatte sie davon abgesehen. Es stimmte, solange man noch nichts über die Identität der Toten sowie die Todesursache wusste, mussten sie die Pressefuzzis außen vor lassen. Am Ende war es bereits nach Mitternacht gewesen, als sie endlich aus dem Präsidium rausgekommen war und sich auf den Heimweg machen konnte. Sie hatte eine ausgiebige Dusche genommen, eine Kleinigkeit gegessen und sich unmittelbar ins Bett verzogen, doch war ihr der ersehnte Schlaf bis fast zum Morgengrauen verwehrt geblieben. Stundenlang hatte sie in die Dunkelheit vor sich hin gestarrt, immer dieselben Gedanken im Kopf.

War es möglich, dass es sich bei der gefundenen Leiche tatsächlich um Freja Toor handelte?

Sicher, es sprach eine ganze Menge dafür, schließlich war es ihr verlassenes Auto gewesen, das man auf der Brücke gefunden hatte. Andererseits konnte Freja die Nerven verloren haben und einfach zu Fuß weitergegangen sein.

Es könnte an jenem Abend so viel zu der Tatsache geführt haben, dass eine junge, alleinerziehende Mutter ihr Auto an einem gottverlassenen Ort stehen ließ. Es musste nicht zwangsläufig bedeuten, dass diese Frau jetzt tot war.

Allerdings kann die Leiche ein paar Hundert Meter weiter nun wirklich kein Zufall sein ...

Una seufzte.

Genau ihre innere Stimme war es, die ihr in der vergangenen Nacht alles abverlangt hatte.

Und im Grunde stimmte es auch. Da war eine Leiche gefunden worden, nur wenige Hundert Meter von der Brücke entfernt, auf der Frejas Auto gestanden hatte.

Hinzu kam, dass das von Hardo geschätzte Alter der Toten so ziemlich genau auf Frejas tatsächliches Alter passte – was ebenfalls ein ziemlich schlechtes Zeichen war.

Una schluckte, als die wichtigste aller Fragen wieder in ihrem Kopf aufleuchtete.

Wenn es sich bei der Leiche tatsächlich um Freja handeln sollte, was bedeutete das für deren Tochter?

War sie bei ihrer Mutter gewesen, als diese starb?

Falls ja, bedeutete dies unter Umständen, dass die Kleine nun ebenfalls tot und nur noch nicht gefunden worden war.

Hardo selbst hatte einen ganz ähnlichen Gedankengang vorgebracht – und zwar bereits gestern Abend – und unmittelbar nach dem Fund der Frauenleiche veranlasst, dass die Suche weitergehen musste. Falls Mutter und Tochter an jenem verhängnisvollen Abend zusammen gewesen waren, bestand durchaus die traurige Möglichkeit, dass in Kürze auch die Leiche des Kindes gefunden würde.

Una schluckte.

Was ihr nicht in den Kopf ging, war das WARUM?

Selbst wenn sich herausstellen sollte, dass es sich bei der Leiche nicht um Freja handelte, blieb da immer noch die Frage offen, weshalb eine andere junge Frau in den besten Jahren ihres Lebens des Nachts in die eisigen Fluten des Gezeitenstroms gesprungen war...

Konnte es einen schrecklicheren Tod geben?

Und wenn es gar kein Suizid war?

Una spürte, wie ihr Herzschlag ein paar Sekunden lang aussetzte, nur um umso heftiger drauflos zu hämmern.

Der Gedanke, dass ein Unfall hinter all dem steckte, war Una eine gewisse Zeit ebenfalls durch den Kopf gegangen, doch letztendlich sprachen alle Zeichen dagegen. Das Geländer an der Brücke war zu hoch, schloss somit einen Unfall aus. Und wer kletterte schon zum Spaß über die Brüstung?

Es bestand außerdem die Möglichkeit, dass die Frau vom Ufer aus ins Wasser gefallen war, doch wieso sollte sie ihren Wagen AUF der Brücke stehen lassen? Wenn sie hätte dringend pinkeln müssen, dann gab es unten genügend Möglichkeiten, das Auto sicher abzustellen.

Blieb also nur noch Mord als zweite Option neben einem Suizid...

Und obwohl Una als Polizistin tagtäglich mit den

dunkelsten Abgründen der Menschen zu tun hatte, setzte ihr dieser Fall seltsamerweise viel mehr zu, als ihr lieb war.

Lag es daran, dass sie innerlich längst sicher war, dass es sich bei der Frauenleiche um Freja handelte?

Freja war Mutter eines kleinen Kindes, genau wie sie selbst, wäre doch möglich, dass sie deswegen eine so starke emotionale Bindung zu diesem Fall verspürte.

Una stieß die Luft aus, fragte sich, ob es nicht besser wäre, den Fall komplett an Hardo abzugeben. Er hatte weder Kinder noch eine Ehefrau und Una war sich ziemlich sicher, dass auch seine neueste Flamme bald wieder abgemeldet sein würde. Hardo sähe die Fakten dieses Falles ganz sicher mit anderen Augen als sie selbst.

Sie horchte in sich hinein, schüttelte entschlossen den Kopf.

Sie konnte nicht.

Allein sich vorzustellen, diesen Fall abzugeben, fühlte sich falsch an, sie konnte nur noch nicht sagen, warum.

Als das Telefon auf ihrem Schreibtisch zu klingeln begann, zuckte sie zusammen. Es war dem Schlafmangel zuzuschreiben, dass sie innerhalb weniger Tage zum Nervenbündel mutiert war, und sie musste zugeben, dass sie es hasste. Wenn Oli und Emil nach Hause kamen, musste sie es unbedingt hinbekommen, sich keinen emotionalen Ballast in die eigenen vier Wände mitzunehmen. Ihr Sohn verfügte trotz seines jungen Alters über einen ausgezeichneten Radar, was ihre Person anging, er würde es sofort bemerken, wenn sie gedanklich nicht vollends bei ihm wäre.

Sie ging an den Apparat, sog die Luft ein, als sie die Stimme ihres Kollegen vernahm.

»Haben wir jetzt endlich den richterlichen Beschluss für die Sektion bekommen?«

»Nicht, dass ich wüsste«, gab sie zurück. »Das wollte die Chefin selbst erledigen, demzufolge hab ich mich jetzt nicht mehr darum gekümmert.«

Hardo stieß einen nicht jugendfreien Fluch aus.

»Die da oben wissen aber schon, dass bei uns alles steht, wenn die ihre fetten Ärsche nicht in Schwung kriegen?«

Una konnte nicht anders, als über die respektlose Äußerung ihres Kollegen gegenüber der Chefetage zu grinsen.

»Wenn es zu deinem Seelenheil beiträgt«, stichelte sie, »versuche ich mal mein Glück.«

»Ist vielleicht besser so.« Er seufzte.

»Und die Recherche? Irgendwas über Freja gefunden?«

»Nichts«, antwortete Una. »Nicht jeder ist so kontaktfreudig wie du, dass er auf allen möglichen Social-Media-Seiten einen Account hat.«

»Schon verstanden«, murrte Hardo. »Wie geht es jetzt weiter?«

»Wir brauchen den Beschluss, damit wir die Obduktion in Auftrag geben können. Sobald wir die genaue Todesursache kennen, sehen wir weiter. Bis dahin ist Stochern im Trüben angesagt – so leid mir das auch tut.«

Sie zögerte kurz, holte Luft. »Und bei euch? Irgendwas gefunden?«

»Einen einzelnen Damenschuh am Ufer. Der sieht allerdings nicht danach aus, als gehöre er zu unserer Toten.«

»Also bislang nichts, was drauf hindeuten könnte, dass ein Kind in die Fluten gestürzt ist?«

»Genauso sieht es aus. Die Taucher sind noch im Wasser, genau wie die Kollegen der Wasserwacht. Ich selbst laufe mit ein paar Kollegen die Böschung an beiden Ufern auf und ab – ebenfalls Fehlanzeige. Sieht wohl ganz so aus, als bliebe es bei einer Toten, was durchaus gut ist, wie ich finde. Waren heute Morgen eigentlich noch Anrufe bezüglich der Meldungen in den Nachrichten gestern?«

»Dutzende«, gab Una gereizt zurück. »Lauter Idioten und alte Leute mit Mitteilungsbedarf. Eine Frau meinte, das Fahrzeug sähe aus wie das ihrer Enkelin, die seit Jahren tot ist, und dass es ein Zeichen sei, dass gerade sie diese Sendung in den Nachrichten gesehen habe. Ich hatte echt meine liebe Mühe, die alte Dame zu beruhigen, ihr zu erklären, dass diese Geschichte nichts mit dem Unfalltod ihrer Enkeltochter zu tun habe, der vor mehr als zehn Jahren passiert ist.«

»Du liebe Güte«, murmelte Hardo. »Hier regnet es zwar wie irre, trotzdem will ich nicht mit dir tauschen, darauf kannst du einen lassen.«

Nachdem Una das Telefonat mit ihrem Kollegen beendet und ihre Chefin um schnellere Absegnung in Hinsicht auf den richterlichen Beschluss gebeten hatte, lehnte sie sich in ihrem Stuhl zurück. Am liebsten hätte sie sich etwas Wärmeres angezogen und wäre zu Hardo und seinem Team an Suchkräften gefahren, um mitzuhelfen. Leider musste aber jemand all die Anrufe in Empfang nehmen, die noch immer als Reaktion auf die gestrig ausgestrahlten Aufrufe zur Mithilfe der Bevölkerung hereinkamen.

Sie schlug ihren Block auf, las sich durch die unzähligen Namen der Anrufer und deren dürftige Hinweise.

Ein Klopfen ertönte und Una schickte ein stummes

Stoßgebet gen Himmel, dass es jemand von oben wäre, der vor der Tür stand, um ihr endlich die Erlaubnis zu erteilen, dass die Rechtsmedizin sich der Leiche annehmen dürfe.

Doch auf ihr geschäftiges »Herein« betrat eine junge Frau – schätzungsweise Mitte zwanzig – Unas Büro. Die Frau war ziemlich groß und hager, strahlte eine Zerbrechlichkeit aus, von der Una schätzte, dass die Männerwelt darauf abfuhr.

»Mein Name ist Monja«, erklärte die junge Dame zögernd und wirkte auf einmal nicht nur zerbrechlich, sondern zudem verzweifelt und hilflos. »Es geht um meine große Schwester. Ihr Name ist Freja. Freja Toor.«

Una musste sich beherrschen, nicht aufgeregt wie ein Wiesel vom Tisch aufzuspringen.

Stattdessen bat sie die Frau, sich zu setzen, sah sie anschließend neugierig an. »Was kann ich für Sie und Ihre Schwester tun?«

Die Augen der Frau füllten sich mit Tränen. »Das alles ist so ... merkwürdig«, begann sie mit brüchiger Stimme. »Freja ist eine so liebevolle Schwester. Und sie ist eine noch bessere Mutter. Petrine ist erst kürzlich zwei Jahre alt geworden und Frejas ganzer Stolz, deswegen begreife ich einfach nicht, wie sie ... wie sie ...« Sie stockte, brach ab, rang sichtlich um Fassung.

»Es war vorgestern Nacht, fast Mitternacht«, fuhr sie schließlich fort. »Ich lag schon im Bett, als Freja anrief und mich bat, nach draußen zu gehen. Ich hab im ersten Moment gar nicht kapiert, was genau sie von mir wollte, aber als mir klar wurde, dass sie irgendwie ... panisch, fast schon hysterisch klang ... hab ich es einfach gemacht.« Sie schüttelte den Kopf, als könne sie noch immer nicht verstehen, was anschließend passiert war.

Sie sah zu Una auf. »Im Hausgang der Anlage, in der ich wohne, war noch alles okay. Doch dann bin ich runter gegangen, hab vor der Tür nachgesehen und da stand sie dann. Meine kleine Nichte in ihrem Sportbuggy mutterseelenallein mitten in der Nacht. Sie hat tief und fest geschlafen, war nicht wach zu bekommen, und als ich meine Schwester gefragt habe, was das bitte schön solle und wo sie sei, hat sie angefangen zu weinen, sich entschuldigt und einfach aufgelegt. Seither hab ich sie weder gesehen noch etwas von ihr gehört, verstehen Sie?« Die Frau weinte inzwischen hemmungslos, konnte sich kaum noch beruhigen.

»Wo ist die Tochter Ihrer Schwester jetzt?«, wollte Una wissen.

»Einer Ihrer Kollegen passt im Moment auf sie auf, damit wir in Ruhe reden können. Irgendwie ist Petrine seit gestern komisch, sie weint viel, ist extrem schläfrig und matt, fast als würde sie krank werden.« Die junge Frau holte tief Luft, schien, als müsse sie Kraft sammeln, straffte die Schultern.

»Niemals hätte Freja ihren Sonnenschein in so einem Zustand allein gelassen, doch da ist noch etwas«, erklärte sie, schnappte nach Luft. »Dieses Auto in den Nachrichten, nach dessen Besitzer sie fahnden … ich glaube, das könnte Freja gehören.«

Una nickte, verzog das Gesicht. »Ich muss mich bei Ihnen entschuldigen«, erklärte sie dann. »Dass das Auto Freja Toor gehört, das wissen wir längst. Aber da wir Freja Toor bislang vergeblich versucht haben, zu erreichen, mussten wir auf diesem Wege versuchen, jemanden zu finden, der sie kennt und vielleicht weiß, was das mit dem Wagen auf sich hat oder ob ihr etwas zugestoßen sein könnte.«

Monja senkte den Blick, starrte sekundenlang stumm auf ihre Schuhspitzen. »Das Auto auf der Brücke gehört also definitiv meiner Schwester?«

Una nickte.

»Aber auch Sie wissen nicht, wo meine Schwester abgeblieben ist?«

»Leider nicht. Wir haben ein paarmal an ihrem Haus geklingelt, ihr Nachrichten hinterlassen, bei ihr angerufen, aber bislang kam nichts von ihr zurück.«

»Ich hab Angst«, stieß die Frau plötzlich aus. »Das alles sieht meiner Schwester so gar nicht ähnlich. Einfach abzuhauen und Petrine mitten in der Nacht zurückzulassen.« Sie schluckte. »Was machen wir jetzt? Irgendetwas muss doch unternommen werden können, um Freja zu finden.«

Una rutschte unbehaglich auf ihrem Stuhl herum. »Darf ich Ihnen einige Fragen zu Freja stellen?«

Monja nickte. »Wenn es dabei hilft, sie zu finden, löchern Sie mich bitte.«

Una lächelte schwach. »Wir wissen bereits, dass der Mann Ihrer Schwester schwer krank war und vor einem Jahr gestorben ist. Deswegen die wichtigste Frage zuerst: Wäre es möglich, dass Freja depressiv war?«

Monja erstarrte, sah Una fassungslos an. »Wieso wollen Sie das wissen?«

Una legte alle Konzentration in den Versuch, sich nichts anmerken zu lassen, starrte die Frau einfach nur an.

Schließlich seufzte die, schüttelte den Kopf. »Klar war Freja mit den Nerven am Ende, als ihr Mann gestorben ist. Aber sie wusste ja, was kommt, beide wussten das, und so hatten sie eine lange Zeit, um sich voneinander zu verabschieden. Ich bin absolut sicher, dass das meiner Schwester sehr geholfen hat.«

»Also Sie sagen, sie war psychisch trotz allem stabil?«

Monja nickte.

»Und dass sie es vor Ihnen versteckt hat? Könnte das möglich sein?«

Die Frau stieß die Luft aus, überlegte einen Augenblick. Schließlich vereinte sie. »Freja und ich standen einander sehr, sehr nahe. Wir hatten keine Geheimnisse voreinander. Wenn sie also psychisch krank war, hätte sie es mir sicherlich anvertraut beziehungsweise hätte ich es irgendwann selbst bemerkt.«

Una schluckte. »Und Ihre Eltern? Könnte es einen Streit gegeben haben, der ihr schwer zu schaffen gemacht hat? Gab es überhaupt irgendwelche Probleme, die Freja belastet haben könnten?«

»Sie hatte alles«, erklärte Monja. »Unsere Eltern unterstützten sie finanziell. Ich half ihr als Babysitter aus, wir alle haben ein wirklich gutes Verhältnis zueinander, und auch wenn unsere Eltern inzwischen nicht mehr in Norwegen leben, so sind sie doch immer für uns da und fester Bestandteil unseres Lebens.«

»Und wie sieht es mit Menschen aus, die Freja feindlich gesinnt sein könnten? Haben Sie da eine Idee? Ich meine, hatte Ihre Schwester, bevor sie verschwunden ist, mit irgendjemandem Streit?«

Monja überlegte kurz, schüttelte den Kopf. »Wirklich … da gibt es nichts Wissenswertes. Freja war eine tolle Schwester, eine noch bessere Mutter und eine aufopfernde Ehefrau für ihren inzwischen toten Mann. Und obwohl sie all das mitgemacht hat, ist sie dennoch immer sie selbst geblieben. Ich wüsste wirklich nicht, wer ihr etwas Böses antun oder schlimmer noch, sie entführen sollte!«

Una runzelte die Stirn, sah die Frau schließlich offen an. »Was ich Ihnen jetzt sage, muss zwingend unter uns bleiben, verstanden?« Sie räusperte sich, holte tief Luft. »Wir haben gestern Abend, in unmittelbarer Nähe zum verlassenen Wagen Ihrer Schwester, die Leiche einer im Moment noch nicht identifizierten Frau gefunden.« Una hielt kurz inne, als sie bemerkte, dass ihr Gegenüber zu zittern begann.

»Ist es Freja?«, kam es schließlich brüchig über Monjas Lippen.

»Das wissen wir nicht«, gab Una aufrichtig zurück. »Wir versuchen im Augenblick, einen Beschluss für die Obduktion zu bekommen, damit wir schnellstmöglich die Todesursache erfahren, aber zur Identität der Frau gab es bislang noch keinerlei Hinweis, weil wir mit unseren Ermittlungen noch ganz am Anfang stehen.«

Monja sah Una fest an. »Sie denken, es könnte sich um Freja handeln?«

Una nickte. »Das Auto ganz in der Nähe spricht meines Erachtens dafür.«

Die junge Frau stieß einen lang gezogenen Seufzer aus, schien mit den Tränen zu kämpfen. »Ich will sie sehen«, brachte sie schließlich mühsam hervor und stand auf. »Jetzt sofort!«

Als sie eine knappe Stunde später in dem kleinen Gang vor der Leichenhalle standen und darauf warteten, endlich eingelassen zu werden, hatte Una nur ein einziges Wort im Kopf.

Déjà-vu!!!

Freja Toor hatte ihr Kind des Nachts vor der Tür einer Angehörigen abgestellt, genau wie die Frau, die 2010 ihren Mann erstochen und sich anschließend selbst belastet hatte.

Yrla Adamsen – für Una auch heute noch ein Fall mit tausend Fragezeichen.

Irgendetwas Dunkles geht hier vor, dachte Una bei sich, seufzte.

Als die Tür aufging und einer der Pathologen sie hereinbat, zeigte Una ihm ihren Dienstausweis, reichte ihm die Hand.

»Die junge Frau ...«, sie deutete auf Monja, »vermisst ihre Schwester. Und die Beschreibung, die sie mir auf der Fahrt hierher geliefert hat, erinnert schon in gewisser Weise an die Tote von gestern – zumindest passt das, was mein Kollege mir darüber erzählt hat. Deswegen möchte ich Sie bitten ...«

»Kein Problem«, unterbrach der Mann sie. »Ich schätze, dass die junge Dame früher oder später sowieso in die Abteilung Rechtsmedizin umziehen muss, von daher, alles okay ...« Er bat Una und Monja, ihm zu folgen, blieb schließlich vor einer Wand stehen, an der sich etliche Schubladengriffe befanden. Er zog die mit der Nummer 14 auf, warf Monja einen besorgten Blick zu. »Sind Sie absolut sicher, dass Sie das wollen?«

Die junge Frau starrte auf das reglose Bündel Mensch unter dem Leichentuch auf der Bahre, nickte.

Der Pathologe schlug die Decke einmal um, bis das Gesicht der Leiche bis zum Hals freigegeben war.

Ein erstickter Schrei durchbrach den Raum, dann fing Monja neben Una unkontrolliert zu zucken und zu beben an.

»Ist das Ihre Schwester?«, fragte sie, obwohl die Reaktion der Frau längst Bände sprach.

Monja schien sie nicht gehört zu haben, weinte hemmungslos.

Una strich ihr sanft über den Rücken, gab den Pathologen ein Zeichen, die tote Frau wieder abzudecken.

Schließlich atmete sie tief durch. »Kommen Sie, lassen Sie uns wieder ins Präsidium zurück fahren. Ihre kleine Nichte wartet dort noch immer, die braucht Sie jetzt umso mehr.«

Am späten Abend, Una hatte Freja Toors Schwester und die kleine Nichte der Frau schon vor Stunden von einer Kollegin nach Hause bringen lassen, wartete sie sehnsüchtig auf den Anruf ihres Kollegen. Nachdem Monja ihre Schwester identifiziert hatte, war der Rest nur noch Formsache gewesen. Der richterliche Beschluss hatte anschließend keine zwanzig Minuten gedauert, der Umzug von der Leichenhalle in die rechtsmedizinische Abteilung lediglich eine weitere knappe Stunde. Hardo hatte darauf gedrängt, die Obduktion noch heute durchzuführen, falls sich im Blut der Toten irgendwelche Drogen befanden, die bei späterer Untersuchung nicht mehr nachweisbar wären.

Und so saß sie jetzt mal wieder bis spät in der Nacht hier in ihrem Büro, dagegen ankämpfend, auf der Stelle einzuschlafen, wohl wissend, dass es zu Hause genau anders herum wäre, sie wieder stundenlang wach läge.

Una seufzte, warf einen Blick auf die Uhr. Sie hatte die Zeit nach der Identifizierung genutzt und einen Plan für die weiteren Ermittlungen erstellt. Sobald die rechtsmedizinische Abteilung mit der Untersuchung der Leiche durch war, würde ihre Arbeit beginnen. Monja hatte ihr bereits zugesichert, für uneingeschränkten Zugang zu Frejas Haus zu sorgen. Und sie wollte ihr bereits morgen eine Liste mit Namen aushändigen, auf denen die wichtigsten Kontaktpersonen ihrer Schwester aufgelistet waren. Una musste sich morgen also nur noch um die genaue Aufgabenverteilung kümmern und wenn sie Glück hatten, wären sie bereits am morgigen Abend ein ganzes Stück weiter.

Sie stieß die Luft aus. Monjas Überzeugung, dass Freja weder depressiv noch suizidgefährdet war, deckte sich mit ihrer eigenen Vermutung. Oder vielmehr mit ihrer Intuition. Die Stelle, an der die junge Frau mutmaßlich ertrunken war, wäre auch dann tödlich gewesen, wenn sie direkt vom Ufer aus ins Wasser gegangen wäre. Wieso also springen? Vielleicht weil sie absolut sichergehen wollte?

Una stieß die Luft aus, als ihr klar wurde, dass es möglich wäre.

Vielleicht war sie aber auch gar nicht gesprungen, hatte nur das Auto oben stehen lassen, um für Verwirrung zu sorgen?

Doch wieso sollte eine eventuell suizidgefährdete Frau Verwirrung stiften wollen?

War es nicht eher so, dass depressive Menschen einen Tunnelblick hatten und nur sich selbst und ihre Probleme sahen, sogar engste Angehörige, auch Kinder zurückließen, weil sie unter emotionaler Gefühlskälte litten, die die Depression mit sich brachte?

Die Polizei zu verwirren, passte da gar nicht ins Bild.

Alles sprach viel eher dafür, dass jemand sie zur Brücke gezerrt und über die Brüstung gestoßen hatte.

Oder war es einzig ihrer Müdigkeit zuzusprechen,

dass sie diesen Fall aus nur einem Blickwinkel sehen wollte?

Doch da war auch noch die Ähnlichkeit zum Adamsen-Fall.

Una fegte frustriert einen Stapel Papier von ihrem Schreibtisch, verzog das Gesicht, als die Tür aufging und Hardo, ohne anzuklopfen, hereinplatzte.

Er ließ das Chaos in ihrem Büro unkommentiert, sah sie aufgeregt an. »Die Frau ist definitiv ertrunken«, kam er sofort auf den Punkt. »Und sie lebte noch, als sie ins Wasser ging.« Er brach ab, sah Una an. »Oder *gegangen* wurde … Sobald wir morgen die Ergebnisse der Blutanalyse haben, legen wir los!«

10

HARDANGERVIDDA 2019

Das Wasser kam inzwischen nur noch lauwarm aus der Leitung, als Norja es endlich schaffte, es abzudrehen und aus der Dusche zu treten. Sie zitterte am ganzen Leib, nahm ein Handtuch vom Haken, wickelte sich blitzschnell darin ein, sah sich um. Als sie den Spiegel oberhalb des Waschbeckens erblickte, schnappte sie nach Luft. Wer immer sie vorhin so fies erschreckt hatte, war noch einen Schritt weitergegangen. Er hatte ein Strichmännchen an den beschlagenen Spiegel gemalt, das an einem Strick aufgeknüpft war.

Diesmal war sie absolut sicher, dass dies ein Scherz ihres Stiefsohnes in spe sein musste. Sie traute es Fynn absolut zu, auf diese Weise die Grenze zwischen ihnen beiden zu übertreten, sich derart respektlos ihr gegenüber zu verhalten. Wer sonst sollte ihr auf solch makabre Weise zeigen, dass sie weniger als nichts wert war? Kurz rang sie mit sich, wollte Drue zu Hilfe rufen, doch dann verwarf sie den Gedanken wieder. Es musste am Schlafmangel der letzten Nächte liegen, an der inneren Anspannung angesichts der außergewöhnlichen Situation hier im Haus, dass sie derart zart besaitet war und zusammenbrach, wenn ein Teenager ihr Angst einjagte. Drue davon zu erzählen, würde zwar dazu führen, dass er seinen Sohn maßregelte, doch dann verlöre sie nur noch weiter an Ansehen dem Jungen und wahrscheinlich auch sich selbst gegenüber.

Nein!

Sie würde sich dem Teenager entgegenstellen, versuchen, diese Sache allein irgendwie in den Griff zu bekommen.

Seufzend wischte sie die Kritzelei weg, dann huschte sie nach nebenan ins Schlafzimmer, um sich fertig zu machen.

Als sie wenig später auf dem Weg nach unten war und Fynns Stimme vernahm, schluckte sie. Hoffentlich schaffte sie es, ihm gegenüber gelassen zu bleiben und sich nichts anmerken zu lassen. Sie nahm sich vor, ihn sich im Laufe der nächsten Tage unter vier Augen vorzuknöpfen und ihm gehörig die Meinung zu geigen. Ob er hinterher zu Drue rannte, um sich über sie auszulassen, war ihr dabei egal. Hauptsache, sie schaffte es nun endlich, ihm begreiflich zu machen, dass es so nicht mehr zwischen ihnen weitergehen konnte, sie nicht mehr daran dachte, seine Schikanen einfach hinzunehmen.

»Guten Morgen«, rief sie daher betont munter, als sie die Küche betrat. Ihre Mutter sah demonstrativ auf die Uhr, als wolle sie ihr auf diese Weise begreiflich machen, dass fast halb elf Uhr nun wirklich nicht mehr morgens war. Arlette und Bele musterten sie ebenfalls mit verkniffenem Gesichtsausdruck und Fynn ... bei ihm konnte sie sich des Eindrucks nicht erwehren, dass er sie mit einer Mischung aus Bosheit und Befriedigung musterte.

Einzig Drue und Taimi strahlten ihr entgegen, wirkten, als könne nichts ihrer guten Laune einen Dämpfer versetzen. Norja ging zu ihrer Tochter, hob sie hoch, küsste sie. »Gut geschlafen, mein Engel?« Das Kind nickte, umschlang sie mit ihren pummeligen Kleinmädchenarmen.

»Sie hatte gerade eine riesige Portion Rührei. Leider sind die Eier jetzt alle, was hältst du stattdessen von einem Butter-Zimt-Toast zum Frühstück?«

Norja, der die Begegnung im Badezimmer noch immer in den Knochen steckte, schüttelte den Kopf. »Ich hab keinen Hunger, Liebling. Später vielleicht.«

»Okay«, Drue nickte, sah reihum zu den anderen. »Von euch jemand Appetit auf eine süße Spezialität von mir?«

Doch außer Fynn gab keiner von ihnen einen Ton von sich. Arlette und Bele schlürften stumm an ihren Kaffees, Norjas Mutter trank Tee, starrte miesepetrig vor sich hin.

»Wo ist Espen?«, fragte Norja und sah Arlette an.

»Der schraubt seit den frühen Morgenstunden an deiner Karre herum.«

Norja glaubte, aus den Worten der Freundin einen stillen Vorwurf herauszuhören, weil es ihr Freund war, der seit Stunden in der Kälte ackerte.

Augenblicklich bekam sie ein schlechtes Gewissen, wollte schon aufstehen, um nach ihm zu sehen, als sie die Haustüre quietschen hörte. Keine zwei Sekunden später stand Espen in der Tür, durch und durch von frisch gefallenem Schnee durchnässt. Er würdigte Arlette keines Blickes, bat Drue jedoch zitternd vor Kälte um einen Becher Tee. Erst jetzt wurde Norja klar, dass er sich nicht wegen des Wagens dort draußen herumgequält hatte, sondern weil er Arlette aus dem Weg gehen wollte.

Sie grinste innerlich, sah ihn an. »Nett von dir, dass du es noch mal versucht hast.«

Er hob die Schultern. »Nur leider ohne Erfolg. Die Karre ist mausetot, gibt noch immer keinen Mucks von sich.«

Norja nickte betrübt. »Trotzdem danke.« Sie deutete auf seine nassen Klamotten. »Dass es nach wie vor schneit, sehe ich. Aber hast du den Eindruck, dass der Himmel danach aussieht, als würde es bald mal wieder aufhören?«

Espen seufzte. »Von den Bergen her kommt es meiner Meinung nach immer noch schwarz. Allerdings ist es ziemlich dunkel draußen, also vielleicht irre ich mich auch. Aber wenn ich schätzen müsste, würde ich sagen, dass da so schnell nichts besser wird.«

Er sah zu Drue, dann wieder zu Norja. »Deine Mutter hat vorhin gemeint, dass wir einen Notruf absetzen sollten.« Er hielt inne, ließ seine Worte wirken. »Sicher, wir sind noch nicht in Not, haben Essen, Trinken, ein Dach über dem Kopf und es ist warm. Trotzdem hängen wir an diesem Ort fest und das Wetter ist zu schlecht, um fußläufig Hilfe holen zu können. Ich denke, all diese Dinge sind ausreichend, um nach dem letzten Strohhalm zu greifen.«

Norja verzog das Gesicht. »Wir haben kein Netz. Also funktioniert auch der Notruf nicht.«

Espen legte den Kopf schräg, musterte sie. »Stimmt nicht ganz. Schließlich hatten wir ein Netz, als wir angekommen sind, was bedeutet, dass es im Moment durch das Wetter nur zu mies ist. Der Notruf müsste aber trotzdem durchgehen, es sei denn, das Netz ist vollkommen tot, was ich allerdings nicht glaube.«

»Hier drinnen geht es nicht«, sagte Norjas Mutter leise und klang plötzlich beinahe weinerlich.

»Hast du es etwa schon versucht?«, wollte Drue wissen. »Hast du schon einen Notruf abgesetzt?!«

»Heute Morgen«, gab die Frau zu. »Als ich gesehen habe, dass das Wetter immer schlimmer wird, hab ich Panik bekommen und aufs Handy geguckt. Dabei fiel mir ein, was ich mal im Fernsehen gesehen habe. Nämlich, dass dieser Notruf immer gehen soll. Ich hab dort angerufen, aber nichts ist passiert.«

»Was meinst du?«, fragte Norja. »War die Leitung tot oder hat sich bis jetzt nur keiner hier gemeldet, der Notruf ging aber raus?«

»Die Leitung war tot«, gab ihre Mutter resigniert zurück. »Ich hab außerdem versucht, eine Nachricht an diese Nummer zu schicken, aber die ist auch nicht rausgegangen.«

»Espen hat recht«, erklärte Drue. »Am besten wäre, wenn wir uns nachher aufteilen und jeder von uns ein paar Hundert Meter in unterschiedliche Richtungen läuft, um ein Netz zu kriegen. Irgendwo muss es funktionieren.«

»Ich geh da nicht mit«, schaltete Norjas Mutter sich demonstrativ ein. »Dieses Wetter macht mich fertig, meine Gelenke bringen mich um. Da draußen in der Kälte bin ich innerhalb von Sekunden zu nichts mehr fähig.«

»Kein Problem«, gab Drue zurück. »Wir sind genügend Leute, außerdem brauchen wir jemanden für Taimi.«

Das schien ihre Mutter zu besänftigen, denn augenblicklich wirkte das Gesicht der Frau weniger rot.

Norja sah auf die Uhr. »Wann wollen wir starten?«

»Am besten innerhalb der nächsten Stunde«, warf

Espen ein. »Gegen drei wird es wieder stockfinster, da tun wir uns alle keinen Gefallen, wenn wir bis dahin nicht zurück sind.«

»Ich bin fix und alle«, rief Arlette, als sie von ihrer Exkursion zurück waren, und sah Espen finster an. »Super Idee von dir ...«

Espen rollte mit den Augen, verkniff sich eine Antwort auf den bissigen Kommentar seiner Freundin.

»Da kann er doch nichts dafür«, vermittelte Drue zwischen beiden, während Norja in ihrem Anorak nach dem Schlüssel suchte. »Es bestand immerhin der Hauch einer Chance, dass es in einiger Entfernung funktionieren könnte, und die wollten wir alle nicht ungenutzt lassen. Dass das Handynetz in der gesamten Umgebung von circa drei Kilometern rund ums Haus tot ist, konnte doch keiner riechen.«

Arlette schwieg und starrte finster vor sich hin. Als Espen vorsichtig versuchte, ihre Hand zu nehmen, schlug sie sie weg.

Norja seufzte, steckte den Schlüssel ins Schloss, sperrte auf. Die mollige Wärme des Hauses nahm sie in Empfang und besänftigte ihre Nerven beinahe augenblicklich. Sie warf Drue einen langen Blick zu. Der hob die Schultern, formte ein lautloses *»Lass dir von den beiden nicht die Laune verderben«* in ihre Richtung.

Recht hat er, dachte sie bei sich und sah Arlette genervt an. »Was ist eigentlich bei euch los?«, fragte sie schließlich und konnte nichts dagegen tun, dass ihre Stimme furchtbar wütend klang. »Du benimmst dich schon seit Tagen total unmöglich, verdirbst allen anderen die Laune mit deinem Gehabe.«

Arlette, die inzwischen ebenfalls ins Haus getreten war, packte sie am Arm, zog sie zu sich herum. »Ich wüsste zwar nicht, was dich das angeht, aber nicht jeder hat ein so privilegiertes Leben wie du. Andere müssen für ihr Glück kämpfen, kriegen nicht einmal den Dreck unter den Nägeln geschenkt.«

Norja riss die Augen auf, starrte Arlette an. »Was hab ich dir denn getan?«

Die Freundin sah sie verächtlich an. »Du hast gar nichts getan. Aber allein die Tatsache, dass du glaubst, mein Leben sei wieder im Lot, nur weil du mir eine Reise in die Berge schenkst, zeigt schon ziemlich deutlich, dass du keine Ahnung hast, was andere Leute durchmachen müssen, die nicht das haben, was du hast.«

Norja schüttelte den Kopf. »So, wie du das sagst, klingt es, als müsse ich mich dafür entschuldigen, dass es bei mir besser läuft.«

Arlette sah sie an, stieß schließlich die Luft aus. »Das meinte ich nicht. Aber du solltest eben akzeptieren, dass nicht jeder so ein schönes Leben hat wie du und deswegen vielleicht nicht permanent fröhlich sein kann.« Sie hielt inne, schnappte nach Luft. »Um es genau zu sagen, geht es mir im Moment sogar ziemlich beschissen«, erklärte sie. »Und sag nicht, dass ich es nicht versucht habe. Ich war gut drauf, als ich hierhergekommen bin. Ich hab mir wirklich vorgenommen, die paar Tage zu genießen.« Sie sah Espen an und ihr Gesicht fiel in sich zusammen. »Bis er mir neulich gestand, dass er seine Wohnung eben doch noch nicht aufgegeben hat und sie stattdessen als Zufluchtsort benutzt, wenn bei uns mal wieder die Luft brennt.«

»Tut mir wirklich leid«, wandte Espen ein, kratzte sich verlegen am Kopf und Norja wusste nicht, ob diese

Entschuldigung eher für Arlette oder für sie selbst gedacht war.

Sie sah Arlette an, straffte die Schultern. »Trotzdem bleibe ich dabei. Wir sind nun einmal hier und haben uns dazu entschieden, gemeinsam Weihnachten zu feiern. Und das bedeutet eben auch, aufeinander Rücksicht zu nehmen. Und da keiner von uns anderen etwas für deinen Streit mit Espen kann, bitte ich euch beide, eure Meinungsverschiedenheiten künftig unter vier Augen auszutragen. Und was deine Launen angeht – mein beruflicher Erfolg spielt dabei nun wirklich keine Rolle.«

Sie hielt Arlettes Blick stand, nahm Drues anerkennendes Nicken aus ihrem peripheren Blickwinkel wahr, musste sich beherrschen, nicht loszugrinsen.

»Ich versuchs«, herrschte Arlette sie schließlich an, drehte sich auf dem Absatz um und wollte in Richtung ersten Stock verschwinden, als Bele ihr den Weg verstellte.

»Norja hat recht«, fuhr sie ihre Mutter an. »Du führst dich auf, als hättest nur du irgendwelche Probleme. Was mich betrifft, ist dir doch schon lange scheißegal, wie es mir geht. Soll ich dir was sagen?« Bele stoppte, starrte Arlette angewidert an. »Ich kann Espen sogar verstehen, dass er nicht komplett bei uns leben will. Wäre ich er, würde ich mich auch, wann immer es geht, verpissen oder dich am besten sofort in den Wind schießen.«

Taimi, die durch das laute Wortgefecht verängstigt schien, kam weinend aus dem Wohnzimmer in den Gang gelaufen. »Nicht böse sein«, rief sie mit zitternder Unterlippe. Rasch nahm Norja sie auf den Arm, ungeachtet der Tatsache, dass sie noch immer ihre nasskalten Klamotten anhatte. Sie würde die Kleine eben gleich in die Wanne stecken, dann wäre ihr bald wieder warm. »Schon gut«, besänftigte sie Taimi, »du musst keine Angst haben, Bele und Arlette hatten nur eine winzige Meinungsverschiedenheit.« Sie küsste die kleine Maus auf die Wange, setzte sie wieder auf dem Boden ab, um endlich aus den nassen Klamotten zu kommen.

»Aus euren Gesichtern entnehme ich, dass ihr keinen Erfolg hattet«, stichelte Fynn, der sich zu ihnen gesellt hatte.

Drue sah ihn an, nickte. »Die Leitung im Umkreis von mindestens drei Kilometern ist tot. Wir könnten morgen versuchen, ein bisschen weiterzulaufen, doch für heute muss das erst mal genügen.«

»Oh Mann«, rief Fynn in gespielter Panik. »Wenn das so weitergeht, verhungern wir alle und das ist einzig und allein deine Schuld.« Er sah Norja feixend an, doch bei Taimi hatten seine nur halb ernst gemeinten Worte eine einschlagende Wirkung erzielt. Das kleine Mädchen brach erneut in Panik aus, fing an zu zittern.

»Jetzt ist es aber genug!«, platzte es aus Norja heraus. Sie ging auf Fynn zu, fixierte ihn mit ihrem Blick. »Was du mit mir für ein Problem hast, ist eine Sache, aber gottverdammt, lass Taimi da raus, verstanden?«

Sie kickte ihre Schuhe von den Füßen, schnappte sich ihre Tochter und machte sich auf den Weg nach oben.

Eine knappe Stunde später, Taimi war gerade eingenickt, klopfte es.

Keine Sekunde später trat Drue ins Zimmer. »Alles wieder gut?«, fragte er an Norja gewandt, sah aber seine schlafende Tochter zärtlich an.

»Ich hab sie gebadet und so beruhigen können. Ich finde, wir sollten sie ein wenig schlafen lassen.«

Drue nickte. »Arlette ist unten, kocht unser Dinner – Nudeln mit Thunfisch-Tomatensoße und als Vorspeise peppt sie zwei Suppendosen ein wenig auf.«

»Klingt lecker«, gab Norja zurück, verzog das Gesicht.

»Ich schätze, auf diese Weise will sie sich bei dir entschuldigen oder so.«

Norja senkte den Blick. »Ich weiß nicht, ob ich ihr so schnell vergeben kann, was sie gesagt hat. Scheint, als neide sie mir schon eine ganze Weile meinen Erfolg und wer weiß was sonst noch. Eine echte Freundin sollte sich doch eher für mich freuen, findest du nicht?«

Drue verkniff sich eine Antwort, reichte ihr seine Hand. »Heute ist Heiligabend, versuch es doch wenigstens.«

Norja stieß einen Grunzlaut aus. »Kommt es dir etwa wie Weihnachten vor? Der blöde Baum ist immer noch nicht da, wir haben nur Mist zu essen und alle streiten miteinander. Da helfen ein paar Geschenke, die wir nachher verteilen, auch nicht mehr.«

Drue zog sie an sich, küsste sie. »Mein Geschenk bekommst du aber heute schon, wenn wir alleine sind. Mal sehen, ob wir es danach nicht doch noch schaffen, dass Weihnachtsstimmung bei dir aufkommt.«

Nach einem letzten Blick auf Taimi folgte Norja Drue nach unten in die Küche. Dort stand Arlette am Herd, Espen saß am Tisch.

»Wo ist meine Mutter?«, fragte Norja.

»Die ist nach oben gegangen, um sich frisch zu machen«, erklärte Drue. Dann reichte er Norja ein Glas Sekt, anschließend Espen und Arlette, nahm sich das letzte. »Ich hatte zwei Flaschen in meiner Reisetasche versteckt, weil er eigentlich Teil des Geschenks für Norja ist«, erklärte er in die beinahe gesellige Runde. »Aber in

Anbetracht der Situation, finde ich, schadet es nicht, wenn wir ihn gemeinsam trinken.«

Er stieß mit ihr an, wartete, bis Norja und Arlette angestoßen und sich wortlos zumindest einigermaßen vertragen hatten. Zum Schluss ließ er Espens Glas klirren.

Sie tranken schweigend, als plötzlich überall das Licht ausging und sie im Dunkeln standen. Keine Sekunde später vernahmen sie einen ohrenbetäubenden Schrei von oben.

Norjas Mutter!

»Was ist denn jetzt schon wieder?«, maulte Bele keine Sekunde später.

»So eine Kacke«, kam es unmittelbar danach von Fynn.

Doch was Norja wirklich zusetzte, war das entsetzte Keuchen ihrer Mutter, das sie bis hier runter hörte. Schließlich erklang ein Wimmern aus ihrem Schlafzimmer.

»Ich geh Taimi holen«, erklärte Drue. »Kümmere du dich um deine Mutter.«

Norja machte sich auf den Weg nach oben, wo sie die Frau vollkommen verstört im Badezimmer vorfand. »Ich habs gewusst«, jammerte sie wieder und wieder vor sich hin. Trotz der Dunkelheit erkannte Norja die Umrisse ihrer Mutter, sah, dass sie sich am Waschbeckenrand festkrallte.

»Was hast du gewusst?«, fragte Norja.

»Na alles. Es wird mit jedem Tag
schlimmer und ...«

»Jetzt beruhige dich doch mal!«, unterbrach Norja ihre Mutter barscher als beabsichtigt. »Der Generator ist doch nur ausgefallen und das Licht ist schneller wieder an, als du gucken kannst.« Sie zögerte kurz. »Soll ich dir bei irgendwas helfen?«

»Ich komme hier drinnen schon allein zurecht«, kam es genauso harsch zurück, von Verunsicherung keine Spur mehr. »War sowieso fast fertig. Ich hab nur geschrien, weil ich mich erschreckt habe.«

Norja räusperte sich. »Dann lass ich dich jetzt allein und warte draußen, bis du fertig bist. Am besten gehen wir gemeinsam nach unten.«

Sie ging hinaus, schloss die Tür hinter sich, atmete tief durch, als sie einen Lufthauch hinter sich spürte. »Ich bin es nur«, sagte Drue und drückte ihr eine Taschenlampe in die Hand. »Taimi ist bei Arlette unten. Ich gehe jetzt mal nach Espen sehen, der sich um den Generator kümmern wollte.«

»Wo ist Fynn?«, fragte Norja misstrauisch und schaltete die Lampe ein. Augenblicklich fühlte sie sich sicherer.

»Ich glaube bei Bele im Zimmer«, kam es zurück. »Wie es aussieht, bahnt sich da etwas an.«

Drue grinste, zog sie an sich. Sie erwiderte seinen Kuss, bevor er schließlich verschwand und sie allein ließ.

Kurz fragte Norja sich, was ihre Mutter da drinnen im Dunkeln so lange trieb, doch dann verkniff sie sich eine Bemerkung.

»Ich hab eine Taschenlampe hier«, erklärte sie durch die verschlossene Tür, doch ihre Mutter reagierte nicht. »Ich leg sie dir einfach hier draußen hin und geh schon mal zu Taimi runter.« Sie schaltete die Lampe ein und legte sie so hin, dass der Lichtstrahl den Gang ausleuchtete und sie zumindest gefahrlos die Treppe hinuntergehen konnte.

Unten angekommen, herrschte gespenstige Stille. Sie ging in die Küche, erkannte die Umrisse von Arlette und

Taimi auf zwei Stühlen. Schnell eilte sie zu ihrer Tochter, setzte sich neben sie, zog das Kind auf ihren Schoß. »Keine Angst«, flüsterte sie ins Haar des Mädchens. »Gleich geht das Licht wieder an.«

»Sofern die Ursache des Stromausfalls nur der leere Tank ist«, kam es kleinlaut von Arlette.

»Scheiße«, vernahmen sie Drues vom Schneesturm gedämpfte Stimme draußen vor dem Fenster.

»Das alles ist wirklich eine einzige nicht enden wollende Katastrophe«, kam es kurz darauf von Espen.

Schließlich ging die Haustür auf und die Männer kamen zurück ins Haus. Norja konnte die Kälte sogar riechen, die die beiden mit hereinbrachten.

Arlette, die es auf ihrem Stuhl nicht mehr auszuhalten schien, sprang auf, rannte Espen entgegen. »Was ist denn nun?«, rief sie ungeduldig und Norja erkannte am Klang ihrer Stimme, dass ihre Freundin Angst hatte. »Wieso geht der Strom denn immer noch nicht?«

Espen seufzte, brachte es aber wohl nicht über sich, ihr zu antworten.

Drue war es schließlich, der die Bombe platzen ließ. »Scheint so, als hätte diese Drecks-Maschine gerade jetzt ihren Geist aufgegeben.«

11

BODØ 2018

»Das glaubst du jetzt nicht«, erklärte Hardo, als er seinen Kopf zu Una ins Büro streckte.

Sie sah auf, runzelte die Stirn. »Wolltest du nicht längst weg sein? Immerhin ist es fast zehn Uhr.«

Er trat ein, setzte sich auf die Kante ihres Schreibtisches, seufzte. »Eigentlich ja. Allerdings wurde ich aufgehalten, weil Mari mir unbedingt noch ein paar Sachen durchgeben wollte, die ich mitbringen muss.« Er seufzte. »Sie hat mir die gesamte Speisekarte von Sandwich & CO hoch und runter diktiert und gerade als ich in den Aufzug steigen wollte, kam Johann aus der Zentrale hoch.« Er hielt inne, schluckte schwer. »Wir müssen ein Team zusammentrommeln und uns sofort auf den Weg in die Nordland-Klinik machen. Dort ist es wohl zu einem äußerst bedrohlichen Zwischenfall gekommen.«

Una runzelte die Stirn. »Haben die keinen Sicherheitsdienst, der für außer Kontrolle geratene Patienten oder Angehörige zuständig ist?«

Hardo sah sie düster an. »Es geht um eine der Schwestern. Sie muss vollkommen durchgedreht sein, hat sich eine schwerkranke Dame als Geisel genommen, bedroht sie mit einer Waffe, die angeblich echt aussehen soll.«

Una riss die Augen auf. »Eine der Schwestern ist am Durchdrehen? Was wissen wir über die Frau? Und wo verdammt sollte eine Krankenschwester an eine Knarre kommen?«

»Laut Zentrale kennen wir im Moment nur ihren Namen. Sie heißt Zara Leonardsen und ist in den Dreißigern.«

»Das soll alles sein?«

»Eine von Zaras Kolleginnen hat bei uns angerufen und um Hilfe gebeten. Die Frau ist vollkommen fertig, meinte, Zara sei eine so gute Krankenschwester, eine wirklich tolle Kollegin, sie könne sich beim besten Willen nicht erklären, was auf einmal mit ihr los sei.«

Una stand auf, gab Hardo zu bedeuten, dass es losgehen könne. »Wen nehmen wir mit?«

Er hob die Schultern. »Am besten ein paar von den harten Jungs. Die sollen sich in den Häusern gegenüber der Klinik positionieren, von wo aus sie das Zimmer im Visier haben, in dem die Frau sich befindet. Vielleicht haben wir Glück und können sie ausknocken, bevor es zu spät ist. Ein paar Leute könnten uns auch in die Klinik selbst begleiten, allerdings muss das ruhig vonstattengehen, bevor Panik ausbricht.«

»Eine Evakuierung der Station kommt nicht infrage?«

»Es handelt sich um die Onkologische und genau obendrüber befindet sich eine Abteilung für psychisch schwerst kranke Menschen. Ich schätze, diesen Abschnitt schnell zu räumen, ist leichter gesagt als getan. Besser wäre auf alle Fälle, wenn wir es schaffen könnten, an die Frau heranzukommen. Wir müssen sie beruhigen, Zeit gewinnen.«

Una seufzte. »Deswegen wollen die von oben, dass ich gehe, schon klar.«

Sie hatte in der Vergangenheit schon einige Male Verhandlungsgeschick mit in die Enge getriebenen Kriminellen bewiesen, wurde seither meist an erster Stelle zu Fällen mit Geiselnahmen geschickt, einfach weil es zu lange dauern würde, einen Spezialisten aus Oslo einfliegen zu lassen. »Und du? Was wollen die von dir?«

Hardo sah Una betreten an. »Es wurde nicht speziell verlangt, dass ich mit von der Partie sein müsse. Es hieß nur, wir sollen so schnell es geht ein Team zusammentrommeln und uns auf den Weg in die Klinik machen. Und dass du die Verhandlungsführung übernehmen sollst, bis morgen früh jemand aus Oslo da ist – falls noch benötigt.«

»Willst du denn mitkommen? Ich meine ja nur, nicht, dass deine schwangere Freundin einen grausamen Hungertod sterben muss.«

Hardo grinste. »Was das angeht, hab ich einen Plan B. Ich rufe bei ihrem Vater an, gebe den Job quasi weiter, außerdem ist sie ja erst im vierten Monat, wird es also überleben, wenn das Essen noch ein wenig dauert.«

»Hast du nicht gesagt, dass beide sich nicht besonders nahestehen?«

»Eigentlich schon. Allerdings hatten beide einen schlimmen Streit und keiner ist bereit, auch nur einen Schritt auf den anderen zuzugehen. Deswegen schiebe ich die ganze Sache jetzt mal ein wenig an. Am Ende ist unser Kind achtzehn und hat seinen Großvater immer noch nicht kennengelernt.«

Auf dem Weg in die Klinik ließen Una und Hardo sich von einem Kollegen aus der Recherche den aktuellen Standort der Geiselnehmerin sowie alles Wissenswerte über die Person Zara Leonardsen durchgeben. Die Frau schien ein unbeschriebenes Blatt zu sein, hatte noch nicht einmal einen unbezahlten Strafzettel auf dem Buckel. Una ging einfach nicht in den Kopf, wie aus einer gesetzestreuen Bürgerin, die auch noch Krankenschwester war, eine potenziell gefährliche Irre werden konnte.

»Sie hat, seit sie volljährig ist, einen Waffenbesitzschein«, erklärte der Kollege aus der Recherche. »Außerdem ist sie als Jägerin und Sportschützin eingetragen. Wie es aussieht, hat sie das Talent von ihrem Vater geerbt, der ebenfalls Jäger war. Woher die Waffe stammt, wissen wir also schon mal. Insgesamt sind drei verschiedene Waffen auf ihren Namen eingetragen. Zwei Jagdgewehre und eine Walther.«

Una seufzte. Eine Frau, die mit Waffen umgehen konnte und durchgedreht war – eine äußerst schlechte Kombination. »Was wissen wir über das Privatleben der Frau?«

»Ich hab ihre Kollegin auf der anderen Leitung, von ihr weiß ich, dass sie mit einer Frau zusammenlebt.«

»Und der Name der Frau?«

»Den kennt keiner. Zumindest nicht vollständig. Eine Kollegin meint, sie könne Solveig heißen, aber ganz sicher ist sie nicht. Unsere Zara plaudert wohl nicht gerne aus dem Nähkästchen.«

»Das heißt, wir haben zu wenig Infos, um diese Freundin in die Klinik zu beordern?«

»Zaras Kolleginnen wissen nicht einmal, ob sie mit ihrer Freundin zusammenwohnt.«

»Einen Versuch ist es dennoch wert«, bestimmte Una.

»Schicken Sie einen Kollegen zu Zaras Adresse. Er soll nachsehen, ob dort noch jemand ist. Und falls ja, schaffen Sie diese Freundin auf schnellstem Wege ran.«

Als sie eine knappe halbe Stunde später endlich auf dem Personalparkplatz der Klinik parkten, hielt Una ihren Kollegen am Arm zurück. »Du musst das hier nicht machen«, erklärte sie bestimmt. »Setz dich ins Auto, fahr zu deiner Liebsten. Ich schaff das hier schon.«

Hardo sah aus, als sei er hin- und hergerissen. »Wenn das Baby erst da ist«, erklärte er schließlich, »musst du lange genug auf mich verzichten. Heute zumindest bleibe ich.«

Una nickte dankbar, wenngleich ihr bei der Vorstellung, in weniger als einem dreiviertel Jahr für längere Zeit auf Hardo verzichten zu müssen, anders wurde. Es würde ewig dauern, eine Kollegin oder einen Kollegen einzuarbeiten, sodass sie oder er als vollwertiger Hardo-Ersatz taugte. Viel eher vermutete sie, wäre er längst wieder da, bis sie sich mit seinem Nachfolger oder der Nachfolgerin wenigstens ansatzweise arrangiert hätte. Sie seufzte, schob die trüben Gedanken beiseite. So sehr Hardo sie hin und wieder auch nervte, mochte sie ihn doch sehr, vertraute ihm voll und ganz, würde im Ernstfall, ohne zu zögern, ihr Leben in seine Hände legen. Über welchen ihrer Kollegen konnte sie dasselbe sagen? Über keinen, kam Una insgeheim nicht umhin, zuzugeben.

Da musste sie, wenn es so weit war, eben durch. Irgendwann wäre Hardo wieder zurück und alles würde wieder beim Alten sein.

Sie schluckte, als sie auf die Lobby der Klinik zulief, wo sich eine aufgeregte Menschentraube versammelt hatte. Alle plapperten wild durcheinander, jeder von ihnen schien eine andere wüste Behauptung im Kopf zu haben, die er sich nicht scheute, breitzutratschen.

Una schob sich unwirsch durch die Menge, winkte in der Lobby nach zwei beunruhigt aussehenden Sicherheitskräften. »Hier drinnen übernehmen wir jetzt«, erklärte Una. »Die Einsatzkräfte versammeln sich gerade rund ums Haus und in den gegenüberliegenden Gebäuden. Wenn Sie so freundlich wären, die Versammlung draußen aufzulösen.«

Der dicke Mann nickte betreten, machte sich auf den Weg. Sein jüngerer Kollege sah Una fasziniert an. »Echt irre heute, stimmt doch oder? Machen Sie das Weib jetzt platt?«

Una, die angesichts des lockeren Umgangstons des Mannes begriff, dass dieser den Job noch nicht sehr lange ausübte, verzog das Gesicht. »Wir versuchen, die Situation ohne Gewalt aufzulösen. Wenn Sie wirklich helfen wollen, sorgen Sie bitte dafür, dass hier im Haus keine Panik ausbricht, nicht mehr Leute als nötig erfahren, was gerade los ist!«

Im dritten Stock angekommen, ließ Una sich von einem der Ärzte, der vor dem Aufzug bereits auf sie wartete, mit den nötigsten Infos füttern.

Der Mann sah besorgt aus, schien aber, als lege er alle Kraft in den Versuch, ruhig und besonnen zu wirken. Als Una ihm ihre Hand reichte, bemerkte sie den dünnen Schweißfilm, der die Haut seiner Handinnenfläche überzog, erkannte den altbekannten dunklen Ausdruck in den Augen des Mannes.

Er mag die Frau, ging es Una durch den Kopf.

Ihm geht nicht ins Hirn, was gerade passiert und er macht sich schreckliche Sorgen.

Sie schenkte dem Mann ein aufmunterndes Lächeln, deutete auf Hardo neben sich. »Das ist mein Kollege Hardo Ness und mein Name ist Una Strand. Wir beide werden jetzt versuchen, die Situation unter Kontrolle zu bringen.«

Der Arzt stieß die Luft aus, nickte, sah aber kein bisschen beruhigt aus. »Ich hab mitbekommen, dass da Kollegen von Ihnen auf dem Weg hier hoch sind, die bis zu den Zähnen bewaffnet sein sollen.«

Una verzog mitfühlend das Gesicht. »Ich weiß, dass sich das alles besorgniserregend anhören mag. Aber ich verspreche Ihnen, dass meine Kollegen auf Anweisung von mir handeln und hier nichts geschieht, das ich nicht zuvor abgesegnet habe.«

»Dann sind Sie daran interessiert, diesen Vorfall im Guten aufzulösen?«

»Absolut«, gab Una zurück und warf Hardo einen Seitenblick zu. »Begleiten Sie uns zu dem Zimmer, in dem Zara und die Frau sich befinden?«

Der Arzt nickte.

»Ist Ihnen heute im Laufe der Schicht von Zara bereits aufgefallen, dass sie irgendwie anders war?«

Der Arzt verneinte. »Eigentlich hat sie ein paar Tage frei ... bis sie heute am Abend urplötzlich auftauchte und anfing, wild herumzuschreien und uns mit ihrer Waffe zu bedrohen. Danach ist sie zu Lizzy ins Zimmer, hat die Frau allein in ihren Rollstuhl gewuchtet und sich anschließend mit ihr in eines der hinteren leeren Räume zurückgezogen.«

»Warum ist sie nicht einfach im Zimmer der Patientin geblieben?«

»Wahrscheinlich, weil das ein Dreibettzimmer ist und sie ihre Ruhe haben wollte.«

»Klingt eher, als wolle sie niemand anderen in diese Sache mit reinziehen. Keinen weiteren Patienten gefährden«, warf Hardo ein.

Una nickte bestätigend. »Und das ist schon mal beruhigend, zu wissen. Es sieht auch nicht gerade danach aus, als sei sie einfach nur total überarbeitet und deswegen ...«

»Definitiv nicht«, unterbrach sie der Arzt. »Wir achten hier sehr darauf, dass alle Pflegerinnen und Pfleger und auch die Ärzte selbst regelmäßige Ruhephasen haben.«

»Und um wen handelt es sich bei der Geisel?«, wollte Hardo wissen.

»Die Frau heißt Lizzy Holmerson. Sie ist vierundsiebzig Jahre alt und leidet unter einem Gehirntumor im Endstadium.«

»Wie genau ist die Prognose der Frau?«, fragte Una aus einem Impuls heraus.

Der Mann runzelte die Stirn, als verstünde er den Zusammenhang zwischen der aktuellen Katastrophe und der Krankheit der Frau nicht, seufzte schließlich. »Ich schätze ein paar Wochen. Tage vielleicht sogar nur. Genau kann man so etwas nie sagen.«

»Ist die Frau bei klarem Verstand?«

»Ich verstehe nicht ...«

»Ich muss wissen, ob diese Patientin, die Zara als Geisel genommen hat, bei klarem Verstand ist oder ob der Tumor bereits Auswirkungen auf ihre Wahrnehmung hat.«

Der Arzt schluckte. »Die Frau liegt meist nur noch im Bett, schafft allenfalls ein paar Minuten im Rollstuhl. Sie ist kaum länger als ein paar Sekunden bei klarem Verstand.«

Una stieß die Luft aus. »Hat Zara die Frau Ihrer Meinung nach aus einem bestimmten Grund ausgewählt? Ich meine, hatte sie einen besonderen Bezug zu ihr?«

»Nicht mehr oder weniger als zu den anderen Patienten.«

»Gab es einen Streit zwischen Lizzy und Zara, als es der Patientin noch besser ging?«

Kopfschütteln.

»Zara ist eine äußerst kompetente und sehr sensible Krankenschwester. Sie würde sich niemals gegenüber ihrer Patienten auch nur im Ton vergreifen, geschweige denn, ihnen etwas zuleide tun.«

»Und doch hat sie eine von ihnen jetzt als Geisel«, wandte Hardo nachdenklich ein. Er sah Una an. »Irgendwas gefällt mir an der ganzen Sache nicht«, erklärte er, sah den Arzt an. »Wie viel Patienten umfasst diese Station?«

»Momentan sechsundzwanzig«, gab er zurück.

»Und wie viele von diesen sechsundzwanzig Patienten sind genauso schlecht beieinander wie Lizzy?«

Der Mediziner senkte den Blick, schien nachzudenken. »Aktuell vier – inklusive Lizzy.«

»Erzählen Sie uns die wichtigsten Dinge über die anderen drei Leute«, bat Una.

Der Mann holte tief Luft. »Ein Mann in den Vierzigern mit Magenkrebs. Ihm steht morgen eine wichtige Operation bevor, die darüber entscheidet, ob er diesen Krebs überleben kann oder nicht. Dann eine junge Frau mit Brustkrebs. Die Arme hat erst vor Kurzem ein Baby bekommen und deswegen die Chemo während der Schwangerschaft abgelehnt. Jetzt sieht es alles andere als gut aus, aber wie heißt es gleich – die Hoffnung stirbt zuletzt.« Der Mann brach ab, schien sich sammeln zu müssen, was Una ganz recht war, um einen Augenblick nachdenken zu können.

»Der dritte Patient ist ein kleiner Junge mit Leukämie, der aktuell auf einen passenden Spender wartet und deswegen in regelmäßigen Abständen eingeliefert wird, wenn es ihm schlechter geht. Wir alle – auch Zara – hoffen so sehr, dass sich endlich jemand findet, der als Spender infrage kommt.«

Una ließ die Worte des Arztes auf sich wirken, als ein Gedankenblitz ihr Innerstes erhellte. »Lizzy ist von all diesen Leuten also diejenige, bei der es am wenigsten, wenn nicht gar überhaupt keine Hoffnung mehr gibt. Und sie scheint mir die Einzige zu sein, die nicht mehr bei klarem Verstand ist – sprich, gar nicht mitbekommt, was da mit ihr geschieht.«

»Was meinst du?«, wandte Hardo ein, klang aber, als ahne er längst, worauf diese Sache hinauslief.

»Ich meine damit, dass Zara Lizzy höchstwahrscheinlich genau deswegen ausgewählt hat. Sie will niemandem wehtun, will auch niemanden töten, deswegen hat sie die einzige Person hier auf der Station genommen, von der sie weiß, dass der Tod sowieso unausweichlich ist und das Opfer kaum etwas davon mitbekommen wird.« Sie sah den Arzt an, dann Hardo. »Jetzt müssen wir nur noch herausbekommen, was genau Zara dazu bewogen hat, derart auszurasten.«

12

HARDANGERVIDDA 2019

Die eisige Kälte im Raum weckte sie. Benommen setzte Norja sich auf, starrte mit hämmerndem Herzen in die Dunkelheit des Schlafzimmers. Drue neben ihr schien von all dem nichts mitzubekommen und schnarchte leise. Kurz überlegte sie, unter seine Decke zu schlüpfen und sich von seiner Körpertemperatur aufwärmen zu lassen, entschied sich aber dagegen.

Sie sah auf das beleuchtete Zifferblatt ihrer Armbanduhr, begriff, dass es gerade mal vier Uhr morgens war, sie also kaum mehr als ein paar Stunden geschlafen hatte. Frustriert zog sie sich ihre Bettdecke bis zur Nasenspitze hoch, versuchte, mithilfe ihrer ausgeatmeten Luft etwas mehr Wärme unter ihre Decke zu bringen – vergeblich. Schließlich begriff Norja, dass es nicht allein die Kälte war, die Besitz von ihr ergriff, sondern auch die Furcht vor dem, was noch kommen konnte.

Inzwischen hatte jeder im Haus erkannt, dass dieser Urlaub mehr oder weniger vorbei war, wenngleich sie auch weiterhin hier festsaßen.

Sie schluckte.

Dass das Dieselaggregat kaputt war, glich einer Katastrophe. Zwar hatte Drue gestern wie immer versucht, die Leute hier im Haus davon abzuhalten, vollends in Panik auszubrechen, ihnen sogar Mut gemacht, dass alles dennoch nur halb so wild sei, doch Norja kannte Drue, konnte in seinem Gesicht lesen wie in einem Buch. Sie hatte es in seinen Augen gesehen. Hatte erkannt, dass es auch mit seinem Optimismus nicht mehr weit her war, er längst selbst den Glauben daran verloren hatte, dass doch noch alles gut würde.

Und dann war es zu dem Zwischenfall mit ihrer Mutter gekommen. Nachdem die Frau über eine halbe Stunde im dunklen Badezimmer zugebracht hatte, war Norja nach oben gegangen, um nachzusehen.

Sie hatte ihre Mutter reglos am Boden vorgefunden und Drue um Hilfe gerufen. Doch was schlimm aussah, erwies sich am Ende nur als leichter Schwächeanfall, verursacht durch den emotionalen Stress der letzten Tage. Norja hatte sich hundeelend gefühlt, als ihre Mutter zu sich gekommen war und darum gebeten hatte, den Heiligen Abend allein in ihrem Zimmer verbringen zu dürfen. Sie wollte sich ausschlafen, zu Kräften kommen und natürlich hatte Norja ihr diesen Wunsch trotz Taimis Gezeter nicht abschlagen können.

Am Ende hatten sie zu siebt im von Kerzen ausgeleuchteten Wohnzimmer gesessen, hatten Nudeln und Suppe gegessen und dabei krampfhaft versucht, aus diesem Katastrophenfest das Beste rauszuholen.

Und trotz allem, was passiert war, hatte Taimi sich über ihre Geschenke gefreut. Es war einfach herzerwärmend gewesen, mit anzusehen, wie das kleine Mädchen wenigstens für ein paar Minuten ihre Angst vergaß und sich des Lebens freute. Anders Bele und Fynn, die ihre

Präsente ausgepackt und sich kurz darauf wieder in ihre Zimmer verkrümelt hatten.

Am Ende waren es Arlette und Espen sowie Drue und sie gewesen, die bis in die Nacht zusammengesessen und beratschlagt hatten, was sie noch tun konnten.

Auf Arlettes Gebettele hin hatten sich die Männer schließlich breitschlagen lassen, es trotz der eisigen Kälte noch mal zu versuchen, das Aggregat in Gang zu bringen oder wenigstens Handy-Empfang zu bekommen.

Stundenlang waren Drue und Espen da draußen in Dunkelheit und Kälte herumgestolpert, während Arlette bei ihr in der einigermaßen warmen Hütte gesessen und finster vor sich hin gestarrt hatte. Inzwischen ging sie Norja dermaßen auf die Nerven, dass es bereits an Folter grenzte, nur an die Freundin zu denken.

Wenn sie ehrlich war, erkannte sie Arlette nicht wieder, fragte sich stattdessen, was genau es damals gewesen war, das sie zu besten Freundinnen hatte werden lassen.

Inzwischen hatten sie beide kaum mehr etwas gemein und Norja kam es mittlerweile so vor, als empfände Arlette ihr gegenüber nicht nur Neid, sondern auch Verachtung ... und Hohn.

Hinzukam Bele, die gestern Abend eine Art kryptische Bemerkung in Richtung ihrer Mutter gemacht hatte, in der es darum gegangen war, dass jemand im Glashaus nicht mit Steinen werfen solle. Arlette schien gewusst zu haben, auf was Bele damit hinauswollte, war daraufhin knallrot angelaufen.

Seither fragte Norja sich, ob diese Sache mit ihr zu tun hatte ...

Verbarg Arlette etwas vor ihr?

Wie ein Fausthieb wurde ihr bewusst, dass ihr

Verhältnis zueinander nicht erst seit diesem Ausflug anders geworden war. All die Wochen und Monate zuvor, in denen die Freundin kaum bei ihr angerufen und dies immer auf zu viel Stress im Job geschoben hatte ... Wie oft hatte sie versucht, aus Arlette herauszubekommen, was los war? Und wie oft hatte die Freundin daraufhin erwidert, dass alles halb so schlimm sei, sie sich keine Sorgen machen solle. Doch dann hatte sie wieder ewig nichts von ihr gehört und alles war von vorne losgegangen. Wieso wurde ihr jetzt erst klar, dass dies bereits der Anfang vom Ende gewesen war?

Sie hätte erkennen müssen, dass Arlettes Abwiegeln lediglich Versuche darstellten, sie zwanghaft auf Abstand zu halten. Konnte man das noch als Freundschaft bezeichnen?

Die Frage war nur, wieso sie sich überhaupt bereit erklärt hatte, mit hierher zu kommen?

Norja stöhnte leise, als ihr klar wurde, dass sie der Freundin kaum eine andere Wahl gelassen, ja, sie geradezu bedrängt hatte, mitzukommen.

Und dann Drue ... Er war die ganze Zeit über so optimistisch gewesen, so gut gelaunt und der ruhende Pol in ihrer Mitte, doch gestern Nacht war er vollkommen unerwartet auf Espen losgegangen, als dieser anmerkte, dass die Wasserleitungen einfrieren könnten, sollte das Haus über Nacht zu sehr auskühlen.

Seither fragte Norja sich, ob es normal war, dass dieses Haus oder vielmehr die Situation, in der sie sich befanden, sie alle in so kurzer Zeit veränderte, plötzlich Freundschaften infrage gestellt werden mussten.

Sie hatte mit Drue über seinen Ausraster sprechen wollen, doch dann hatte er so erschöpft ausgesehen, dass sie es nicht übers Herz gebracht hatte, ihn in ein weiteres anstrengendes Gespräch zu verwickeln. So war sie gestern Nacht alleine im Wohnzimmer verblieben, hatte vor dem Zubettgehen den Kamin mit Holz befüllt, in der Hoffnung, dass die Wärme bis zum Morgen anhielte, doch angesichts der Kälte im Haus war ihr Plan wohl nicht aufgegangen.

Sie schlug die Decke zurück, wollte aufstehen, um unten anzuheizen, damit es schön warm im Haus war, wenn die anderen wach wurden, doch dann fiel ihr das Gefühl der Angst von gestern Nacht wieder ein. Diesmal war sie absolut sicher gewesen, dass da draußen jemand stand, der zu ihr hereinblickte, sich über ihr Dilemma lustig machte. Und am liebsten hätte sie nachgesehen, der Person da draußen entgegengebrüllt, dass sie sich niemals würde unterkriegen lassen, aber dann hatte sie der Mut verlassen. Mit wackeligen Knien war sie nach oben gestiegen, hatte sich still und leise neben Drue ins Bett gelegt und ruhelos in die Nacht gestarrt, bis sie der Schlaf irgendwann doch eingelullt hatte.

Sie erschrak, als sie wie aus dem Nichts plötzlich eine warme Hand an ihrem Rücken spürte, stieß ein entsetztes Keuchen aus.

»Ich bin es nur«, nuschelte Drue schläfrig. »Komm wieder ins Bett.«

»Würde ich gerne, aber mir ist schrecklich kalt«, gab sie forscher als beabsichtigt zurück und schob schuldbewusst ein »Ich gehe nur schnell heizen, Liebling« hinterher.

Sie wandte sich zu Drue um, gab ihm einen Kuss auf die Wange und wollte aufstehen, doch er hielt sie am Arm zurück. »Du bleibst liegen, ich kümmere mich darum«, erklärte er fest. Norja rang einen Augenblick mit sich, gab schließlich nach. Unten würde es noch kälter sein und die

Aussicht, es sich stattdessen noch ein wenig unter der Decke gemütlich zu machen, hatte durchaus etwas Reizvolles. Erleichtert schlüpfte sie zurück ins Bett, warf Drue, der schon in der Tür stand, eine Kusshand zu.

»Aufstehen, Mami!«

Die Stimme drang wie durch dichten Nebel in ihr Bewusstsein. Sie schlug die Augen auf, sah Taimis hellblaue Augen unmittelbar vor sich, lächelte. Sie schlang die Arme um den zarten Körper ihrer Tochter, sog deren süßen Duft tief in sich ein. Für einen Augenblick lang fühlte sich die Welt wieder friedlich und vollkommen normal an, bis sie Drue im Türrahmen stehen sah, dessen Gesichtsausdruck nichts Gutes verhieß. »Kommst du bitte mal runter«, bat er sie und Norja fiel auf, dass selbst seine Stimme einen dunklen Unterton hatte.

Sie schluckte, nickte schließlich. »Gib mir zwei Minuten.«

Wieder allein im Zimmer schlüpfte sie in ihren flauschigen Hausanzug, zog einen dicken Cardigan darüber und ging ins Bad, um sich frisch zu machen. Das Wasser war eiskalt, tat ihr an den Zähnen und im Gesicht weh, doch wenigstens weckte es ihre Lebensgeister.

Anschließend machte sie sich auf den Weg in die Küche, fragte sich, was wohl jetzt wieder passiert sein mochte. Seltsamerweise verspürte sie dabei keinerlei Panik, fast, als habe sich ihr Gemüt innerhalb der letzten Tage daran gewöhnt, dass sie immer wieder neue Hiobsbotschaften ereilten.

Sie trat in die von Kerzenschein erhellte Küche, sah Arlette und Espen am Tisch sitzen, ein paar Stühle weiter ihre Mutter. Die Szene hätte etwas Romantisch-Gemütliches haben können, doch alle drei starrten ihr mit einer Mischung aus Frust und Resignation entgegen. Einzig Drue stand an der Anrichte, die Hände lässig in den Taschen seiner Jeans vergraben, so als wolle wenigstens er noch einen kläglichen Rest an Optimismus verbreiten, doch an seiner Körperhaltung erkannte Norja, dass auch er extrem angespannt war. Sie stammelte ein leises »Guten Morgen«, das sich irgendwie falsch anhörte, setzte sich neben ihre Mutter. »Wo ist Taimi?«, fragte sie an Drue gewandt.

»Fynn und Bele passen auf sie auf«, erwiderte er. »Ich wollte nicht, dass die Kinder mitbekommen, was genau wir hier besprechen.« Er räusperte sich. »Espen und ich haben uns entschieden«, kam er schließlich auf den Punkt. »Wir werden uns ein paar Vorräte einpacken und versuchen, zu Fuß in den nächsten Ort zu kommen.«

»Das kann nicht euer Ernst sein«, fiel Arlette ihm ins Wort und gestikulierte wild mit den Armen in Richtung Fenster. »Habt ihr mal rausgeschaut? Es ist noch nicht einmal Mittagszeit und trotzdem ist es draußen bereits stockdunkel. Und ehrlich gesagt glaube ich auch nicht, dass es heute noch viel heller wird. Das Unwetter, der Schnee – ihr werdet euch hoffnungslos verlaufen.«

Drue verzog das Gesicht. »Wir sind keine Idioten, Arlette, ein bisschen vertrauen darfst du uns schon.« Er sah zu Norja, als wolle er in ihrem Gesicht ablesen, wie sie darüber dachte, doch vor lauter Schreck war sie zu keinerlei Gefühlsregung fähig.

»Wir sind natürlich vorsichtig und versuchen, bis zum Einbruch der Nacht zurück zu sein, aber im Grunde ist es so, dass wir gar keine andere Wahl haben.« Er sah zu Espen, sog die Luft ein. »Unsere Vorräte werden immer weniger und hinzu kommt, dass Espen gestern im Grunde recht hatte. Es ist so – wenn die Heizung im Haus einfriert, weil der Holzofen auf Dauer eben nicht ausreicht, um alle Zimmer samt den Leitungsrohren zu erwärmen, dann stehen wir tatsächlich bald ohne Trinkwasser da – vom dreckigen Schnee, den wir schmelzen könnten, mal abgesehen. Dazu noch die Kälte, der Sturm – es hilft alles nichts, wir müssen tätig werden, dürfen uns nicht mehr allein darauf verlassen, dass das Wetter besser wird.«

»Ich frage mich, wieso sich vorher keiner von euch die Mühe gemacht hat, zu recherchieren, wie das Wetter hier oben werden wird«, fragte Norjas Mutter.

Drue sah die Frau genervt an. »Weil keiner von uns allwissend ist. Außerdem ist das Wetter hier in den Bergen unberechenbar und keineswegs vergleichbar mit der Stadt, in der wir leben.«

Norja warf ihrer Mutter einen drohenden Blick zu, der ihr begreiflich machen sollte, dass sie sich zurückzuhalten hatte, doch die Frau starrte Drue weiterhin finster an. »Was, wenn euch etwas zustößt?«, stieß sie aus und sah zu Arlette und dann zu Norja. »Heißt es denn nicht, dass man in so einer Notsituation zusammenbleiben sollte?«

Norja schluckte gegen die Verzweiflung an. »Prinzipiell gebe ich dir recht, Mama, aber es stimmt nun mal, was Drue sagt. Abzuwarten, könnte noch Schlimmeres mit sich bringen. Irgendwann sind die Vorräte leer, das Holz in der Hütte ebenfalls und was dann?«

»Dann sind wir total am Arsch.« Arlette fing an zu weinen. Einem ersten Impuls folgend wollte Norja aufspringen, sie in den Arm nehmen und ihr sagen, dass alles gut würde, doch dann schob sie den Gedanken beiseite. Wo war ihre Freundin, um ihr Mut zu machen? Was tat Arlette, damit es ihr, Norja, besser ging?

Sie holte Luft, ignorierte das Geheule.

»Wann wollt ihr los?«, fragte sie schließlich.

Drue sah zu Espen, verzog das Gesicht. »Innerhalb der nächsten Stunde.«

Norja hatte Tränen in den Augen, als sie sich mit einer quengelnden Taimi und ihrer Mutter im Schlepptau von Drue verabschiedete. »Passt auf euch auf«, brachte sie mühsam hervor, nahm auch Espen fest in ihre Arme. Die Männer hatten sich mehrere Lagen übereinander angezogen, um nicht auszukühlen, und Norja hatte beiden zusätzlich warmen Tee in mehrere leere Tetra Paks eingefüllt. Außerdem hatte sie ihnen etwas von den letzten Vorräten mitgegeben, damit die Männer für alle Eventualitäten gerüstet waren. Dennoch machte sie sich große Sorgen um Drues und Espens Wohlergehen, im Gegensatz zu Arlette, die nur ein paar halbherzige Nettigkeiten für ihren Lebensgefährten übrig hatte.

Stattdessen fiel Norja auf, dass Arlette Drue einen undefinierbaren Blick zuwarf. Er sah aus wie eine Mischung aus Wut und etwas anderem ... doch Norja war viel zu aufgeregt, um sich näher damit zu befassen.

»Uns passiert schon nichts, versprochen«, beschwichtigte Drue sie alle, winkte ihnen ein letztes Mal zu, bevor er hinter Espen durch die Tür nach draußen trat.

Dann waren sie allein.

Den ganzen Tag über hatte zwischen Arlette und Norja eine merkwürdig kühle Atmosphäre geherrscht.

Teilweise hatte sie sogar das Gefühl gehabt, Arlette ginge ihr bewusst aus dem Weg. Sie hatte ihr beim gemeinsamen Essen am frühen Nachmittag nicht in die Augen sehen können, sich anschließend den Rest des Nachmittags über in ihr Zimmer zurückgezogen, obwohl es sicher hilfreich gewesen wäre, die Zeit gemeinsam zu verbringen, während sie angespannt auf die Rückkehr der Männer warteten.

Und selbst jetzt, während sie versuchte, Taimi davon abzulenken, dass ihr Vater noch immer nicht da war, zog es Arlette vor, sich die Zeit allein in der Küche zu vertreiben. Kurz war Norja versucht, Taimi an die Hand zu nehmen und mit ihr zu Arlette hinüber zu gehen, doch dann schob sie den Gedanken beiseite. Wenn ihre »Freundin« nun mal lieber allein mit ihrer Angst sein wollte, konnte sie es so haben.

Genau wie Fynn und Bele, die sich seit Stunden oben in ihren Zimmern verschanzt hatten.

Ein Heulen riss Norja aus ihren Gedanken. Sie sprang auf, hob Taimi auf die Arme, eilte in den Gang hinaus.

Das Geräusch war von ihrer Mutter gekommen. Kurz darauf vernahm sie deren entsetztes Keuchen, das in ein verzweifeltes Stöhnen überging.

»Ich bin gleich bei dir, Mama«, rief Norja, um die Frau zu beruhigen. Sie drückte die verstörte Taimi fester an sich, machte sich auf den Weg nach oben.

Eine Tür ging auf.

»Was denn jetzt schon wieder?«, hörte sie Fynn maulen, dann nahm sie die Stimme von Bele wahr, die auch nicht viel freundlicher klang.

»Ich hab mich ein paar Stunden hingelegt«, hörte sie schließlich ihre Mutter mit weinerlicher Stimme antworten, »und als ich eben wach geworden bin, fiel mir auf, dass meine Pillentasche verschwunden ist.«

»Was soll das sein, eine Pillentasche?«, fragte Bele belustigt.

»Na, wahrscheinlich eine Tasche, in der Tabletten drin sind«, erklärte ihr Fynn, als habe er es mit einer Schwachsinnigen zu tun. »Alte-Leute-Zeugs eben.«

»Deine Tabletten sind weg?«, rief Norja auf dem Weg nach oben, während sie versuchte, sich mangels Taschenlampe mit Taimi auf den Arm die Treppe hochzuarbeiten. Als sie endlich oben war, atmete sie erleichtert auf, als aus Fynns Zimmer ein wenig Kerzenschein in den Gang hinaus drang. Sie sah ihre Mutter an. »Hast du überall gesucht?«

Die Frau nickte. »Ich hab das kleine Teelicht genommen, es im Bad auf den Waschbeckenrand gestellt und den kompletten Raum abgesucht. Außerdem bin ich sicher, dass ich sie, bevor ich mich hingelegt habe, noch auf der Ablage unterhalb des Spiegelschranks gesehen habe.«

»Vielleicht sind sie runtergefallen?«, kam es von Bele. Sie machte auf dem Absatz kehrt, verschwand im Bad, kam wenig später wieder raus. »Also am Boden liegt nichts rum.«

Norja seufzte, sah zu ihrer Mutter. »Und in deinem Zimmer? Vielleicht hast du sie doch mitgenommen, erinnerst dich nur nicht mehr daran. Vielleicht hast du noch eine von diesen Dingern zum Schlafen eingeworfen, wäre doch möglich ...«

Ihre Mutter schüttelte den Kopf. »Sie lag im Bad und jetzt ist sie weg.«

»Okay«, stieß Norja aus. »Sobald die Männer zurück sind und wir wieder eine Taschenlampe zur Verfügung haben, suchen wir genauer. Bis dahin wird es schon ohne gehen.«

Ihre Mutter senkte den Blick. »Ich brauch eine der Pillen sofort.«

»Wieso? Du hast doch jetzt geschlafen. Wie viel von den Dingern willst du noch einschmeißen?«

»In der Tasche ist ein Blutverdünner drin, den ich zweimal täglich nehmen muss. Und ein Medikament gegen Bluthochdruck und Rhythmusstörungen.«

Norja riss die Augen auf. »Seit wann nimmst du all diese Medikamente?«

Ihre Mutter seufzte, wirkte auf einmal schwach und zerbrechlich. »Seit ich im Sommer einen leichten Schlaganfall hatte. Ich wollte es dir sagen, konnte aber nicht. Seit Papas Tod hast du dich mir gegenüber nur noch weiter zurückgezogen, wirktest teilweise ganz weit weg, obwohl du in Wahrheit direkt neben mir standest. Bei der Beerdigung zum Beispiel. Und offen gesagt ... so war es auch früher oft zwischen uns. Du und dein Vater, ihr wart ein eingeschworenes Team und für mich war in eurem Zweierteam kein Platz mehr. Ihr habt mich beide ständig außen vor gelassen, mich ausgeschlossen. Daher dachte ich ehrlich gesagt, dass es dir egal ist, wie es mir geht.«

Norja klappte der Mund auf, doch kein Laut drang daraus hervor. Stimmte es, was ihre Mutter ihr vorwarf?

Sie dachte einen Moment darüber nach, musste schließlich zugeben, dass es genauso gewesen war. Sie war immer ein Papa-Kind gewesen, hatte den Mann vergöttert und den Boden angebetet, auf dem er gegangen war. Ihre Mutter hingegen hatte um jede noch so winzige Aufmerksamkeit von ihr stets betteln müssen, bis sie irgendwann einfach aufgegeben und sich der Realität gefügt hatte. Einer Realität, in der ihre Tochter nicht ihr, sondern dem Vater ihre Gefühle anvertraute.

All die Jahre hatte sie das alles vollkommen verkehrt gesehen. Hatte gedacht, ihre Mutter empfände nichts für sie, obwohl es in Wahrheit ganz anders gewesen war.

»Tut mir leid«, brachte sie mühsam hervor, kämpfte gegen die Tränen an. Die Scham brannte auf ihren Wangen. Sie drehte sich zu Bele um. »Kannst du mir Taimi kurz abnehmen?«

Das Mädchen nickte, wirkte auf einmal kein bisschen zickig. »Bei mir ist die Kleine gut aufgehoben, versprochen.«

Norja stieß erleichtert die Luft aus, wandte sich wieder zu ihrer Mutter. »Dann lass uns jetzt zusammen nach deinen Tabletten suchen«, sagte sie, ergriff zögernd ihre Hand. »Du wirst sehen, in ein paar Minuten haben wir sie gefunden.«

Norja und ihre Mutter hatten gerade den kompletten ersten Stock auf den Kopf gestellt, als ihr ein Gedanke kam. Was, wenn Fynn die Pillen absichtlich versteckt hatte? Bis jetzt hatte der Junge keine Möglichkeit ungenutzt gelassen, ihr zu schaden und sie zu schikanieren, wieso sollte er da vor ihrer Mutter haltmachen? Selbst Bele hatte bei der Suche nach den Pillen geholfen, indem sie Taimi beaufsichtigte, hatte sogar erlaubt, dass sie auch in ihrem Zimmer nachsehen könne, nur Fynn hatte von all dem nichts wissen wollen und nicht einmal angeboten zu helfen.

Sie klopfte an seinem Zimmer, wartete, bis sie sein mürrisches »HEREIN« vernahm, dann trat sie ein.

»Kann ich bei dir auch nachsehen?«, versuchte es

Norja, doch Fynn war schon aufgestanden und baute sich bedrohlich vor ihr auf. »Vergiss es! Hier sind keine Tabletten.«

»Das kannst du nicht wissen«, gab Norja zurück. »Vielleicht hast du sie nirgendwo hingelegt, aber wer weiß, ob meine Mutter nicht im Dunkeln das Zimmer verwechselt hat.«

»Möglich wäre es«, kam es kleinlaut von der Frau, doch Norja hörte deren Zweifel heraus. Ihre Mutter wusste ganz genau, wieso sie das Zimmer von Drues Sohn durchsuchen wollte, und war lediglich bereit, ihr Spiel mitzuspielen.

»Hier sind keine Pillen«, kam es erneut von Fynn, dessen Augen im Kerzenschein bedrohlich blitzten. »Sag doch einfach, was du wirklich denkst«, stieß der Junge schließlich aus. »Du weißt, dass ich dich hasse, und denkst deswegen, dass ich zwangsläufig derjenige sein muss, der für jeden Scheißdreck verantwortlich ist, der in dieser verdammten Hütte passiert.« Er wirkte auf einmal dermaßen wütend und vollkommen außer Kontrolle, dass Norja instinktiv einen Schritt zurück trat. »Dann sei wenigstens so nett und sehe selbst einmal nach, ob du eine kleine blaue Tasche siehst«, versuchte sie es ein letztes Mal.

Fynn stieß die Luft aus, schüttelte den Kopf, trat schließlich auf die Seite. »Du hast sie ja nicht mehr alle«, knurrte er, sah dann zu Bele, die hinter Norja im Türrahmen stand.

»Statt alles mir in die Schuhe zu schieben«, erklärte er mit plötzlich fiesem Grinsen, »solltest du lieber mal deine sogenannte Freundin da unten fragen, was sie dir gegenüber wirklich empfindet und welche Leichen sie im Keller hat. Ich gebe nämlich wenigstens offen zu, dass ich dich nicht ausstehen kann, was man von ihr allerdings nicht wirklich ...«

»Du hast versprochen, deinen Mund zu halten«, unterbrach Bele ihn fauchend, sah Fynn vorwurfsvoll an. »Ich hab dir das alles im Vertrauen erzählt.«

Norja drehte sich stirnrunzelnd um, warf Bele einen fragenden Blick zu, doch die wich ihr aus, starrte Fynn weiter böse an. Der hob die Schultern, grinste. »Sorry, hätt ich mich doch fast verplappert.«

»Was soll das Gequatsche?«, brach es aus Norja hervor, doch weder Bele noch Fynn waren bereit, weitere Details preiszugeben.

»Hör zu«, kam Bele ihr ein Stück weit entgegen, »Ich suche mit Fynn in seinem Zimmer nach den Tabletten und du kannst in der Zeit mit meiner Mutter reden, wenn du unbedingt willst. Aus mir kriegst du jedenfalls kein Wort raus.«

Norja schüttelte den Kopf, streckte Bele die Arme entgegen, damit sie ihr Taimi wiedergab, als Arlette unten hysterisch zu schreien begann.

Norja zuckte zusammen, sah zuerst ihre vor Angst wimmernde Tochter und dann Bele und Fynn an. »Ihr bleibt mit Taimi und meiner Mutter hier oben, verstanden?«

Ohne deren Antwort abzuwarten, machte sie auf dem Absatz kehrt, rannte nach unten, prallte im Gang mit Arlette zusammen. »Was ist passiert?«, stieß sie atemlos aus.

Arlette sah sie mit weit aufgerissenen Augen an, deutete mit einer Laterne in der rechten Hand in Richtung der sperrangelweit aufstehenden Haustür.

Norja ging darauf zu, runzelte die Stirn.

Was ging hier vor?

Was hatte Arlette derartig verstört?

Plötzlich sah sie den Weidenkorb aus der Küche auf der Veranda liegen. Sie drehte sich zu ihr um. »Du wolltest Holz rein holen?«

Nicken.

»Und was ist dann passiert? Nun rede doch endlich!«

»Da sind frische Fußspuren im Schnee«, flüsterte Arlette kaum hörbar. »Sie führen vom Schuppen zum Haus. Und ich bin absolut sicher, dass diese Spuren zu einem Mann gehören.«

13

BODØ 2018

Als sie vor dem Zimmer standen, in dem sich Zara mit der schwerkranken Lizzy verbarrikadiert hatte, gab sie Hardo und dem Doktor ein Zeichen, sich im Hintergrund zu halten.

»Du willst da alleine rein?«, fragte Hardo alarmiert.

Una tippte auf ihr dick ausgepolstertes Jackett, unter dem sich die schusssichere Weste befand, grinste. »Ich denke zwar nicht, dass die nötig ist, aber sie wird im Ernstfall das Schlimmste verhindern können.«

Hardo verzog das Gesicht. »Die Frau ist Jägerin, hat seit Jahrzehnten Übung im Schusswaffengebrauch. Was, wenn sie auf deinen Kopf zielt? Was soll die blöde Weste da ausrichten können?« Er brach ab, zog das Funkgerät aus der Tasche. »Im Haus gegenüber haben sich vier Beamte niedergelassen, die das Zimmer im Blick haben. Zara hat zwar die Vorhänge zugezogen, aber dank der Wärmebildkameras wissen wir, wo genau im Raum sie sich befindet. Und dann sind da noch die Beamten hier im Haus – alles topausgebildete Leute, denen solche Situationen nicht fremd sind. Willst du unter diesen Umständen wirklich DEIN Leben aufs Spiel setzen?«

Una hob die Schultern. »Wie gesagt, ich glaube nicht, dass das nötig sein wird ... ist nur so ein Gefühl.« Sie trat auf die Tür zu, klopfte, wies Hardo und den Arzt an, sich zurückzuziehen. »Ich bin Una Strand von der Kriminalpolizei«, rief sie. »Zara, wenn Sie mich hören, wäre es Ihnen möglich, mich hereinzulassen? Ich möchte gerne mit Ihnen reden.«

Sie vernahm ein Keuchen aus dem Zimmer, dann ein Scheppern.

»Ich will, dass Sie draußen bleiben«, rief Zara. »Wenn Sie reinkommen, schieße ich!«

Una sog ihre Unterlippe ein, spürte, wie ihr der Schweiß ausbrach. »Ich möchte nur mit Ihnen reden, Zara. Ich weiß von Ihren Kollegen im Haus, dass sie eine sehr gute Krankenschwester sind, ein Mensch, den alle hier sehr mögen. Diese Lage, in der Sie sich jetzt befinden, das ergibt keinen Sinn für mich, und deswegen würde ich gern Ihre Version der Geschichte hören. Was ist passiert, Zara, wieso tun Sie das?«

Eine Weile herrschte Stille, dann nahm Una Schritte wahr, die sich der Tür näherten.

»Ich werde jetzt den Riegel öffnen. Sobald ich es Ihnen sage, dürfen Sie die Tür aufmachen, bleiben aber vor der Schwelle stehen. Sollten Sie nicht tun, was ich verlange, schieße ich meiner Patientin in den Kopf.«

Una bemerkte, dass Zaras Stimme zitterte.

Das konnte entweder an der Anspannung liegen, unter der sie stand, weil ihr logischerweise klar war, dass sie von bewaffneten Beamten umzingelt war, oder aber die Frau hatte tatsächlich vor irgendetwas oder irgendjemandem schreckliche Angst.

»Ich werde genau das machen, was Sie mir sagen«, beschwichtigte Una die Frau.

»Okay, dann will ich, dass Sie, wenn die Tür geöffnet ist, Ihre Waffen auf dem Boden ablegen und unbewaffnet zu mir ins Zimmer kommen. Sollten Sie dennoch etwas Blödes versuchen, schwöre ich Ihnen, war es das für meine Patientin.«

Una, der nicht entgangen war, dass Zara die Frau Patientin und nicht Geisel genannt hatte, lächelte. »Werde ich nicht, keine Sorge.«

Sie löste ihr Holster vom Gürtel, legte es samt Waffe neben sich, trat einen Schritt vor. Das Funkgerät begann zu knistern. Sie schaltete es aus, atmete tief durch.

Keine zwei Sekunden später ging die Tür auf und sie stand Zara gegenüber, die den Rollstuhl mit ihrer Patientin darin vor sich her schob. Una bemerkte auf Anhieb, dass die Augen der alten Frau ins Nichts starrten, sie von all dem kaum etwas mitbekam. Sie schluckte erleichtert, sah Zara an. »Was halten Sie davon, die Patientin hier rauszulassen und stattdessen mich zu behalten?« Sie musterte die kranke Frau im Rollstuhl, dann sah sie zu Zara auf. Sie wirkte hager und abgekämpft, strahlte aber dennoch eine Energie aus, die Una beeindruckte.

Sie deutete auf die Waffe neben sich, sah Zara direkt in die Augen. »Das ist meine einzige, ich bin jetzt absolut unbewaffnet.«

Zara nickte knapp, bedeutete ihr, einzutreten.

»Ich weiß, dass hier überall Ihre Kollegen unterwegs sind, die mich wahrscheinlich beobachten und nur darauf warten, mich ausschalten zu können.«

Kurz überlegte Una, die Frau anzulügen, doch dann entschied sie sich, einem Impuls nachgebend, für die

Wahrheit. »Vier im Haus gegenüber und hier in der Klinik sind auch einige unterwegs nach oben.«

Zara nickte, schien zu überlegen. »Trotzdem sind Sie hier, anstatt kurzen Prozess zu machen – wieso?«

»Weil ich weiß, dass Sie das alles gar nicht wollen«, erklärte Una ihr. »Sie sind nicht gewalttätig, Menschen wehzutun ist nicht Ihr Ding.«

»Und trotzdem stehe ich hier und halte einer alten Frau eine Knarre an den Schädel.«

Una fixierte Zaras Gesicht, versuchte, darin zu lesen, doch ihr Gegenüber gab keinerlei Gefühlsregungen preis.

»Hier auf Station gibt es sechsundzwanzig Patienten«, versuchte es Una weiter. »Sie hätten jeden davon in diese Lage bringen können, wählten aber einen hoffnungslosen Fall aus und ich denke, ich weiß auch, warum.«

»Sie wissen gar nichts«, blaffte Zara sie an, fuhr sich mit ihrer freien Hand durch das strähnig dunkle Haar.

Una fiel auf, dass Zara leicht zitterte, und fragte sich, ob sie eventuell Drogen intus haben könnte. »Geht es Ihnen nicht gut?«, fragte sie und legte alle Kraft in den Versuch, möglichst nicht wertend, sondern mitfühlend zu klingen.

Zara lachte gequält. »Seh ich etwa so aus, als ginge es mir gut?«

»Dann reden Sie doch einfach mit mir«, drängte Una. »Warum tun Sie das, wo doch ganz offensichtlich ist, dass sie das eigentlich gar nicht wollen.« Sie deutete auf die alte Frau. »Sie haben sich für Lizzy entschieden, weil sie die Einzige ist, die von alldem nichts mitbekommt. Und weil sie sowieso nicht mehr lange zu leben hat. Sie wollen kein Leben auslöschen, aber wenn es denn sein muss, dann doch wenigstens eines, bei dem sowieso kaum noch Aussicht auf Hoffnung besteht.«

Zara starrte sie perplex an, ließ für den Bruchteil einer Sekunde die Waffe sinken. Dann hatte sie sich wieder im Griff, straffte die Schultern, richtete die Waffe auf die Schläfe der alten Frau. »Mag sein, dass Sie recht haben, doch selbst wenn, macht es keinen Unterschied, weil ich nämlich keine Wahl habe.«

»Man hat immer eine Wahl«, gab Una zurück.

»Ich nicht ... oder vielmehr habe ich meine bereits getroffen.« Sie entsicherte die Waffe, holte Luft.

Una konnte die Anspannung der Kollegen gegenüber förmlich spüren, schaltete das Funkgerät ein. »Nicht eingreifen!«, befahl sie. »Ich habe alles im Griff.« Sie hob die Hände, sah Zara an. »Sie müssen das nicht tun, weil es für jedes noch so große Problem eine Lösung gibt.«

Zara stieß ein Kichern aus, das sich irgendwie roboterhaft anhörte.

»Egal, was es ist, ob Ärger im Job, in der Liebe oder innerhalb der Familie, eine unheilbare Krankheit vielleicht sogar oder ein riesiger Berg Schulden – nichts davon ist es wert, sich und andere in eine solche Lage zu bringen.«

Zara öffnete den Mund, wollte zu einer Erklärung ansetzen, schien es sich aber anders überlegt zu haben. Sie senkte den Blick, starrte sekundenlang ins Gesicht der alten Frau, strich ihr sanft über die Wange, dann sah sie Una an. Ihre Augen waren mit Tränen gefüllt. »Es gibt nur noch eine Sache, die Sie für mich tun können«, erklärte sie und klang auf einmal beinahe liebevoll. »Sagen Sie Solveig, dass ich sie über alles liebe, okay? Sie ist eine so tolle Frau und hat das alles nicht verdient.«

»Was meinen Sie damit, dass Solveig das nicht verdient hat? Was bedeutet das?«

Zara verzog das Gesicht zu einem schmerzerfüllten

Lächeln. »Kann ich mich darauf verlassen, dass Sie es ihr ausrichten? Sie muss wissen, dass es mir leidtut und dass sie mir alles bedeutet!«

Una nickte, spürte, wie sich die feinen Härchen in ihrem Nacken aufrichteten, nahm wie in Zeitlupe wahr, dass Zara die Waffe vom Kopf der Frau nahm, sich den Lauf selbst in den Mund steckte.

»NEIN!«, schrie Una und wollte auf Zara zuspringen, ihr die Waffe entreißen, doch es war zu spät. Ein ohrenbetäubender Knall erschütterte ihr Innerstes, ließ für den Bruchteil einer Sekunde die Welt um sie herum still stehen. Sie sah zu, wie Zaras Schädel barst, spürte, wie sich ein feiner Nebel aus Blut, Gehirnmasse und Knochensplittern über ihr Gesicht ergoss, der leblose Körper der Schützin vor ihr zusammenbrach.

Plötzlich kam wieder Leben in Una.

»So eine Scheiße«, schrie sie und ging neben Zara auf die Knie, während um sie herum das Chaos ausbrach.

14

HARDANGERVIDDA 2019

Norja schluckte, starrte Arlette an.
Einem ersten Impuls nachgebend, wollte sie die noch immer sperrangelweit aufstehende Haustür einfach zuwerfen und sich mit Kind und Kegel im Haus verbarrikadieren.

Doch dann schüttelte sie den Kopf. Es war genug. Diese ständige Angst und das Gefühl, ausgeliefert zu sein, würde sie noch in den Wahnsinn treiben, wenn sie sich nicht endlich hinstellte und dagegen ankämpfte. Kurz überlegte sie, Arlette zu sagen, dass sie seit Tagen das Gefühl hatte, beobachtet zu werden, doch schließlich schob sie den Gedanken beiseite. Sie würde sie nur noch mehr ängstigen und wer weiß, am Ende bekämen Taimi, ihre Mutter und die Teenager mit, was hier gespielt wurde.

Espen und Drue waren fort, deswegen musste sie jetzt deren Rolle übernehmen und eine Panik verhindern. »Gib mir die Laterne«, sagte sie zu Arlette und achtete darauf, nicht ängstlich zu klingen.

»Du willst da raus?«

Norja sah Arlette an. »Hast du eine bessere Idee?«

»Wir könnten uns hier drin einsperren und warten, bis die Männer zurück sind.«

»Hier drinnen ist es sowieso eiskalt. Ohne Holz wird es noch schlimmer und wir holen uns den Tod.« Sie streckte die Hand aus. »Jetzt gib schon her!«

Zögernd reichte Arlette ihr das Holzgestell mit der Kerze darin, runzelte die Stirn. »Das musst du aber alleine machen«, erklärte sie mit brüchiger Stimme. »Mich kriegen keine zehn Pferde da raus.«

Norja warf Arlette einen letzten Blick zu, dann marschierte sie forschen Schrittes zur Haustür.

Nicht drüber nachdenken!, mahnte die Stimme in ihrem Innern. *Geh einfach und sieh nach, was da los ist!*

Ihr Herz hämmerte so hart, dass sie für den Bruchteil einer Sekunde glaubte, keine Luft zu bekommen, trotzdem lief sie immer weiter auf die Veranda hinaus, die Treppe hinunter, bis in den Hof. Sie biss die Zähne zusammen, weil der eisige Wind innerhalb von wenigen Augenblicken durch ihre Klamotten hindurch war und sich wie tausend Nadelstiche auf ihrer Haut anfühlte, doch umdrehen und etwas Wärmeres anziehen, war keine Option. Jetzt hatte sie die Kraft, das durchzuziehen, jetzt wollte sie wissen, wer hier draußen mit ihnen spielte und versuchte, ihnen Angst einzujagen. Energisch stapfte sie mit ihren Hausschuhen durch den Schnee, drehte sich dabei ein paar Mal um die eigene Achse. Sie runzelte die Stirn. Vom Haus weg führten einzig ihre eigenen Fußspuren, doch ansonsten wirkte der Schnee an den meisten Stellen glatt. Sie hockte sich hin, hielt die Laterne auf Armeslänge von sich weg, starrte angestrengt in Richtung der Schuppen.

Da sind keine Fußspuren, ging es ihr durch den Kopf.

Okay, zu Arlettes Verteidigung musste sie zugeben, dass der Schnee an einigen Stellen tatsächlich etwas unebener schien, was mit Sicherheit daran lag, dass Espen und Drue am Vormittag und in der letzten Nacht etliche Male zwischen Schuppen und Haus hin- und hergelaufen waren, doch Fußspuren konnte sie weit und breit nicht entdecken.

Und das Gefühl, das du seit Tagen hast?

Norja spürte, wie sich ihr Innerstes zusammenzog.

Ja, sie war fest davon überzeugt gewesen, dass an verschiedenen Abenden hier draußen jemand gestanden und zu ihr hereingesehen hatte, doch dies änderte rein gar nichts daran, dass Arlette sich in diesem Fall eben geirrt haben musste. Ihre Unsicherheit, allein hier draußen in der Dunkelheit, hatte sie Dinge sehen lassen, die nicht real waren. In diesem Fall eben Fußabdrücke.

Doch was, wenn sie sich nicht getäuscht hat?

Norja holte tief Luft.

Dann ist da immer noch die Tatsache, dass hier nichts zu sehen ist. Alles hier draußen wirkt vollkommen normal. Norja fiel ein, dass in dieser Gegend unzählige Wildtiere lebten, welche sich unter Umständen auch bis hier her verirren konnten. Hatte Arlette am Ende die Abdrücke eines Polarfuchses oder Rentieres gesehen?

Sie stand auf, ging zum Haus zurück.

Arlette wartete im Gang auf sie, hatte sich mit einem Messer aus der Küche bewaffnet.

»Hast du sie gesehen?«

Norja schluckte, verzog das Gesicht zu einem beruhigenden Lächeln. »Das sind keine Fußspuren«, erklärte sie ihr. »Was du gesehen hast, sind Unebenheiten im Schnee. Und zwar ganz genau auf dem Weg von den Schuppen hierher zum Haus. Das liegt einfach daran, weil Espen und Drue dort sehr oft hin und hergelaufen sind. An dieser Stelle ist der alte Schnee unter dem frisch gefallenen ziemlich festgetreten. Das sieht im Dunkeln vielleicht besorgniserregend aus, ist aber definitiv harmlos.«

»Willst du mich verarschen?«, fauchte Arlette. »Ich bin nicht bescheuert und weiß, was ich gesehen habe. Da draußen waren vorhin Fußspuren, die vom Schuppen zum Haus führten. Ich hab sogar das Profil darin erkennen können!«

Norja zuckte zurück. »Dann geh und sieh selbst nach, dass da draußen nichts ist.«

Arlette hob die Schultern. »Das beweist doch nichts. Es schneit wie verrückt, vielleicht erkennst du die Spuren deswegen nicht mehr.«

»So schlimm schneit es nun auch wieder nicht. Außerdem könnte es rein theoretisch auch ein Tier gewesen sein«, gab Norja zu bedenken. »Ein Fuchs oder so. Und deine Fantasie hat daraus etwas Bedrohliches gemacht. Doch wie gesagt, ist mir eben gerade rein gar nichts aufgefallen. Nicht einmal Tierspuren.«

Arlette funkelte sie wütend an, stieß die Luft aus. »Wir sind allein verdammt! Wir zwei, deine Mutter und drei Kinder. Machst du dir keine Gedanken, was zum Henker hier vor sich geht?«

Norja zuckte zurück. »Natürlich mache ich mir Sorgen. Vor allem, weil unsere Männer noch nicht zurück sind. Aber sie sind unterwegs, um Hilfe zu holen, und darauf vertraue ich. Und auf meinen gesunden Menschenverstand, der mir sagt, dass es nicht sein kann, dass sich bei diesem Wetter da draußen jemand herumtreibt, der uns Böses will. Ich meine ... welchen Sinn sollte das machen?«

Arlette stieß die Luft aus. »Zuerst das Auto, dann der

Generator – kommt dir das alles nicht auch langsam manipuliert vor? Und jetzt sind unsere Männer weg und ich sehe Spuren im Schnee. Schon mal drüber nachgedacht, dass da jemand sein könnte, der es darauf anlegt, uns zu schaden? Drues Sohn beispielsweise. Denkst du etwa, ich weiß nicht, dass der Junge dich hasst und gar nicht mit hierher kommen wollte?«

Norja senkte den Blick. Als sie wieder aufsah, fixierte sie Arlette mit stahlhartem Blick. »Du wolltest auch nicht mitkommen, wie mir inzwischen klar geworden ist. Und deine Tochter hasst dich im Augenblick fast genauso wie Fynn mich. Und wo wir schon dabei sind – wieso beschuldigst du nicht auch meine Mutter? Sie hat auch von Anfang an nur herumgenörgelt.« Norja stockte, stieß einen Seufzer aus, als ihr die unheimliche Begegnung im Badezimmer neulich einfiel. »Wenn es dich beruhigt, gehen wir hoch und kontrollieren Fynns Schuhe. Sie müssten noch feucht sein, sollte er sich da draußen herumgetrieben haben. Bei der Gelegenheit kannst du dir auch das Profil seiner Schuhe ansehen, ob es so aussieht, wie das, was du zu sehen geglaubt hast.«

»Du hältst das für einen Irrtum?«, schoss Arlette ihr entgegen.

»Ich versuche nur, eine Antwort auf das alles zu finden. Du beschuldigst einen fünfzehnjährigen Jungen, uns alle mutwillig in Gefahr gebracht zu haben, und ich will lediglich für Klarheit sorgen.«

Arlette sah Norja an, verzog das Gesicht zu einem bösen Lächeln. »Du hältst dich für ziemlich schlau, was? Denkst du, ich kapiere nicht, was du bezweckst? Dir ist schon längst klar, dass er hinter all dem stecken könnte. Aber lieber steckst du mir den schwarzen Peter zu, damit zur Abwechslung mal ich mich bei ihm unbeliebt mache.«

Sie schüttelte den Kopf, riss Norja die Laterne aus der Hand, stürmte die Treppe hinauf. »Fynn, Bele«, rief sie und Norja bemerkte an ihrer Stimme, dass sie kurz davor stand, die Nerven vollends zu verlieren.

Als sie oben ankamen, erkannte Norja an Fynns Gesichtsausdruck, dass er alles mit angehört hatte.

Bele stand mit Taimi auf dem Arm neben ihm, sah unsicher von Norja zu ihrer Mutter. »Das glaubt ihr doch nicht ernsthaft oder? Dass Fynn oder ich all das hier verursacht haben?«

»Ich will deine Schuhe sehen«, herrschte Arlette Fynn an und marschierte geradewegs auf sein Zimmer zu.

»Sag mal, spinnst du?«, schrie er und versuchte, Arlette davon abzuhalten, in seinen heiligen Hallen zu verschwinden.

Sie schlug seinen Arm weg, wirbelte herum. »Untersteh dich, mich noch einmal anzufassen, verstanden!« Sie stieß die Tür auf, verschwand im Innern des Zimmers, kam keine zwei Sekunden später mit einem Paar Stiefel wieder raus. Sie stellte die Laterne am Boden ab, ging in die Hocke und drehte die Schuhe so, dass sie die Profile erkennen konnte. »Das sind sie nicht«, erklärte sie schließlich, gab Fynn die Schuhe zurück. »Hast du noch andere Schuhe dabei?«

»Nur noch meine Hausschuhe«, spie der Junge ihr entgegen und kickte einen davon in Arlettes Richtung. Sie nahm ihn, drehte ihn um, seufzte. »Das ist er auch nicht.« Sie sah ihre Tochter an. »Deine will ich auch sehen.«

Bele nickte, kickte ebenfalls einen ihrer Hausschuhe vom Fuß in Arlettes Richtung, drückte Norja Taimi in den Arm. »Ich gehe meine Stiefel holen.«

Sie drehte sich auf dem Absatz um, verschwand in ihrem Zimmer. Als sie wieder rauskam, hatte sie mehrere

Schuhe im Arm, warf sie ihrer Mutter vor die Füße. »Zufrieden?«

Arlette ging nicht auf die Stichelei ihrer Tochter ein, sah sich in aller Seelenruhe die Schuhe samt der Profile an. Dann nickte sie Bele zu. »Davon ist es auch keiner.«

»Wollen Sie meine auch sehen?«, fragte Norjas Mutter pikiert. Arlette nickte. »Nur für alle Fälle.«

Die Frau verschwand mit einem Schulterzucken in ihrem Zimmer, kam wenig später mit ihren Stiefeln raus, präsentierte sie Arlette.

Die stieß einen tiefen Seufzer aus. »Ich verstehe das nicht. Ich weiß doch, was ich gesehen habe.«

Norja warf Fynn einen entschuldigenden Blick zu, doch er reagierte nicht. Der Junge schien ernsthaft beleidigt zu sein, denn zum ersten Mal spiegelte sein Gesichtsausdruck weder Überheblichkeit noch Hass. Er sah einfach nur beunruhigt und tieftraurig aus und Norja fragte sich, ob das Show war oder ob er wirklich so empfand.

»Denkst du auch, dass hinter all diesen Katastrophen kein Zufall steckt?«, fragte Norjas Mutter und sah sie an. »Dass jemand den Generator absichtlich kaputt gemacht hat und das Auto auch?«

»Ich weiß es nicht«, erwiderte Norja. »Möglich wäre es.«

»Und da kommt ihr natürlich gleich auf die Idee, dass ich es gewesen sein muss«, spie Fynn ihr entgegen.

»Du hast mir zumindest bislang keinen Grund gegeben, dir zu vertrauen«, erwiderte Norja.

»Stattdessen lässt du mich täglich spüren, dass du mich nicht magst, da liegt der Verdacht schon ziemlich nahe, dass du auch derjenige sein könntest, der diesen Urlaub boykottiert.«

Fynn nickte in Arlettes Richtung. »Frag deine angebliche Freundin doch mal, was sie in Wahrheit für dich empfindet und ob es da nicht auch etwas gibt, das sie dir angetan hat!«

Norja sah zu Arlette, bemerkte, dass diese knallrot angelaufen war und ihrem Blick auswich.

Kurz war sie versucht, die Freundin anzusprechen, was Fynn wohl meinte, doch dann verwarf sie den Gedanken wieder. Jetzt gab es Dinge, die wichtiger waren. Sie atmete tief durch, dann brach es aus ihr hervor, ohne dass sie es hätte aufhalten können. »Ich weiß nicht, ob da wirklich Fußabdrücke draußen waren oder ob Arlette sich nur getäuscht hat. Was ich aber sicher weiß, ist, dass ich schon ein paar Mal das Gefühl hatte, dass da draußen jemand ist und durchs Fenster starrt. Natürlich kann es auch Einbildung gewesen sein, aber ...« Sie brach ab, als sie Arlettes schockierten Gesichtsausdruck bemerkte.

»Du wirfst mir vor, dass ich mich geirrt haben könnte, obwohl du seit Tagen das Gefühl hast, dass jemand uns beobachtet?«

Norja streckte ihren Rücken durch, sah Arlette fest an. »Ich glaube eben das, was ich sehen oder spüren kann. Und ich habe nun mal gespürt, dass da jemand von draußen zu mir herein gesehen hat. Deine angeblichen Fußspuren hab ich allerdings nicht gesehen.«

Ein Scheppern, das von draußen zu ihnen hereindrang, ließ Norja innehalten. Plötzlich herrschte absolute Stille im Haus. Norja sah Arlette an, doch die schüttelte energisch den Kopf. *Ich geh da nicht raus,* sagte ihr panischer Blick.

Bele, die ebenfalls völlig bleich geworden war, streckte Norja die Arme entgegen, nahm ihr die wimmernde Taimi ab. Auch Fynn und ihre Mutter wirkten, als könne nichts auf der Welt sie dazu bringen, nachzusehen, was da draußen vor sich ging.

Norja seufzte. »Dann geh ich eben allein.« Sie riss Arlette die Laterne aus der Hand, rannte die Treppe hinunter, schlüpfte diesmal in weiser Voraussicht in ihre Stiefel.

Anschließend trat sie in die Kälte hinaus, sah sich auf der Veranda um.

Nichts.

Langsam ging sie die Treppe runter, starrte angestrengt in Richtung der Schuppen, erzitterte.

Stand da etwa eine der Türen offen?

Der Holzkorb, fiel ihr plötzlich auf. Er hatte auf der Veranda gelegen, nachdem Arlette ihn vor Schreck hatte fallen lassen.

Sie drehte sich um, blickte hinauf.

Der Korb war weg.

Sie verfluchte sich dafür, dass sie nicht daran gedacht hatte, ein Messer mitzunehmen, schlang stattdessen ihre Arme schützend um ihren Oberkörper, machte sich langsam auf den Weg zu den Schuppen. Als sie nur noch wenige Meter davon entfernt war, begriff sie, dass tatsächlich eine der Türen offen stand. Sie schluckte, überlegte für den Bruchteil einer Sekunde, sich einfach umzudrehen und wegzulaufen, schüttelte den Kopf.

Trau dich, sagte sie sich im Stillen. *Wenn da wirklich jemand ist, schreist du, so laut du kannst, dann wird schon jemand von den anderen kommen, um dir zu helfen.*

Sie ging durch die geöffnete Tür, hob die Laterne, sah sich in dem Raum um. Doch außer dem Generator und einigen Gartengeräten konnte sie nichts erkennen.

Sie ging wieder hinaus, verschloss die Tür hinter sich. Dann lief sie die wenigen Schritte bis zum Holzschuppen.

Ihr ganzer Körper zitterte unkontrolliert, als sie die Tür öffnete und eintrat. Im schwachen Schein der Kerze erkannte sie die sauber aufgestapelten Holzreihen überall an den Wänden, sah eine alte rostige Schubkarre an der Stirnseite lehnen, erblickte einen Hackstock in der Mitte des Verschlages.

Wo ist die Axt, schrie die Stimme in ihrem Kopf und lähmte ihre Gliedmaßen. Als sie sich wieder einigermaßen im Griff hatte, wirbelte sie herum, rannte auf die Tür zu. Dabei stolperte sie über ein herumliegendes Holzscheit, fiel samt der Laterne zu Boden.

Ein Stöhnen entwich ihr, als es um sie herum stockdunkel wurde.

Das Wachs der Kerze musste bei ihrem Sturz die Flamme erstickt haben.

Sie rappelte sich auf, tastete sich im Dunkeln vorwärts, weiter in die Richtung, von der sie glaubte, dass dort die Tür sein musste.

Sie nahm ein leises Rascheln wahr, dann ein Knirschen. Es musste von irgendwo vor ihr kommen …

Weiter, drängte die Stimme im Kopf. *Geh einfach!*

Am Ende schaffte sie es tatsächlich bis zur Tür, stieß sie auf, stolperte hinaus und prallte gegen einen Widerstand. Ihr Herz setzte aus, als sie direkt vor sich die Umrisse eines Menschen erkannte.

Eines Mannes …

Sie stieß einen Schrei aus, stolperte zurück, doch es war zu spät. Eine Hand schoss aus der Dunkelheit auf ihren Oberkörper zu, packte sie, zerrte sie nach vorn.

»Hab ich dich …«

15

BODØ 2018

»Wir müssen hier weg«, drängte Hardo, stieß sie sanft an der Schulter an. »Die Spurensicherung will rein und draußen tummeln sich die Aasgeier von der Presse. Das hier hat sich in Nullkommanix rumgesprochen …«

Una sah auf, schluckte. »Ich dachte, ich hätte die Situation im Griff …«

Er hob die Schultern. »Du kannst nichts dafür, hast dein Bestes gegeben. Manchmal ist es einfach so, dass Menschen dermaßen die Kontrolle über ihr Leben verlieren, sich in etwas verrennen, sodass sie den Ausweg nicht sehen, selbst wenn er sich direkt vor ihren Augen befindet.«

Una schüttelte den Kopf. »So hat sie aber nicht gewirkt, verstehst du? Sie sah nicht aus wie jemand, der keinen Sinn mehr im Leben sieht. Wieso auch? Sie hatte einen Job, den sie liebte und in dem sie respektiert wurde, eine Lebensgefährtin.« Sie riss die Augen auf. »Was ist eigentlich mit dieser Solveig? Irgendwas Neues?«

Hardo schüttelte den Kopf. »Bis jetzt nicht. Die

Kollegen haben schon ein paar Mal an der Tür geklingelt, die Festnetznummer von Zara angerufen, doch da tut sich nichts. Wie es aussieht, lebte Zara doch nicht mit ihr zusammen oder Solveig ist schlicht und ergreifend nicht da.« Er hob die Schultern. »Ich schätze, wir müssen uns wohl gedulden, bis sie morgen früh aus den Nachrichten mitbekommt, was passiert ist, und sich von selbst meldet.«

Ein Gedankenblitz schoss durch Unas Kopf. »Wir haben es hier mit einem Suizid zu tun. Außerdem hat Zara eine Geisel genommen. Wir sollten also zusehen, dass wir in die Wohnung der Frau reinkommen, vielleicht finden wir dort irgendwas Brauchbares. Wenn sie das alles von langer Hand geplant hat, muss in ihrer Wohnung etwas zu finden sein, das den Grund für alles offenbart.«

Hardo legte den Kopf schief. »Das dauert aber ein paar Tage. Wir müssen den richterlichen Beschluss abwarten.«

Una stieß einen verächtlichen Grunzton aus. »Zara hat eine Geisel genommen, ist vollkommen durchgedreht. Was, wenn sie zuvor noch woanders ausgetickt ist? Wir müssen jetzt in ihre Wohnung und zusehen, dass wir die Ursache ihres Zusammenbruchs finden.«

Hardo grinste. »Trotzdem geht da nichts ohne Beschluss«, beharrte er. »Oder willst du einfach ohne reingehen?«

Sie straffte die Schultern, sah zu ihm auf. Dann warf sie einen letzten Blick auf die tote junge Frau, erhob sich. »Die Spurensicherung soll sich hier sofort an die Arbeit machen, damit ihre Leiche in die Rechtsmedizin abtransportiert werden kann. Ich muss wissen, ob sie irgendwelche Substanzen im Blut hatte.« Sie schob die alte Dame im Rollstuhl aus dem Zimmer, winkte draußen auf dem Gang den Arzt zu sich. Der Mann sah leichenblass aus, schien nicht fassen zu können, was sich vor weniger als zehn Minuten hier zugetragen hatte. »Sie war so eine tolle Frau«, stieß er aus. »Hatte doch noch ihr ganzes Leben vor sich.« Er schnappte nach Luft, sammelte sich, sah Una an. »Ich muss mich jetzt um unsere Patientin kümmern.«

Sie nickte. »Bitte veranlassen Sie eine Blutuntersuchung der Frau. Vielleicht hat Zara ihr etwas gegeben, bevor das alles losgegangen ist.«

Auf dem Weg zum Parkplatz überlegte Una angestrengt, was sie machen sollten. Einfach ins Büro fahren, die Hände in den Schoß legen und abwarten, bis sie den Beschluss für die Wohnungsdurchsuchung bekämen, kam nicht infrage.

Sie musste jetzt sofort etwas tun, musste wissen, was Zara zu ihrer Verzweiflungstat veranlasst hatte. Sie streckte Hardo ihre rechte Hand entgegen. »Die Schlüssel bitte.«

Er sah sie verblüfft an. »Soll ich ins Büro laufen oder was? Du weißt doch, dass mein Auto dort auf dem Parkplatz steht.«

»Wenn du für heute fertig bist, ja. Ich fahre noch zu Zaras Wohnung.«

»Das solltest du dir wirklich gut überlegen«, gab er zu bedenken, doch Una schüttelte unnachgiebig den Kopf. »Ich mach das jetzt, mir egal, ob die Chefin ausrastet. Wenn du da nicht mitmachen willst, verstehe ich das natürlich. Nimm dir einfach ein Taxi und fahr zu deiner Liebsten. Wir sehen uns in ein paar Stunden wieder.«

Am Dienstwagen angekommen, senkte Hardo den Blick, starrte eine Weile auf seine Schuhspitzen. »Scheiß drauf«, murmelte er schließlich, sah Una an, verzog das Gesicht. »Ich komme mit!«

Als sie vor der Wohnanlage standen, in der sich Zaras Wohnung befand, sah Una ihren Kollegen prüfend an. »Bist du wirklich sicher, dass du das mit mir durchziehen willst?«

Er hob die Schultern, nickte.

Una grinste, ging ihm voraus auf die Haustür von Zaras Wohnung zu. Sie drückte ihre Handfläche auf so viele Knöpfe wie möglich, hoffte, dass sich jemand fand, der noch wach war und ihnen öffnete. Keine Sekunde später ging irgendwo über ihnen ein Fenster auf und ein nicht jugendfreier Fluch ertönte. »Polizei«, rief Una, »wir müssen sofort ins Haus.«

Keine Reaktion. Sie drückte erneut auf die Klingelknöpfe, wartete. Dann noch einmal.

Endlich ertönte ein leises Surren und Una lehnte sich gegen die Tür, stieß sie auf. Auf dem Weg zur Treppe warf sie Hardo einen kurzen Schulterblick zu. »Noch kannst du gehen …«

Er verdrehte genervt die Augen, folgte ihr jedoch. Gemeinsam stiegen sie Stockwerk für Stockwerk nach oben, kontrollierten an jeder Tür das Namensschild. Als sie endlich vor Zaras Tür standen, versuchte Una es zunächst auf rücksichtsvolle Weise und klingelte. Als sich jedoch auch nach dem fünften Mal hinter der Tür nichts rührte, fing sie an, mit der Handfläche hart gegen die Tür zu hämmern.

Die Schläge hallten durchs gesamte Haus und erzielten beinahe sofort den gewünschten Erfolg. Gegenüber ging die Tür auf und eine alte Frau im Morgenmantel spitzte durch einen winzigen Spalt. Sie hatte sicherheitshalber die Kette vorgelegt.

Una sah die Frau freundlich an. »Ich bin Una Strand von der Kriminalpolizei. Ich muss dringend mit der Lebensgefährtin von Zara Leonardsen sprechen. Sie wissen nicht zufällig, wo ich die Dame finde?«

Die alte Frau runzelte die Stirn, sah Una und Hardo misstrauisch an.

Schnell fingerte Una ihren Ausweis aus der Innentasche ihres Jacketts, zeigte ihn der Frau. Augenblicklich schien alle Anspannung von der alten Dame abzufallen. Sie löste die Sicherheitskette, trat aus der Tür und reichte zuerst Una, dann Hardo ihre Hand. »Ich kenne die beiden nicht besonders gut, hatte aber schon einige Male das Vergnügen, ein paar Worte mit ihnen zu wechseln. Nette Frauen, wenn Sie mich fragen …« Sie hielt inne, legte den Kopf schief. »Ist etwas passiert? Ich meine, die Polizei steht doch nicht umsonst mitten in der Nacht vor der Wohnung der beiden Frauen.«

Una nickte. »Ich darf nicht darüber reden, aber es gab tatsächlich einen Vorfall, der Zara betrifft. Und genau deswegen muss ich auch mit ihrer Freundin sprechen.«

Die alte Frau runzelte die Stirn. »Wenn sie Ihnen nicht aufmacht, ist sie vielleicht in der Arbeit.«

»Solveig arbeitet nachts?«

Die Frau nickte. »Ihr gehört eine kleine Bar in der Innenstadt. Sie hat zwar Personal, aber manchmal steht sie auch selbst hinter der Theke.«

»Wissen Sie zufällig, wie die Kneipe heißt?«

Die Frau schüttelte bedauernd den Kopf.

»Aber ich kann Solveig sagen, dass sie sich bei Ihnen melden soll, falls sie mir über den Weg läuft.«

Una räusperte sich. »So lange können wir nicht

warten. Wir müssen irgendwie in Zaras Wohnung reinkommen, vielleicht finden wir dort einen Hinweis, wo Solveig arbeitet.«

Die alte Frau seufzte. »Dann müssten Sie es beim Hausmeister versuchen. Der wohnt im Erdgeschoss auf der linken Seite, hat von jeder Wohnung hier im Haus einen Ersatzschlüssel.«

Una bedankte sich, warf Hardo einen auffordernden Blick zu.

Sie wartete, bis er sich auf den Weg nach unten gemacht hatte, sah die Frau an. »Ist Ihnen in den letzten Tagen etwas aufgefallen?«, fragte sie die Frau. »Ich meine, irgendwas, das mit Zara und Solveig zu tun hat? Haben die beiden in letzter Zeit öfters gestritten? Oder vielleicht ist Ihnen auch jemand Fremdes aufgefallen, der zu den beiden Frauen wollte und sonst noch nie hier war?«

Die Frau lächelte. »Sie wissen schon, dass Zara und Solveig nicht nur Freundinnen sind?«

Una nickte ungeduldig. »Sie sind ein Paar, ich weiß. Aber nichtsdestotrotz suche ich nach Hinweisen jedweder Art, ob Ihnen in Hinsicht auf die beiden irgendwas aufgefallen ist.«

Die Frau überlegte, schüttelte den Kopf. »Zara arbeitet als Krankenschwester und Solveig hat wie bereits erwähnt eine eigene Bar. Beide sind sehr fleißig und vorbildliche Nachbarn. Ausschweifende Partys oder lautstarke Streitigkeiten hat es bei ihnen noch nie gegeben.«

Una stieß die Luft aus, seufzte. Dann nickte sie der Frau freundlich zu. »Dann danke ich Ihnen schon mal.«

Die Frau machte jedoch keine Anstalten, in ihre Wohnung zu verschwinden, sah Una mit einer Mischung aus Neugier und Besorgnis an. »Was ist denn passiert, dass sie mich all diese Dinge fragen? Und wieso müssen Sie in die Wohnung rein?«

Una sah die Frau bedauernd an. »Ich darf wirklich nicht darüber sprechen«, erklärte sie. »Es geht aber um eine laufende Ermittlung.«

Sie nahm von unten leises Gerede wahr, atmete erleichtert auf. Der Hausmeister schien zu Hause zu sein, jetzt blieb ihr nur, zu hoffen, dass Hardo es schaffte, ihm den Schlüssel zu entlocken.

Sie warf einen Blick auf die Uhr, seufzte. Die Kollegen von der Spurensicherung mussten jeden Augenblick fertig sein, dann würde sie die Leiche von Zara für die Rechtsmedizin freigeben. Wenn sie Glück hatte, war jemand im Dienst, der die erforderlichen Untersuchungen noch heute Nacht vornehmen konnte – zur Not ebenfalls ohne richterlichen Beschluss.

Sie atmete erleichtert auf, als sie Hardos Getrampel im Treppenhaus hörte, sah ihm entgegen. Triumphierend überreichte er ihr den Schlüssel. »Wir haben zwanzig Minuten«, erklärte er grinsend, »die Zeit läuft, der arme Mann will nämlich zurück ins Bett.«

Im Innern der Wohnung fiel Una auf Anhieb auf, wie ordentlich und sauber hier alles wirkte. Nichts wies darauf hin, dass die Bewohner dieser Räumlichkeiten irgendwelche tiefergehenden psychischen Probleme hatten. Die Küche war modern eingerichtet, verfügte über sämtlichen Komfort, wirkte, als sei sie erst kürzlich blitzblank geputzt worden, und auch das Badezimmer war tipptopp in Schuss. Nirgendwo lagen Klamotten herum, geschweige denn Geschirr von längst verspeisten Mahlzeiten. Una stieß die Tür zum Wohnzimmer auf, bedeutete Hardo, ihr zu folgen. Sie trat ein, suchte den Lichtschalter, schaltete ihn ein. Als ihr Blick auf das Sofa in der Mitte des Raumes fiel, zuckte sie zurück. Eingekeilt zwischen unzähligen Kissen und einer Kuscheldecke aus Kunstfell lag eine zierliche Frau, die leise vor sich hin schnarchte.

Una sah Hardo an, runzelte die Stirn. Dann straffte sie die Schultern, ging auf das Sofa zu, stieß die Frau vorsichtig an der Schulter an. »Solveig? Bitte erschrecken Sie nicht, aber wir müssen dringend mit Ihnen reden.«

Nichts.

Die Frau schlief in aller Seelenruhe weiter, rührte sich nicht.

Una stupste sie noch einmal an, wartete ab.

Wieder nichts.

Hardo war es, der am Ende die Geduld verlor. Er ging zum Sofa, packte die Frau an den Schultern, schüttelte sie fest.

Schließlich kam ein klein wenig Leben in den schmalen Körper. Die Frau stöhnte leise, zuckte mit den Beinen.

Una schüttelte den Kopf.

Da stimmte etwas nicht, das spürte sie ganz deutlich.

Ihre Kollegen hatten mehrmals unten geklingelt und auf dem Festnetz angerufen, sie selbst hatte ebenfalls geklingelt und heftig gegen die Tür gehämmert. Selbst wenn sie einen extrem tiefen Schlaf hatte, musste sie jedoch wenigstens aufwachen, wenn sie fest geschüttelt wurde. Una beugte sich zu Solveig hinab, roch an ihrem Gesicht. Der Atem der Frau roch leicht säuerlich, aber keineswegs nach Alkohol. Una packte die Frau unter beiden Armen, schaffte es, sie in eine aufrechte Position zu bringen. Sie sah Hardo an. »Bring mir ein bisschen kaltes Wasser.«

Er nickte, verschwand. Keine Minute später war er mit einem großen Glas, randvoll mit Wasser gefüllt, zurück. Una nahm es ihm ab, schwappte Solveig die eisige Flüssigkeit ins Gesicht.

Endlich kam Bewegung in die Frau. Solveig prustete, verzog das Gesicht, schnappte nach Luft. Schließlich riss sie die Augen auf, zuckte entsetzt zurück. Solveig wollte schreien und um sich schlagen, doch Una war bereits bei ihr, hielt ihre Arme fest umklammert, fixierte die Frau mit ihrem rechten Knie auf dem Sofa. »Wir sind von der Polizei«, beruhigte sie sie, sah Solveig prüfend in die Augen. Der Blick der Frau wirkte verschwommen, die Pupillen geweitet. Una wurde auf Anhieb klar, dass die Frau unter Drogen- oder Medikamenteneinfluss stand. »Es geht um Zara, Solveig, wir müssen dringend mit Ihnen über Ihre Lebensgefährtin sprechen.«

Solveig schnappte nach Luft, nickte schließlich.

»Wasser«, brachte sie mühsam hervor. »Ich muss etwas trinken.«

Una wies Hardo an, aufzupassen, ging in die Küche, nahm eine Flasche Mineralwasser aus dem Kühlschrank. Zurück im Wohnzimmer reichte sie sie Solveig, beobachtete die Frau, wie sie in gierigen großen Schlucken trank, dabei fast die Hälfte der Flasche verschüttete.

»Was ist mit Zara?«, fragte sie schließlich, stellte die Flasche auf dem Tisch ab.

Una seufzte. »Sie ist tot«, sagte sie mitfühlend, setzte sich neben Solveig auf das Sofa. »Tut mir wirklich leid.«

Solveig stieß ein Lachen aus, sah ungläubig von Una zu Hardo. »Was soll der Mist? Zara ist nicht tot, sie war vorhin noch hier, bei mir, wir haben uns zusammen einen Film angesehen.« Sie wollte aufstehen, wahrscheinlich um ihnen und sich selbst zu beweisen, dass es stimmte, was sie sagte, dass Zara nur kurz in der Küche war, um einen Snack zuzubereiten, schaffte es jedoch nicht, sich vom Sofa zu erheben. Wieder sah sie Hardo an, dann Una, wirkte plötzlich panisch. »Was ist mit mir? Warum ist mir so schwindelig? Und wie sind Sie hier überhaupt reingekommen?«

»Der Hausmeister«, sagte Una nur.

Solveig nickte. Dann würgte sie.

Una reichte ihr die Flasche, doch Solveig lehnte ab, schien gegen die Übelkeit anzuschlucken. »Zara und ich haben zu Abend gegessen und uns zusammen aufs Sofa gelegt«, brachte sie schließlich hervor. »Unser Lieblingsfilm lief, dabei müssen wir wohl eingeschlafen sein.« Sie sah Una an, dann Hardo. »Also wo ist sie, wo ist Zara?«

Una seufzte. »Tut mir leid, aber sie ist wirklich tot.«

Solveig sah Hardo an, schien in seinem Gesicht zu forschen. Als ihr bewusst wurde, dass auch er sie mitfühlend musterte, stieß sie einen kehligen Schrei aus. »Nein!« Sie rutschte vor, wollte aufstehen, doch dann schienen ihre Beine unter ihr nachzugeben. Sie sackte auf die Knie, stützte sich mit der rechten Hand am Tisch ab, sah zu Una. »Das ergibt keinen Sinn, hören Sie? Zara kann nicht tot sein.«

»Und doch ist sie es«, sagte Hardo sanft, half ihr zurück aufs Sofa. »Sie hat sich selbst getötet.«

Solveig sah Hardo an, schüttelte den Kopf, lachte erleichtert auf. »Jetzt weiß ich hundertprozentig, dass Sie sich irren. Zara und ich, wir wollten heiraten, ein Kind bekommen. Erst gestern hatten wir eines der wichtigsten Gespräche unsere Zukunft betreffend. Wir beide haben uns darauf gefreut, bald Eltern zu werden, waren so glücklich miteinander.«

»Sie hat es mit einer Schusswaffe getan und eine ihrer Patientinnen als Geisel genommen«, erklärte Una der Frau, sah sie fest an. »Zaras Kollegen haben uns zu Hilfe gerufen, nachdem sie den Ernst der Lage begriffen und …« Una brach ab, holte tief Luft. »Ich hab wirklich alles versucht, das müssen Sie mir glauben, doch am Ende hat sie einfach abgedrückt.«

»Sie hat eine Geisel genommen? Wieso sollte sie so etwas tun?«

»Ich hatte gehofft, dass Sie uns das sagen könnten.«

Solveig schüttelte den Kopf, begann unkontrolliert zu zittern.

Blitzschnell legte Hardo ihr eine Decke um die Schultern, reichte ihr das Wasser. »Trinken«, befahl er, runzelte sorgenvoll die Stirn. Auf keinen Fall durfte Solveig in die Schockstarre verfallen, ehe sie mit ihr fertig waren. Unnachgiebig drückte er ihr den Flaschenhals an die Lippen, bis sie endlich trank.

»Sie wollten also ein Baby?«, fragte Una, um die Frau auf andere Gedanken zu bringen.

Solveig schob Hardos Hand weg, nickte. »Wir dachten zuerst an Adoption, aber für diesen langwierigen Prozess brachten wir beide nicht die nötige Geduld auf. Deswegen suchten wir nach einem geeigneten Samenspender, wollten es zuerst auf diesem Weg versuchen, hatten sogar schon einen Termin in der Kinderwunschklinik ausgemacht.«

»Wer von Ihnen beiden sollte das Baby austragen?«, fragte Hardo.

»Zara. Sie wollte demnächst mit der Krankenhausleitung sprechen, fragen, ob es machbar wäre, sich während der Schwangerschaft auf eine andere Station versetzen lassen, wo es weniger anstrengend ist. Außerdem hat sie einen sicheren Arbeitsplatz, bei dem es nichts ausmacht, wenn sie nach der Geburt einige Monate fehlt. Anders bei mir, ich muss rund um die Uhr an meine Kneipe denken, notfalls auch selbst mal für eine Doppelschicht einspringen – nicht machbar mit Babybauch.«

Una überlegte. »Also Sie beide hatten feste Zukunftspläne?«

Nicken.

»Und es gab auch nichts, das Zaras Vorfreude darauf … nun ja … ein wenig getrübt hat? Irgendwelche Sorgen oder Ängste, die erklären könnten, was heute vorgefallen ist?«

Solveig starrte Una an, brach in Tränen aus. »Dann stimmt es, Zara ist tot?«

Una griff nach Solveigs Hand. »Leider ja.«

Die Frau sackte in sich zusammen, schluchzte jetzt hemmungslos. »Ich versteh das nicht. Wieso?«

»Das müssen wir herausfinden und dazu benötigen wir Ihre Hilfe.«

Solveig sah auf. »Sie hatte keine Sorgen, da bin ich absolut sicher. Meine Kneipe warf genügend Geld ab, sie verdiente auch nicht schlecht. Uns ging es gut, es fehlte an nichts.«

»Und Ihre Beziehung?«, forschte Hardo. »Gab es da etwas, das Zara zugesetzt haben könnte?«

Heftiges Kopfschütteln. »Wir waren seelenverwandt, verstanden uns blind. Das war vom ersten Tag unserer Begegnung an so gewesen.«

»Wo haben Sie sich kennengelernt?«

»Im Krankenhaus«, sagte Solveig. »Das war vor vier Jahren. Ich hab meine Mutter auf der Onkologischen besucht und Zara war da, um mich zu trösten, als feststand, dass sie es nicht schafft.«

Una nickte.

»Und was ist mit Zaras Familie? Könnte es da etwas geben, das ihr zugesetzt hat?«

Solveig überlegte kurz, schüttelte den Kopf. »Ihre Eltern sind nette Leute, wir besuchten sie regelmäßig und sie hatten auch kein Problem damit, dass Zara mit einer Frau zusammenlebt.«

»Gibt es Geschwister?«

»Einen Bruder. Der lebt allerdings in den USA, weshalb wir ihn nur selten zu Gesicht bekamen. Ich habe Flugangst, wenn Sie verstehen.«

Una lächelte verständnisvoll. »Und die letzten paar Tage ... ist Ihnen da etwas aufgefallen? Ich meine damit eventuelle Kleinigkeiten, die Ihnen jetzt erst bewusst werden.«

Solveig starrte stumm vor sich hin, riss dann den Kopf hoch. »Vorhin, bevor wir uns zum Fernsehen hingelegt haben. Normalerweise ist Zara sehr ... gefühlsbetont.« Sie brach ab, wurde rot. »Wir lieben uns, verstehen Sie ... zeigen das einander auch sehr häufig, doch vorhin hat Zara zum ersten Mal, seit wir zusammen sind, keine Lust gehabt. Sie meinte, es ginge ihr nicht gut, doch auf meine Frage, was los sei, reagierte sie kaum.«

»Kam Ihnen das gleich komisch vor oder erst jetzt, nachdem Sie wissen, was sie getan hat?«

»Ich hab mir nicht viel dabei gedacht, ehrlich gesagt. Aber rückblickend ergibt es jetzt eben doch Sinn.«

Una nickte, sah Solveig an. »Ich werde Ihnen jemanden vorbeischicken, der sich um Sie kümmert. Eine Polizeipsychologin, die auf solche Fälle spezialisiert ist und einen Arzt, der Ihnen Blut abnimmt.«

Solveig starrte sie erschrocken an. »Wieso wollen Sie mein Blut untersuchen? Denken Sie etwa, dass ich etwas mit Zaras Tod zu tun habe?«

»Das ist nur eine Routineuntersuchung«, erklärte Una ihr. »Und falls Ihnen noch etwas einfällt, wären wir dankbar, wenn Sie sich zeitnah melden.«

Solveig nickte.

»Hätten Sie etwas dagegen, wenn wir uns hier noch ein wenig umsehen?«, fragte Hardo. »Uns interessieren Zaras persönliche Sachen, ihr Computer oder falls sie ein Tagebuch hatte.«

Solveig stand auf, straffte ihre Schultern, führte ihn auf wackeligen Beinen ins Schlafzimmer, deutete auf die linke Seite der Schubladen gegenüber dem Bett. »Das sind ihre. Einen Computer hatte sie nicht, nur ein Notebook, das auch in einer der Schubladen sein müsste. Nehmen Sie einfach mit, was Sie für wichtig halten, Hauptsache, Sie bekommen raus, was wirklich passiert ist.«

»Was meinen Sie?«, fragte Una perplex.

Solveig sah fest von ihr zu Hardo, holte tief Luft. »Ich will, dass Sie herausfinden, wer wirklich hinter dem steckt, was meiner Zara passiert ist. Denn eines ist sicher, sie hätte sich niemals selbst getötet und mich allein zurückgelassen!«

Una zuckte zusammen, als das Telefon auf ihrem Schreibtisch klingelte. Sie hob ab, sog die Luft scharf ein. Es war der Rechtsmediziner, der sie davon in Kenntnis setzen wollte, dass Zara Leonardsens Blut frei von Drogen und drogenähnlichen Substanzen war.

Una bedankte sich, legte auf. Bei Solveig selbst hatten die Laboranten bereits gestern herausgefunden, dass jemand sie mit einem starken Sedativum außer Gefecht gesetzt hatte. Für Hardo und den Rest ihres Teams stand fest, dass es Zara höchstpersönlich gewesen sein musste, die ihre Freundin betäubt hatte, ehe sie ins Krankenhaus gefahren war, um ihren Plan in die Tat umzusetzen. Vielleicht hatte sie verhindern wollen, dass Solveig wach wurde und sie davon abhielte, die Wohnung zu verlassen. Oder sie hatte einfach nur vermeiden wollen, dass ihre Lebensgefährtin mitbekam, was los war, ehe es beendet wäre.

Una seufzte. Ihr Team und sie hatten sich trotz des Schlafmangels der vergangenen Nacht heute den ganzen Tag über mit dem Fall Zara Leonardsen beschäftigt. Hardo hatte im Krankenhaus erneut mit ihren engsten Kollegen gesprochen, während sie selbst die Eltern der Frau aufgesucht und sie ausgequetscht hatte – leider ohne nennenswerten Erfolg.

Solveig war immerhin trotz ihres Kummers so nett gewesen, ihnen telefonisch die Telefonnummern von Zaras Freundinnen durchzugeben, doch auch von denen war keine eine wirkliche Hilfe gewesen. Alle waren entsetzt darüber, was Zara getan hatte, doch eine Erklärung konnte keine von ihnen dafür geben.

Una seufzte, fegte die vor ihr liegenden Papiere vom Tisch. Jede Faser ihres Körpers sehnte sich danach, nach Hause zu fahren und sich für ein paar Stunden hinzulegen, doch tief im Innern wusste Una, dass sie, sobald sie läge, sowieso keine Ruhe fände. Zara geisterte in ihrem Kopf herum, ließ sie einfach nicht los.

Warum brachte sich eine Frau, Mitte dreißig, die mit beiden Beinen im Leben stand und Pläne hatte, einfach um?

Plötzlich ging ein Ruck durch ihren Körper.

Ihr fiel Freja ein. Freja Toor hatte ein kleines Kind gehabt, eine Schwester, die sie über alles liebte, Eltern, die für sie sorgten. Okay, sie hatte ihren Mann früh verloren, doch Monja, ihre Schwester, hatte felsenfest behauptet, dass Freja nicht suizidgefährdet war. Genau dasselbe hatte auch Solveig über Zara gesagt.

Sie überlegte. Rein optisch betrachtet, hatten Freja und Zara nicht viel gemein. Einzig das Alter verband beide sowie die Umstände ihres Todes – SUIZID.

Und das konnte doch kein Zufall sein oder? Mit fliegenden Fingern gab Una Frejas Namen in die interne Suchmaschine ein, las sich nach all den Jahren erneut in die Akte der toten Frau ein. Plötzlich stockte sie. Las den Punkt erneut, glich ihn mit ihren Notizen ab, die bei ihrem Besuch bei Zaras Eltern zustande gekommen waren. Von einer Sekunde auf die andere wurde ihr eiskalt. In ihrem Kopf drehte sich alles.

Konzentriere dich, mahnte die Stimme in ihrem Innern.

Una atmete tief durch, schloss für den Bruchteil einer Sekunde die Augen.

Dann tippte sie die Telefonnummer von Zaras Eltern in den Hörer ein, wartete, bis der Klingelton erklang. Keine Sekunde später hatte sie deren Mutter dran. »Ich bin Una Strand, von der Polizei«, erklärte sie der vom Weinen heiser klingenden Frau. »Wir haben uns heute Vormittag bereits unterhalten und ich habe noch eine wichtige Frage an Sie.« Sie hielt kurz inne, legte sich in Gedanken die passenden Worte zurecht. »Bitte denken Sie genau nach, bevor Sie antworten«, bat sie die Frau. »Sagt Ihnen der Name Freja Sörensen oder Freja Toor etwas?«

Die Frau schien zu überlegen, räusperte sich leise. »Ehrlich gesagt nicht«, sagte sie. »Wer soll das sein?«

Una schluckte. »Eine Frau, die dieselbe Schule wie Zara besucht hat. Beide waren gleich alt und ich dachte mir, es könnte doch sein, dass sie einander kannten, vielleicht sogar befreundet waren.«

»Tut mir leid«, sagte die Frau am anderen Ende der Leitung. »Der Name sagt mir nichts. Allerdings hatte Zara früher viele Freunde, vielleicht kannte sie sie doch und ich weiß es nur nicht mehr, es sind seither viele Jahre vergangen.«

Una bedankte sich, legte auf, lehnte sich in ihrem Stuhl zurück.

Plötzlich war sie absolut sicher, dass es kein Zufall sein konnte, dass Zara und Freja dieselbe Schule besucht und sich Jahrzehnte später selbst getötet hatten. Sie spürte einfach, dass es eine Verbindung zwischen beiden Frauen gab, auch wenn Zaras Mutter Freja nicht kannte oder sich zumindest nicht erinnerte.

Ein Erinnerungsblitz schoss durch ihren Kopf. Alles sah ganz danach aus, als habe Zara Solveig betäubt, um ungestört ins Krankenhaus fahren zu können. Doch was, wenn es gar nicht Zara gewesen war? Was wenn jemand anderes dahintersteckte und Solveig einfach nur aus der Schusslinie hatten haben wollen? Ihr fiel Frejas kleine Tochter ein. Petrine ... damals zwei Jahre alt. Bei ihrem letzten Gespräch hatte Monja Una erzählt, dass es der Kleinen am Abend des Verschwindens ihrer Mutter gar nicht gut gegangen war. Sie hatte so fest wie nie geschlafen, war kaum wach zu bekommen gewesen, hatte sich am nächsten Tag sehr unwohl gefühlt. Una wurde auf einen Schlag eiskalt. War es möglich, dass Petrine damals ebenfalls betäubt worden war? Und zwar von demjenigen, der in Wahrheit hinter all diesen Gräueltaten steckte?

16

HARDANGERVIDDA 2019

Verzweifelt versuchte Norja, ihre letzten Kraftreserven zu bündeln und um sich zu schlagen, als sie plötzlich von zwei Armen umschlungen und festgehalten wurde.

»Jetzt beruhige dich doch mal«, sagte eine Stimme dicht an ihrem Ohr. »Ich bin es.«

Es dauerte einen Augenblick, ehe ihr klar wurde, dass der Klang der Stimme ihr durchaus vertraut war und sie lediglich überreagiert hatte. »Drue?« Sie schnappte nach Luft, schaffte es, sich aus seiner Umklammerung zu lösen, boxte ihm hart in die Seite. »Sag mal, spinnst du? Ich wäre fast gestorben vor Angst!« Sie blinzelte, als es plötzlich hell wurde und der Schein der Taschenlampe ihre Augen traf.

»Du blendest mich«, rief sie noch immer wütend, stieß die Luft aus. »Was machst du auf einmal hier? Und wieso hast du nichts gesagt?«

Drue, der die Taschenlampe jetzt nach unten gerichtet hielt, sah Norja schuldbewusst an. »Ich bin eben erst zurückgekommen und wollte gerade reingehen, als ich

Fußspuren gesehen habe, die zum Schuppen führten. Die Tür stand offen, der Holzkorb lag auf der Veranda und ich dachte, dass es wohl besser sei, mal nachzusehen.« Er zuckte mit den Schultern. »Ich wollte nur helfen, dich keinesfalls dermaßen erschrecken.«

Norja sah ihn an, schluckte. »Hattet ihr Erfolg? Kommt jemand, um uns hier rauszuholen?«

Drue seufzte. »Ich bin Ewigkeiten gelaufen, hab immer wieder versucht, den Notruf zu aktivieren – leider vergeblich.«

»Die nächste Stadt ist nur eine halbe Stunde mit dem Auto weg«, merkte Norja an. »Das hättet ihr doch schaffen müssen.«

»Die Navigation mit dem Handy klappt nicht ohne Empfang. Und wir hatten nur eine Karte dabei. Keine Ahnung, ob Espen Glück hatte, ich jedenfalls stand irgendwann vor einer riesig weiten Fläche im Nirgendwo und bin vorsichtshalber umgekehrt.«

Norja starrte Drue entsetzt an. »Was heißt das, du weißt nicht, ob Espen Glück hatte? Ihr seid doch zusammen losgelaufen …«

Drue zuckte zusammen. »Sag bloß, er ist noch nicht hier?«

Norja schnappte nach Luft, schüttelte den Kopf. »Ihr habt euch getrennt?«

»Wir hatten keine Wahl, wollten nicht riskieren, stundenlang in die falsche Richtung zu laufen. Deswegen hat Espen vorgeschlagen, dass wir es getrennt voneinander versuchen.«

»Und das hast du zugelassen?«

Er seufzte. »Was hätte ich denn machen sollen? Wir sitzen hier oben fest, haben fast kein Essen mehr und irgendwann zugefrorene Leitungen. Willst du Taimi schmutziges Schneewasser trinken lassen? Und selbst wenn, wie erklärst du ihr, dass irgendwann nichts mehr da ist, um ihren Hunger zu stillen?«

Norja seufzte. Sie wusste, dass Drue recht hatte, doch wenn sie ehrlich war, schockierte es sie, Espen allein da draußen zu wissen.

»Was, wenn er erfriert? Im Haus ist es schon echt grenzwertig! Und wie erklären wir Arlette, was los ist? Sie wird durchdrehen.«

Drue sah sie finster an. »Hat sie auf dich vielleicht so gewirkt, als läge ihr noch besonders viel an Espen? Die beiden haben seit unserer Ankunft kaum ein Wort miteinander gewechselt und ich schätze mal, dass dies hier der Anfang vom Ende ihrer Beziehung sein wird.«

»Mag ja sein«, gab Norja zurück. »Trotzdem geht es hier um ein Menschenleben. Um einen Freund, verstehst du? Wir können nicht einfach nichts tun.«

Drue ließ die Schultern hängen, schüttelte den Kopf. »Es ging nicht anders, hörst du? Zwei Richtungen und somit zwei Chancen. Ich hatte Pech, also muss Espen zumindest in die richtige Richtung gelaufen sein. Wer weiß, vielleicht ist er längst in Sicherheit, stopft sich gerade den Bauch voll.«

Norja runzelte skeptisch die Stirn. »Und wieso ist noch keiner hier, um uns zu helfen?«

Drue deutete in Richtung Himmel. »Es ist dunkel und überall herrscht wegen des vielen Schnees das totale Chaos, hinzu kommt, dass wir keinen Empfang haben, Espen uns also nicht einmal informieren könnte, selbst wenn er wollte. Ich bin sicher, dass morgen in aller Frühe jemand kommt, um uns hier rauszuholen. Bis dahin halten wir locker durch.«

Sie gingen gemeinsam ins Haus, wo Arlette und Fynn

bereits am Treppenaufgang auf sie warteten. Arlette hatte ein Messer in der Hand, sah aus, als wäre sie zu allem bereit. Als der Junge seinen Vater sah, kam er ihm erleichtert entgegen. »Gott sei Dank bist du zurück«, stieß er aus. »Die Weiber sind total irre geworden.«

Norja warf dem Teenager einen drohenden Blick zu, doch er ignorierte sie.

»Von irre kann keine Rede sein«, zischte Arlette wütend. »Und selbst wenn, hätten wir wohl allen Grund dazu.«

Drue sah sie fragend an. »Was heißt das?«

»Da waren Fußspuren«, erklärte sie ihm. »Vorhin. Sie führten vom Schuppen zum Haus und als Norja nachgesehen hat, waren sie auf einmal verschwunden.«

»Ich hab Arlette erklärt, dass es Unebenheiten im Schnee gewesen sein könnten, die sie fälschlicherweise für Spuren gehalten hat, doch sie glaubt mir nicht. Irgendwann hat sie angefangen, Fynn zu verdächtigen, für all das hier verantwortlich zu sein, deswegen kam es zum Streit.« Sie sah Arlette an. »Wo ist eigentlich Taimi?«

»Bei Bele. Ich hab meiner Tochter gesagt, dass sie mit ihr oben bleiben und sich einschließen soll.«

Norja seufzte erleichtert.

»Die beiden haben meine Schuhe kontrolliert«, maulte Fynn. »Außerdem die von Bele und der Alten. Keine Ahnung, was in deren Köpfen vorgeht, ich war jedenfalls nicht da draußen. Schließlich hab ich Besseres zu tun, als mir den Arsch abzufrieren!«

Drue sah seinen Sohn scharf an. »Dein Ton gefällt mir nicht«, sagte er. »Und ich mag nicht, wie du über Norjas Mutter redest. Das ist verdammt respektlos.«

»Espen«, stieß Arlette auf einmal aus. »Was macht der so lange da draußen? Wieso kommt er nicht rein?«

Drue sah Arlette an, verzog das Gesicht. »Ich bin allein zurückgekommen«, erklärte er ihr. »Espen und ich haben uns irgendwann getrennt, um bessere Chancen zu haben, Hilfe zu holen. Es war seine Idee und ich konnte sie ihm auch nicht ausreden. Jetzt können wir nur hoffen, dass er mehr Glück hatte als ich.«

Arlette starrte ihn an, brach schließlich in schallendes Gelächter aus. »Seid ihr total verblödet«, schrie sie auf einmal. »Da draußen tobt ein Schneetreiben und euch zwei Hirnis fällt nichts Besseres ein, als euch getrennt durch die Schneemassen zu kämpfen ...« Sie schüttelte den Kopf, sackte auf die Knie, lachte hysterisch. Irgendwann ging das Lachen in ein Schluchzen über. »Was, wenn er erfriert?«, fragte sie, als sie sich wieder einigermaßen im Griff zu haben schien. »Es ist stockdunkel da draußen und eiskalt. Was, wenn er sich verirrt?«

Drue ging auf Arlette zu, nahm ihre Hände in die seinen. »Ihm passiert nichts«, beschwor er sie. »Ich hab doch auch wieder hierher gefunden. Hab ein klein wenig Vertrauen in Espen. Was anderes bleibt uns jetzt sowieso nicht übrig.«

»Espen ist weg?«, hörten sie auf einmal Beles brüchige Stimme von oben. Sie kam mit Taimi auf dem Arm die Treppe runter, wirkte, als bräche auch sie jeden Moment in Tränen aus. »Wir müssen ihn suchen gehen, bevor ihm etwas passiert.«

»Papa«, rief Taimi, als sie ihren Vater unter der dicken Kapuze erkannte, und Norja ging das Herz auf, als sie sah, wie das Kind sich glückselig in Drues Arme fallen ließ.

»Was haltet ihr davon, wenn wir alle eine Kleinigkeit essen?«, fragte Drue leichthin, wahrscheinlich um die Lage zu entspannen, doch bis auf Taimi ging keiner von ihnen auf seinen Vorschlag ein. »Ein Tee wäre auch nicht übel, bevor meine Zehen doch noch abfallen.« Er zwinkerte Norja zu, doch sie spürte instinktiv, dass die Unsicherheit um Espens Verbleib auch ihm zu schaffen machte und er nur verzweifelt versuchte, sich den letzten Rest seines Optimismus zu bewahren.

Als sie kurz darauf versammelt um den Tisch in der Küche saßen, stieß auch Norjas Mutter zu ihnen. Norja reichte ihr eine Tasse, gab einen Teebeutel hinein, goss heißes Wasser darauf.

Ihre Mutter wollte gerade zum Trinken ansetzen, als auch ihr aufzufallen schien, dass Espen nicht hier war. Sie sog die Luft ein, starrte Drue an. »Was ist passiert?«

Er hob die Schultern, senkte den Blick.

»Er wird es schaffen«, sagte Norja schließlich und gab ihrer Mutter ein Zeichen, es vorerst gut sein zu lassen, doch der Schock stand der Frau deutlich ins Gesicht geschrieben. »Wie konnte das nur passieren?«, stammelte sie.

Drue sah sie an, holte Luft. »Lass uns das bitte später besprechen, wenn Taimi im Bett ist, okay?«

Eine knappe Stunde später hatte Drue es geschafft, dass Taimi endlich selig schlummerte. Er setzte sich zu den anderen an den Tisch, sah in die Runde. »Vielleicht sollte ich doch noch mal da raus und versuchen, Espen zu finden. Sicher ist sicher ...«

Norja zuckte zusammen. Sie wusste, dass es richtig war, was Drue vorschlug, doch sie kam nicht umhin, zuzugeben, dass es ihr eine Heidenangst einjagte.

»Du kannst nicht noch mal weg«, brach es aus Fynn hervor. »Ihr seid heute Mittag gegangen und du hast Stunden gebraucht, wieder herzukommen. Du bist erschöpft, wie willst du das ein zweites Mal schaffen?« Er hielt inne, sah zu Arlette. »Außerdem will ich nicht noch mal zur Zielscheibe der Verrückten werden. Wer weiß, was sie als Nächstes fantasiert.«

Er verschränkte die Arme vor der Brust, sah seinen Vater fest an. »Wenn, dann komme ich mit dir.«

Drue schüttelte den Kopf. »Auf gar keinen Fall. Du bleibst schön hier und sorgst dafür, dass das Feuer im Ofen nicht ausgeht. Ich hab Taimi zwar eine Wärmflasche mit ins Bett gelegt, aber das ist leider die einzige, die ich dabei habe. Ihr müsst also alle wachsam bleiben … und zusammenhalten, verdammt!«

»Sag das doch der blöden Kuh«, rief Fynn und sah Arlette an. »Sie hat vorhin zugegeben, dass sie denkt, dass ich das Auto und den Generator zerstört habe.« Sein Blick glitt zu Norja. »Ich bin sogar ziemlich sicher, dass beide mich für den Verantwortlichen halten.«

Drue sah zu Arlette. »Wie kommst du da drauf?«

»Ich weiß, was ich gesehen habe«, erklärte sie und hielt seinem Blick stand. »Denn da waren Fußspuren. Sie stammten der Größe nach zu urteilen von einem Mann und dann waren sie plötzlich verschwunden.«

Drue seufzte, sah Fynn an.

»Und du warst wirklich nicht da draußen?«

»Er war es nicht«, kam Norja dem Jungen zu Hilfe. »Wir haben die Schuhsohlen kontrolliert – sie waren trocken.«

»Wenn wir hier schon dabei sind, uns gegenseitig zu beschuldigen, solltest du vielleicht den Anfang machen«, sagte Fynn und starrte zuerst seinen Vater und dann Arlette an. »Ich weiß nämlich aus sicherer Quelle, dass ihr beiden wirklich etwas zu verbergen habt.«

Norja runzelte verwirrt die Stirn, sah Drue fragend an.

Als ihr klar wurde, dass er ihrem Blick auswich, genau wie Arlette, sah sie zu Fynn. »Was genau meinst du damit?«

Der Junge lachte, sah Bele an. »Tja, die Katze ist wohl aus dem Sack.«

Das Mädchen sprang auf, funkelte ihn wütend an. »Du hast versprochen, deine Klappe zu halten.«

Er hob die Schultern. »Dann hab ich wohl gelogen, schätze ich.« Er lachte böse, sah Bele nach, wie sie zornig aus der Küche stampfte.

Dann sah er zu Norja. »Deine tolle Freundin ist scharf auf meinen Vater«, ließ er die Bombe platzen. »Bele hat die beiden dabei beobachtet, wie sie sich geküsst haben.«

Er ließ seine Worte wirken, sah seinen Vater an, stand auf. »Wenn du noch mal abhauen willst, dann geh doch. Aber ich werde einen Teufel tun und hier den Mann im Haus spielen, dem eh kein Schwein vertraut! Und ich werde auch Taimi morgen früh weder erklären, dass unser toller Vater schon wieder verschwunden ist, noch, dass er diesmal vielleicht nie wieder zurückkommt.«

Nachdem auch Fynn in seinem Zimmer verschwunden war, herrschte eisiges Schweigen in der Küche.

Norjas Mutter war es, die schließlich das Schweigen brach. »Mir ist schlecht«, sagte sie leise und stand schwankend auf. »Ich brauche jetzt wirklich dringend meine Tabletten.«

Drue sah Norja alarmiert an. »Was meint sie damit?«

In wenigen Sätzen setzte Norja ihn über den Stand der Dinge in Kenntnis.

Drue seufzte und stand auf. »Lass uns deine Mutter jetzt hochbringen und anschließend suchen wir gemeinsam nach der Tasche.«

Doch auch mit Taschenlampe fanden sie das blaue Täschchen nicht.

Norja ging ins Zimmer ihrer Mutter. »Bist du sicher, dass du sie nicht zu Hause vergessen hast?«

Die Frau nickte schwach und erst jetzt fiel Norja auf, dass ihre Mutter vollkommen blass aussah und sich auf ihrer Stirn winzige Schweißperlen gebildet hatten. Sie starrte Drue, der hinter ihr stand, ängstlich an. »Was sollen wir jetzt machen?«

Er straffte die Schultern. »Wie ich schon sagte, ich muss eben noch mal los, am besten sofort! Ich zieh mir nur schnell noch ein paar extra Klamotten drunter, damit ich länger warm bleibe. Arlette, kannst du mir währenddessen bitte einen Tee zum Mitnehmen vorbereiten?«

Während sich Drue im Schlafzimmer wärmere Klamotten anzog, starrte Norja ihn verletzt an. »Wie konntest du nur?«, brachte sie schließlich mühsam hervor. »Noch dazu mit ihr ... meiner Freundin!«

Er fixierte sie, seufzte. »Es war nicht so, wie du jetzt vielleicht denkst«, erklärte er. »Zwischen Arlette und mir läuft rein gar nichts, das schwöre ich, zumindest nicht von meiner Seite aus.« Er brach ab, schluckte hart. »Du warst auf der Messe, als ich Arlette eines Tages in der Stadt getroffen habe. Sie wirkte total verzweifelt, hatte wieder einen Auftraggeber verloren, wusste nicht mehr weiter. Es war offensichtlich, dass sie jemanden zum Reden brauchte, deswegen hab ich sie auf einen Drink eingeladen.« Er hob die Schultern, sah Norja betreten an. »Aus einem Drink wurden mehrere und als sie plötzlich anfing, mich zu küssen, war ich im ersten Augenblick wie erstarrt, wusste nicht, was los war. Irgendwann gewann ich meine Fassung zurück, verwies sie in ihre Schranken, brachte sie nach Hause. Arlette war total betrunken, torkelte, deswegen wollte ich sie nicht allein zur Haustür laufen lassen. Und genau das muss sie total missverstanden haben, denn plötzlich fing sie wieder an, mich zu küssen, und gestand mir, dass sie dich beneide, weil du alles hattest, mich inbegriffen.« Er seufzte tief. »Ich wollte gerade nach Bele klingeln, als das Mädchen wie aus dem Nichts hinter uns auftauchte. Sie hatte alles mit angesehen ... und mit angehört.«

Norja dachte eine Weile über seine Worte nach. »Hast du im Nachhinein noch mal mit Arlette darüber gesprochen?«

»Natürlich. Ich hab ihr unmissverständlich klargemacht, dass ihr Verhalten unangebracht war, sowohl dir als auch Espen gegenüber. Sie hat sich entschuldigt, behauptet, dass es dem Alkohol geschuldet war, dass sie derart die Kontrolle verloren hat. Wir schworen einander, das alles zu vergessen, bis Fynn heute damit anfing.«

Norja schüttelte langsam den Kopf. »Okay, du empfindest nichts für sie und hast ihr den Kopf geradegerückt – so weit so gut. Doch wieso hast du zu mir keinen Ton gesagt? Findest du nicht, dass ich es hätte von dir erfahren sollen? Dass ich hätte wissen müssen, wie Arlette dich sieht?«

»Sie ist deine Freundin«, gab Drue zu bedenken. »Und sie war sturzbetrunken an jenem Abend. Deswegen ist mir von Anfang an klar gewesen, dass ich ihre Worte nicht überbewerten oder gar einen Keil zwischen euch treiben durfte, wegen einer Sache, die rein gar nichts zu bedeuten hat.«

Norja stieß die Luft aus, musterte ihn kühl. Was Drue sagte, ergab durchaus Sinn, trotzdem kam sie nicht dagegen an, dass sie ihrer »Freundin« am liebsten den Hals umgedreht hätte. Und obwohl sie Drues Beweggründe für sein Schweigen verstand, war sie dennoch auch sauer auf ihn. »Lass uns darüber reden, wenn das alles hier vorbei ist, okay? Jetzt ist erst mal wichtig, dass du Espen findest oder es zumindest bis in die nächste Ortschaft schaffst.«

Nachdem Drue sich zum zweiten Mal am heutigen Tag von ihr verabschiedet hatte, saß Norja allein in der Küche und starrte trübsinnig auf die angebrochene und mittlerweile fade gewordene Flasche Sekt vor sich auf dem Tisch. Sie kämpfte gegen den Ekel an, trank einen großen Schluck direkt aus der Flasche, hoffte, dass der Alkohol sie ein wenig zur Ruhe kommen ließ. Was Arlette anging, war ihre Wut auf die Freundin der Angst um Drue gewichen. Was würde sie Taimi sagen, wenn ihr Papa bis morgen früh nicht zurück wäre? Sie machte sich bereits jetzt schreckliche Sorgen um ihn und natürlich auch um Espen, hoffte inständig, dass es beide wohlbehalten ins Warme schafften oder in Espens Fall – es bereits geschafft hatten.

Wieder und wieder fragte sie sich, wie es an diesem wunderschönen Ort überhaupt so weit hatte kommen können, dass ihre Freundschaft zu Arlette vor dem Aus stand, sie sogar ihre Liebe zu Drue infrage stellen musste und es geschafft hatte, Fynn noch mehr gegen sich aufzubringen. Und dann war da noch ihre Mutter, die wirklich schlecht aussah. Falls ihr etwas passierte, würde Norja sich das niemals verzeihen können. Schließlich war sie es gewesen, die sie dazu überredet hatte, ihre Komfortzone zu verlassen und mit ihnen allen die Feiertage hier an diesem Ort zu verbringen.

Norja spürte, wie ihr die Tränen heiß auf den Wangen

brannten, und verfluchte sich für ihre Schwäche. Wieso konnte sie nicht ein bisschen so sein wie Drue, der immer den Kopf oben behielt, stets wusste, was zu tun war, niemals die Nerven oder gar die Kontrolle verlor?

Er hatte so unglaublich stark und unerschütterlich gewirkt, als er vorhin gegangen war, so vollkommen überzeugt von seinem Vorhaben und den damit verbundenen Erfolgsaussichten, sodass sie gar nicht anders hatte können, als ganz fest an ihn zu glauben. Und im Grunde tat sie das noch immer, wenn es auch genug Gründe dagegen gab.

»Darf ich mich zu dir setzen?«, fragte Arlette, die unbemerkt hinter ihr aufgetaucht war, und sah sie mit undefinierbarem Gesichtsausdruck an.

Norja hob die Schultern, wischte sich mit dem Handrücken die Tränen ab, reichte ihr die Sektflasche. Sie sah zu, wie Arlette einen Schluck davon trank und erinnerte sich an jene unzähligen Abende in der Vergangenheit, an denen sie genau wie heute zusammen Sekt getrunken und über Gott und die Welt gequatscht hatten. Plötzlich sehnte sie sich nach ihrer besten Freundin von damals, spürte einen dumpfen Schmerz in der Brust, als ihr klar wurde, dass sie sie für immer verloren hatte.

Arlette räusperte sich, gab ihr die Flasche zurück. »Es stimmt, was Drue gesagt hat, alles ist von mir ausgegangen und es tut mir wirklich leid.« Sie hielt inne, sah Norja an. »Ich war betrunken an jenem Abend, trotzdem muss ich gestehen, dass ich ganz genau gewusst habe, was ich tat«, gab sie zu. »Ich war so wütend auf dich an dem Tag. Du warst auf der Messe, hast dich und deine Erfolge feiern lassen, während ich vor dem Scherbenhaufen meiner ‚Karriere' stand. Ich wollte dir wehtun, wollte, dass du wenigstens einmal durchmachen musst, was ich durchmache, und ich weiß einfach nicht, wieso.« Arlette weinte jetzt ebenfalls, sah Norja wehmütig an. »Was sagt das über unsere Freundschaft aus?«

Norja erwiderte Arlettes Blick, holte tief Luft. »Ganz einfach ... das da nie wirklich etwas zwischen uns beiden gewesen ist. Du und ich, wir sind zwei Frauen, die sich kennen, aber Freundinnen sind wir definitiv niemals gewesen.«

Arlette zuckte unter ihren harten Worten zurück, stand auf. »Ich geh mal lieber hoch und sehe nach, wie es Bele geht, okay?«

Norja nickte abwesend, spürte, wie ihr mit einem Schlag alle Kraft aus den Gliedern wich. Sie stand auf, legte einige Holzscheite in die Brennkammer des Küchenherds und machte sich auf den Weg nach nebenan.

Als sie im Wohnzimmer auf dem Sofa lag, spürte sie einen Lufthauch am Kopf, zuckte zusammen.

»Ich bin es nur«, erklärte Fynn und setzte sich ans Fußende des Sofas. »Tut mir leid, dass ich das mit dem Kuss angeschnitten hab«, erklärte er zerknirscht und sah zu Norjas Verwunderung tatsächlich so aus, als würde er sein Verhalten bedauern. »Ich hatte kein Recht, meinem Vater vorzugreifen, er selbst hätte es dir erzählen sollen.«

Norja nickte, sah Fynn ernst an. »Das hätte er«, gab sie zu. »Und mir tut es leid, dass ich dich verdächtigt habe, das alles hier inszeniert zu haben, um mich fertigzumachen.«

Er sah sie an, nickte. »Und jetzt? Denkst du noch immer, dass ich hinter allem stecke?«

Norja seufzte, wich seinem Blick aus. »Ich weiß nicht mehr, was ich denken soll«, gab sie schließlich zu. »Ich dachte, ich kenne Arlette, doch dann stellt sich raus, dass sie mich hasst, mir das Schlimmste an den Hals wünscht, mir wehtun will.« Sie hob die Schultern. »Wer weiß, am Ende steckt sie hinter allem, um mich in den Wahnsinn zu treiben. Die Fußspuren hat sie schließlich als Einzige gesehen und außerdem hat sie genau wie wir alle Zugang zum Wagen und zu den Schuppen gehabt. Und dann ist da auch noch Espen, wer weiß, vielleicht ist er schon lange vor mir dahintergekommen, was sich zwischen Arlette und Drue abgespielt hat, und tickt deshalb aus.« Sie brach ab, als ihr bewusst wurde, dass sie Blödsinn redete und dabei war, einen Jungen, der sowieso schon Angst hatte und außerdem noch ein halbes Kind war, noch weiter zu verunsichern. Sie grinste gequält. »Vergiss, was ich gesagt habe, und lass uns einfach auf deinen Vater warten.«

Fynn nickte, stieß die Luft aus. »Soll ich hierbleiben?«

Norja lächelte. »Quatsch, ich komm schon klar, will eh versuchen, ein bisschen zu schlafen.«

Er nickte, legte den Kopf schief. »Dann sehe ich wenigstens noch kurz nach Taimi, bevor ich mich ebenfalls ein paar Stunden aufs Ohr haue.«

Ein leises Scharren ließ sie aus dem Schlaf hochschrecken. Benommen setzte sie sich auf, starrte mit hämmerndem Herzen in die Dunkelheit. Die Kerzen im Wohnzimmer mussten erst vor Kurzem heruntergebrannt sein, denn sie konnte noch den leichten Rauchgeruch in der Luft wahrnehmen. Sie sah auf ihre Armbanduhr, stellte fest, dass sie gerade mal zwei Stunden geschlafen hatte. Ihr Kopf fühlte sich an, als wäre er mit Watte gefüllt und sie war kaum imstande, einen klaren Gedanken zu fassen. Ein Erinnerungsblitz schoss durch ihren Kopf und ließ sie erstarren.

Der Traum!

Er hatte sich so realistisch angefühlt. Als erlebe sie

alles noch einmal von Neuem. Nur, dass sie diesmal erwachsen war und ihre Freundinnen von damals noch immer Kinder. Die Mädchen hatten sie voller Panik angestarrt, gestammelt, dass alles ihre Schuld sei – ganz genau, wie es einst tatsächlich geschehen war. Und wieder hatte sie ihnen eingebläut, dass sie alle Mitschuld an dieser furchtbaren Sache trugen, bei der ...

Stopp!

Allein der Gedanke daran war derart unerträglich, dass sie gar nicht anders konnte, als sich zu zwingen, ihn energisch beiseitezuschieben. Sie befahl sich, an etwas anderes zu denken, doch es funktionierte nicht. Wieso drängte sich die Erinnerung daran gerade jetzt, nach all den Jahren, wieder in ihr Bewusstsein?

Oder hatte sie schon öfter davon geträumt, sich am Morgen nur nicht mehr bewusst daran erinnert?

Die Erkenntnis traf sie wie ein Schlag in die Magengrube.

Wie es aussah, brachte ihr Unterbewusstsein alles aus einem ganz bestimmten Grund wieder zum Vorschein.

Sie begann zu zittern.

Was, wenn all das hier ihre Strafe dafür war, was sie damals getan hatte?

Sie presste die Lider fest zusammen, zwang sich, ruhig zu atmen.

Keiner weiß davon, beruhigte sie die Stimme in ihrem Kopf. *Also entspann dich!*

Norja setzte sich auf, schnappte nach Luft.

Die Angst griff mit eisigen Fingern nach ihrem Innern, ließ ihr den Atem stocken.

Vor ihrem inneren Auge entstand ein Bild, gegen das sie sich nicht wehren konnte. Junge Mädchen, die sich an den Händen hielten und einander versprachen, Stillschweigen zu bewahren. Im Grunde noch Kinder, für die das Leben anschließend nie wieder so unbeschwert sein würde, wie zuvor.

Norja sprang vom Sofa auf, rannte ins Bad, brach vor der Toilettenschüssel zusammen, übergab sich. Ihr gesamter Körper fühlte sich heiß und fiebrig an, doch ihr war klar, dass dies keine Anzeichen von Krankheit waren, sondern dass ihr Innerstes – der böse Teil ihrer Selbst – dabei war, aus ihr hervorzubrechen.

Warum jetzt?, dachte sie verzweifelt und zuckte zusammen, als sie wieder dieses Scharren wahrnahm, das sie zwar geweckt, aber zumindest aus ihrem Albtraum gerettet hatte.

Taimi!

Vielleicht war ihre Tochter aufgewacht und irrte jetzt im ersten Stock auf der Suche nach der Toilette herum?

Sie erhob sich, spülte ihren Mund aus und schaffte es irgendwie, sich von den düsteren Gedanken zu befreien.

Sie musste einen klaren Kopf bewahren, wenn sie Taimi Zuversicht vermitteln und das Kind beruhigen wollte. Schnell ging sie in die Küche, nahm ein Feuerzeug vom Tisch und zündete eines der letzten Teelichter an, stellte es auf einen kleinen Teller. Dann machte sie sich auf den Weg nach oben. Auf dem Weg zu Taimi warf sie einen Blick ins Badezimmer, sah außerdem bei ihrer Mutter vorbei, seufzte erleichtert, als sie den Brustkorb der Frau registrierte, der sich in regelmäßigen Abständen hob und senkte. Kurz erwog sie, auch bei Fynn nachzusehen, ob alles in Ordnung war, verwarf den Gedanken aber wieder. Der Junge war fünfzehn und brauchte seine Privatsphäre. Als sie endlich vor Taimis Tür stand, spürte sie ein ziehendes Gefühl im Magen und fragte sich, was das zu bedeuten hatte. Es fühlte sich an wie eine

Mischung aus dunkler Vorahnung und Panik, obwohl es für beides keinen ersichtlichen Grund gab.

Zumindest nicht in diesem Augenblick.

Sie stieß die Tür auf, trat ein, ging vorsichtig auf das Bett zu, erstarrte. Sie spürte, wie ihr der Teller mit dem Teelicht aus den Händen glitt, hörte, wie er auf dem Teppichboden aufschlug und schließlich liegen blieb, stellte sich vor, wie sich das heiße Wachs in die Fasern fraß.

Egal!

Sie bückte sich, legte ihre Hand auf das zerwühlte Laken.

Kalt!

Fassungslos sackte sie auf die Knie, schaffte es nicht, den Blick von dem leeren Bettchen abzuwenden.

Ein kraftloses, heiseres Krächzen drang aus ihrer Kehle, nicht viel lauter als ein Flüstern in der Nacht, und dennoch vermochte es dieses unscheinbare Geräusch, die Stille zu durchbrechen.

Die Tür eines der anderen Zimmer ging auf und kurz darauf stand Bele neben ihr.

»Was ist los?«, fragte das Mädchen und starrte Norja erschrocken an.

»Taimi«, brachte sie aus letzter Kraft hervor. »Sie ist weg!«

17

BODØ 2018

In Unas Kopf wirbelten die Gedanken wild umher. Schließlich nahm sie ihr Handy zur Hand, suchte in ihren Kontakten nach Frejas Schwester, wählte. Als der Klingelton erklang, atmete sie erleichtert auf. Fünf Jahre waren vergangen, seit sie zuletzt mit Monja gesprochen hatte. Sie musste wirklich dankbar sein, dass die Nummer noch stimmte. Damals war es die junge Frau gewesen, die als Einzige Unas These, dass Freja sich keinesfalls selbst getötet hatte, unterstützte. Dennoch hatte es keinen Zweck gehabt. Una und ihre Kollegen hatten alles versucht, mit alten Freunden der Frau gesprochen, mit Kollegen, Bekannten und Nachbarn – keiner von ihnen hatte etwas Relevantes zur Tragödie und deren Auflösung beizutragen gewusst. Auch das Durchsuchen der Wohnung von Freja und ihrer Tochter hatte nichts ans Tageslicht befördert, genauso wenig wie die rechtsmedizinische Untersuchung der Toten. Die junge Frau hatte keine Schulden, keine weiterreichenden Probleme gehabt, außer der Tatsache, dass ihr Mann viel zu früh verstorben war. Una verzog das Gesicht, denn ganz genau dieser Fakt war es letztendlich gewesen, der dazu geführt hatte, dass der Fall abgeschlossen wurde. Alles deutete auf einen Suizid hin und zwei widersprüchliche Meinungen waren bei Weitem nicht ausreichend gewesen, den Fall weiter auszurollen.

Una erinnerte sich noch, wie enttäuscht Monja gewesen war, als sie ihr damals die erschütternde Nachricht von der Schließung des Falles überbracht hatte. Monja war vollkommen fertig gewesen, schien den Glauben an die Polizeiarbeit gänzlich verloren zu haben.

Una hatte es in ihren Augen sehen können, dass sie sich vollkommen allein und hilflos fühlte, nachdem nun auch noch ihr letzter Hoffnungsschimmer im Nichts verpufft war.

Una schluckte, als es in der Leitung knackte und sie die vertraute Stimme von Frejas Schwester vernahm.

»Ich bin Una Strand, von der Kriminalpolizei«, erklärte sie knapp. »Sie erinnern sich an mich?«

Monja am anderen Ende der Leitung schwieg Sekunden lang, dann vernahm Una ein leises Seufzen. »Ich weiß, wieso Sie bei mir anrufen«, stieß die junge Frau aus. »Es geht um die Frau aus dem Krankenhaus. Die, die sich gestern erschossen hat.«

Una schluckte, sagte aber nichts.

»Der Fall erinnert mich an Freja«, sprach Monja weiter und klang auf einmal, als stünde sie kurz davor, in Tränen auszubrechen. »Und ich glaube, Sie auch. Ich hab es vorhin im Fernsehen gesehen. Da war ein Bild von ihr, sie müsste so in dem Alter gewesen sein, in dem Freja gewesen wäre, wenn sie nicht...« Sie brach ab.

»Ihr Name war Zara«, sagte Una mit sanfter Stimme. »Sie ist Krankenschwester gewesen, lebte in einer glücklichen Partnerschaft und ja, es stimmt, Zaras Fall hat mich auf Anhieb an Freja erinnert, das ist auch der Grund meines Anrufs.« Una hielt inne, um ihre Worte wirken zu lassen. »Zaras Lebensgefährtin hatte eine große Dosis Betäubungsmittel im Blut. Sie hat deswegen von all dem nichts mitbekommen, ist erst wach geworden, nachdem es bereits vorbei war. Da Zara als Krankenschwester gearbeitet hat, muss man davon ausgehen, dass sie selbst es war, die ihre Lebensgefährtin betäubte, aber …« Una brach ab, räusperte sich. »Ich habe mich daran erinnert, was Sie mir über Frejas Tochter damals gesagt hatten. Dass die Kleine im Buggy vor Ihrer Tür stand und tief und fest geschlafen hat, quasi nichts mitbekommen hat. Und dass es ihr auch am Tag drauf nicht wirklich gut ging. Genauso ist es bei Zaras Lebensgefährtin gewesen und das macht mich wirklich stutzig.«

»Dann glauben Sie also, dass jemand Petrine damals betäubt hat? Und dass dieser Fall im Krankenhaus irgendwie in Verbindung zu meiner Schwester stehen könnte?«

»Die Möglichkeit besteht definitiv. Vor allem in Hinsicht auf das Alter von Freja und Zara sowie der Tatsache, dass ich eben gerade herausgefunden habe, dass beide dieselbe Schule besuchten.«

Monja am anderen Ende der Leitung sog die Luft hörbar ein. »Das bedeutet also, dass es jetzt definitiv einen ersten Hinweis darauf gibt, dass Freja sich doch nicht selbst tötete?«

Una überlegte einen Moment, entschied sich schließlich für die Wahrheit. »Um ehrlich zu sein, hab ich noch mit niemandem darüber gesprochen, was ich in Hinsicht auf die Gemeinsamkeiten beider Frauen herausgefunden habe. Deswegen jetzt meine Frage an Sie – sagt Ihnen der Name Zara Leonardsen irgendetwas? Fakt ist, Freja und sie besuchten dieselbe Schule, aber waren sie auch befreundet?«

Monja seufzte. »Da hab ich nicht die geringste Ahnung, wenn ich ehrlich bin. Freja ist einige Jahre älter als ich, deswegen hab ich damals so gut wie nichts mitbekommen, was ihre Freundschaften anging.«

»Wäre es möglich, dass Sie Ihre Eltern anrufen und sie danach fragen? Und bitte ... zu niemandem ein Wort über unser Telefonat. Ich möchte zuerst genügend Beweise sammeln, um anschließend eine Wiederaufnahme des Falles Freja Toor zu beantragen.«

Nachdem Una das Telefonat mit Monja beendet hatte, lehnte sie sich in ihrem Stuhl zurück, überlegte. Gut war, dass zumindest Monja nach wie vor in dieselbe Richtung dachte wie sie. Das bestätigte zumindest teilweise ihr damaliges Gespür Freja betreffend. Una hatte damals auf Biegen und Brechen versucht, zu verhindern, dass der Fall geschlossen wurde, und am Ende kläglich versagt. Was zum Teil auch am Statement des Polizeipsychologen gelegen hatte. Er hatte erklärt, dass ein Großteil aller Depressionspatienten es schafft, selbst vor den engsten Angehörigen zu verbergen, wie schlecht es ihm tatsächlich geht. Und dass es dem Patienten im Fall einer Kurzschlussreaktion krankheitsbedingt sogar egal ist, welches Chaos er hinterlässt oder welches Leid bei seinen engsten Angehörigen. Auch für Una hatte sich diese Erklärung plausibel angehört, allerdings im Fall Freja Toor nicht wirklich etwas an ihrer Meinung geändert. All ihre Kollegen hatten sie am Ende für verrückt erklärt, dass sie einen so glasklaren Fall einfach weiterhin infrage stellte, doch Una war das egal gewesen. Sie hatte bis zum Schluss gekämpft, für Monja und das kleine Mädchen und natürlich auch für Freja selbst.

Es hatte wehgetan, aufgeben zu müssen, ohne überhaupt richtig angefangen zu haben, und genau deswegen würde sie es dieses Mal anders machen. Sie hatte Solveig versprochen, dranzubleiben. Nicht aufzugeben und herauszufinden, was tatsächlich mit Zara passiert war. Sie schluckte, warf einen Blick auf ihren Notizblock. Diesmal würde sie selbst Hardo außen vor lassen und auf eigene Faust ermitteln, notfalls auch ohne offizielle Erlaubnis von oben.

Das Handy in ihrer Tasche vibrierte. Sie zog es hervor, warf einen Blick darauf, stellte fest, dass es Monja war, die wie versprochen zurückrief.

»Meinen Eltern sagt der Name auch nichts«, kam Monja sofort auf den Punkt und seufzte. »Aber ich habe eine Idee ... am besten fahren Sie persönlich bei der Schule vorbei und verlangen, dass man Sie ins Archiv lässt. Vielleicht können Ihnen die alten Jahrbücher und die Fotos darin bei den Ermittlungen weiterhelfen.«

Es war fast acht Uhr, als Una den Wagen auf den Parkplatz der City-Scool lenkte und nach einer Lücke Ausschau hielt. Eigentlich hatte sie geplant, noch früher hier zu sein, doch Oli hatte wegmüssen und daher war es an ihr hängen geblieben, Emil zur Schule zu fahren.

Sie seufzte, sah auf die Uhr. Für zehn Uhr war eine wichtige Besprechung anberaumt, bei der sie unter keinen Umständen fehlen durfte.

Als sie endlich einen freien Stellplatz gefunden hatte, stieg sie aus, machte sich auf den Weg ins Sekretariat. Sie hoffte inständig, dass niemand dort querschoss und einen

Beschluss von ihr verlangte, damit sie ins Archiv kam. Sie klopfte, achtete darauf, den Damen ihren freundlichsten Gesichtsausdruck zu präsentieren, brachte ihr Anliegen vor.

Die jüngste der vier Frauen sah sie über den Rand ihrer Brille hinweg an. »Es geht um den Vorfall im Krankenhaus, nicht wahr? Die Frau, die sich erschossen hat? Gott sei Dank, ist der Patientin, die sie als Geisel genommen hat, nichts passiert.«

Una sah die Frau an, spürte, wie Wut in ihr aufstieg. Sie atmete dagegen an, nickte lächelnd. »Zara Leonardsen ist hier in diese Schule gegangen, deswegen muss ich dringend Zugang zu den Jahrbüchern von damals haben.«

Die älteste der Sekretärinnen sah sie betreten an. »Ich erinnere mich an Zara«, sagte sie ruhig. »Ein nettes Mädel, liebenswürdig und immer hilfsbereit. Ich wusste bereits damals, dass sie später irgendetwas machen wird, bei dem sie Menschen helfen kann.« In den Augen der Frau schimmerten Tränen. Sie sah ihre junge Kollegin an. »Es ist gut, dass diese Patientin lebt und dass ihr nichts passiert ist, doch auch Zara selbst ist ein wirklicher Verlust für diese Welt, zumindest die Zara, die ich damals kannte.« Sie sah zu Una. »Wenn Sie möchten, helfe ich Ihnen dabei, zu finden, wonach Sie suchen.«

Sie folgte der Frau ins Untergeschoss, wo sie vor einer Metalltür stehen blieb. »Das ist der wichtigste Raum im ganzen Haus«, erklärte die Frau, während sie aufschloss. »Hier befinden sich die wichtigsten eingelagerten Schulakten, alle Jahrbücher, quasi der ganze Papierkram, der nicht verloren gehen darf.« Sie grinste, sah Una an. »Eigentlich darf keiner hier rein, aber da Sie wegen einer guten und wichtigen Sache hier sind, mache ich eine Ausnahme.« Sie deutete auf eine Ansammlung von Regalschubkästen auf der anderen Seite des Raumes. »Da sind die Jahrbücher drin.« Sie musterte Una, schien zu zögern. »Diese schreckliche Geschichte mit Zara ... sie erinnert mich an einen weiteren Suizid, der vor über zwanzig Jahren passiert ist.« Sie seufzte, presste ihre Lippen zu einem Strich zusammen. Schließlich straffte sie die Schultern, holte tief Luft. »Eine Schülerin, ihr Name war Eline Losnedahl. Es war einfach schrecklich. Das arme Ding hat eine Überdosis an Tabletten eingenommen und ist daran gestorben.«

Una sah die Frau schockiert an. »Dieses Mädchen, wissen Sie, ob es etwas mit Zara zu tun hatte? Waren die beiden befreundet?«

Die Frau seufzte. »Eline stammte aus keinem guten Elternhaus. Der Vater war ein cholerischer Mensch, von dem alle wussten, dass er seine Frau und auch das Kind schlug. Und die Mutter ...« Die Frau schluckte. »Sie hat ihren Kummer mit Alkohol runtergespült, konnte sich so gut wie gar nicht um Eline kümmern. Das machte sich natürlich im Verhalten des Mädchens bemerkbar. Eline war ein extrem introvertiertes Kind. Sie hatte keine Freunde, ließ auch niemanden an sich heran, war immer allein ... einsam würde ich fast sagen. Selbst die Lehrer gaben sie irgendwann auf, genau wie die eigenen Eltern.«

»Also sind Sie sicher, dass Zara und Eline nichts miteinander zu tun hatten? Privat meine ich?«

»Soweit ich weiß, war Eline ein Einzelgänger. Ich hab sie wirklich niemals mit irgendwelchen anderen Kindern gesehen und schon gar nicht mit Zara, die sehr beliebt gewesen ist. Ganz im Gegenteil hatte ich immer den Eindruck, dass die Kinder Eline aus dem Weg gingen, sie nicht mochten.«

»Wissen Sie, ob Eline gemobbt wurde? Vielleicht sogar von Zara?«

»Puhhh«, stieß die Frau aus. »Mobbing ist ein so hartes Wort.« Sie dachte eine Weile darüber nach, hob dann die Schultern. »Möglich wäre es natürlich, auch wenn ich mir das bei Zara nicht vorstellen kann.« Sie stockte, stieß die Luft aus. »Kinder können einander wirklich grausame Dinge antun. Was das angeht, können Ihnen aber vielleicht die Eltern von Eline weiterhelfen.«

»Gingen die beiden in eine Klasse?«

Die Frau runzelte die Stirn. »Das kann ich Ihnen nicht beantworten, die Jahrbücher jedoch schon.«

Una nickte, dann schoss ihr ein Gedankenblitz durch den Kopf. »Sagt Ihnen der Name Freja etwas? Freja Sörensen? Auch sie ging hier zur Schule.«

Die Frau dachte kurz nach, schüttelte dann den Kopf. »Tut mir leid.« Sie sah Una betreten an. »Schon seltsam, dass sich gleich zwei ehemalige Schülerinnen dieser Schule das Leben nahmen, nicht wahr?«

Kurz dachte Una darüber nach, der Frau zu erzählen, dass es mit Freja sogar drei waren, ließ es aber. Die Arme schien auch so genug damit zu tun zu haben, diese Tragödien zu verdauen, da wollte Una es ihr nicht noch schwerer machen.

»Wäre es möglich, dass Sie mir Ihre Handynummer geben? Dann könnte ich, falls mir weitere Fragen einfallen, noch mal bei Ihnen anrufen.«

Die Frau nickte. »Sehen Sie sich hier unten erst mal in Ruhe um und wenn Sie fertig sind und mir den Schlüssel zurückbringen, händige ich Ihnen meine Nummer aus.«

Auf dem Weg zur Strafvollzugsanstalt vermischten sich in Unas Kopf die Gedanken zu einem wirren Brei. Sie hatte unzählige Fotos von den Jahrbüchern der Schule gemacht, Hunderte von Mädchennamen gelesen, Bildunterschriften studiert, sodass ihr auch jetzt noch die Augen tränten. Am Ende war ihre Mühe endlich von Erfolg gekrönt gewesen. Sie wusste jetzt, dass Freja und Zara zwar nicht in dieselbe Klasse gegangen waren, jedoch definitiv miteinander zu tun gehabt hatten, da sie beide Mitglieder im Schulchor waren. Una hatte ein Foto gefunden, das beide Mädchen bei einem Ausflug mit dem Chor zeigte, auf dem sie relativ vertraut wirkten.

Doch da war noch etwas anderes gewesen, das Unas Aufmerksamkeit erregt hatte. Sie hatte auf einem der Fotos von Frejas Klasse ein Mädchen namens Yrla Adamsen entdeckt und das konnte nun definitiv nicht mehr als Zufall abgetan werden. In Unas Kopf drehte sich alles. Freja und Yrla waren also zusammen in einer Klasse, vielleicht sogar befreundet gewesen. Und dann noch Zara … die ebenfalls mit Freja zu tun gehabt hatte. Drei Mädchen, die dieselbe Schule besucht hatten und von denen zwei Suizid begangen hatten, genau wie Eline vor über zwanzig Jahren. Una spürte instinktiv, dass all diese Tragödien unmittelbar miteinander zusammenhingen. Yrla war zwar die Einzige der drei Mädchen, die noch am Leben war, doch auch sie hatte ein tragisches Schicksal zu beklagen. Una spürte, wie ihr Herz vor Aufregung einen Extraschlag machte. Sie warf einen Blick auf die Uhr im Armaturenbrett, stellte fest, dass es bereits kurz nach zehn Uhr war, sie also definitiv zu spät zur Besprechung kommen würde.

»Scheiß drauf«, murmelte sie und hielt an ihrem Plan

fest, zuerst Yrla zu besuchen und dann ins Präsidium zu fahren.

Es dauerte geschlagene vierzig Minuten, ehe Una durch die Sicherheitskontrolle durch war und man sie endlich zu Yrla ließ. Una erschrak, als sie der Frau gegenübertrat. Aus der ehemals wunderschönen Starpianistin war eine verhärmt aussehende und gebrochen wirkende Frau geworden. Una schluckte, reichte ihr die Hand. »Ich muss dringend mit Ihnen sprechen«, kam sie sofort auf den Punkt, sah Yrla fest in die Augen. »Das Wichtigste zuerst – sagen Ihnen die Namen Zara Leonardsen und Freja Sörensen etwas?«

»Nein!«, sagte Yrla etwas zu schnell, schüttelte den Kopf.

Una nickte, denn damit hatte sie schon gerechnet. Sie beugte sich vor, sah Yrla in die Augen. »Sowohl Freja als auch Zara haben sich mittlerweile das Leben genommen, ganz genau wie damals Eline ...« Sie ließ ihre Worte wirken, beobachtete Yrla genau. »Ich spüre einfach, dass alles, was passiert ist, irgendwie mit Elines Selbstmord zu tun hat. Doch um das beweisen zu können, brauche ich Ihre Hilfe, verstehen Sie?«

Yrla senkte den Blick, sog die Unterlippe ein. Als sie wieder aufsah, bemerkte Una den dunklen Schatten in den Augen der Frau.

»Sie kannten sowohl Freja als auch Zara, nicht wahr? Und Sie wissen auch, was damals mit Eline passiert ist. Was sie zu dieser Verzweiflungstat getrieben hat ...«

Sie beobachtete, wie Yrla unter ihren Worten zusammenzuckte, hoffte, dass die Frau endlich reden würde.

»Ich bin außerdem sicher, dass das, was Ihrem Mann widerfahren ist, auch mit all dem zu tun hat.«

Yrla sah sie an, verzog das Gesicht. »Ich bin es aber gewesen, ich hab ihn getötet!«

»Mag ja sein«, gab Una zurück. »Zara und Freja haben auch definitiv Suizid begangen, trotzdem bezweifle ich, dass sie das wirklich wollten, genau wie ich denke, dass auch der Mord an Ihrem Mann von Ihnen keineswegs gewollt war.« Sie starrte Yrla an, wartete, dass sie etwas sagte, doch da kam nichts mehr.

»Ich kann nichts für Sie tun, wenn Sie nicht mit mir reden. Das sagte ich Ihnen damals und ich sage es heute!«

Yrla zuckte zusammen, dann sah sie zu Una auf. Ihr Gesicht wirkte starr, beinahe, als trüge sie eine Maske über der eigenen Haut. »Keiner kann mir helfen. Genau wie niemand verhindern konnte, was mit Freja und Zara passiert ist.« Sie brach ab, lachte verbittert, dann sah sie Una resigniert an. »Wer weiß – vielleicht haben wir alle nur das bekommen, was wir tatsächlich verdienen.«

Auf dem Weg ins Präsidium ging Una Yrlas Reaktion nicht aus dem Kopf. Sie hatte gezuckt, als sie sie direkt auf den Tod ihrer ehemaligen Schulkameradinnen angesprochen hatte. Und sie hatte auch auf den Namen Eline reagiert.

Doch was ihr wirklich Kopfzerbrechen bereitete, waren Yrlas letzte Worte, bevor sie sich in ihre Zelle hatte zurückbringen lassen. Was hatte sie damit gemeint, dass sie alle bekommen hatten, was sie verdienten?

Verdiente ein zwölfjähriges Mädchen den Tod?

Una schüttelte den Kopf, als ihr klar wurde, dass Yrla

vielleicht gar nicht von Eline gesprochen hatte, sondern lediglich Freja, Zara und sich selbst meinte.

Was wiederum bestätigte, dass sie mit ihrer Vermutung richtig lag – nämlich, dass alles mit dem Suizid der damals 12-jährigen Eline zusammenhing.

Sie nahm ihr Handy zur Hand, wählte die Nummer der Recherche-Abteilung, gab dem Neuling am Telefon – Johni war sein Name – den Auftrag, herauszufinden, wo Elines Familie heute lebte. Sie musste dringend mit ihrer Mutter oder dem Vater sprechen, herausfinden, was Elines Beweggründe für den Suizid gewesen sein könnten.

Anschließend rief sie Hardo an.

Ihr Kollege meldete sich bereits nach dem zweiten Klingelton, klang seltsam monoton am anderen Ende der Leitung. »Was ist los?«, fragte Una und spürte, wie sich ein leichtes Ziehen in ihrem Bauch bemerkbar machte – ein untrügliches Vorzeichen dafür, dass ihr Ärger bevorstand.

»Die haben dich bei der Konferenz vorhin vermisst«, erklärte er betreten, seufzte.

»Was ist los?«, fragte Una erneut, hielt instinktiv den Atem an. »Ich hab eine Verwarnung bekommen«, erklärte er. »Dafür, dass wir uns ohne Beschluss den Wohnungsschlüssel von Zara Leonardsen geholt und in ihre Wohnung eingedrungen sind.«

»Eingedrungen?«, fragte Una. »Was soll der Mist? Wir hatten einen Schlüssel und außerdem war Solveig da.«

Hardo stöhnte leise. »Der Hausmeister, er hat das wohl an die Verwaltung weitergegeben und die hat sich bei der Chefin über uns beide beschwert.«

»Und Solveig? Die würde doch sicher bestätigen, dass es okay war, dass wir reingekommen sind.«

Wieder ein Stöhnen. »Es spielt keine Rolle, Una, das Ding ist durch. Ich hab eine Verwarnung bekommen und nach deiner Aktion von heute Vormittag schätze ich, wird es auf eine Beurlaubung hinauslaufen.«

»Die wissen, dass ich bei Yrla war?«

»Nicht nur das. Vorhin hat der Direktor der City-Scool angerufen und wollte wissen, wieso eine Polizeibeamtin unbefugt in seinem Archiv herumschnüffelt. Die Chefin ist stinksauer auf dich und dass du anschließend bei Yrla warst, statt zur Besprechung zu kommen, hat die Sache auch nicht gerade besser gemacht.«

Sie schluckte, bedankte sich bei ihrem Kollegen für die Vorwarnung, legte auf. Dann stieß sie einen lautstarken Fluch aus.

Eine Beurlaubung war das Blödeste, was ihr in diesem Moment passieren konnte. Sie wollte weder, dass jemand anders mit ihrem Fall betraut wurde, noch dass man Solveig und Monja jetzt andere Ansprechpartner vor den Latz knallte. Die beiden Frauen vertrauten ihr und sie hatte ihnen versprochen, sie auf dem Laufenden zu halten. Sie spürte, wie ihr Magen sich stressbedingt zusammenzog, und musste sich wohl oder übel der Frage stellen, ob es nicht doch besser gewesen wäre, den offiziellen Weg einzuschlagen.

Schließlich schüttelte sie den Kopf, als ihr klar wurde, dass sie unter diesen Umständen niemals so weit gekommen wäre – zumindest nicht so schnell.

Im Grunde blieb ihr jetzt gar nichts anderes übrig, als erst mal abzuwarten, was die Recherche bezüglich Eline Losnedahls Familie herausfand.

Sie sah auf die Uhr, hoffte, dass die Kollegen etwas für sie hatten, ehe sie im Präsidium vorstellig werden musste.

. . .

Auf dem Parkplatz des Präsidiums angekommen, hatte sich noch immer keiner bei ihr gemeldet.

Una überlegte, was sie selbst tun konnte, um die Sache zu beschleunigen, doch für jede Möglichkeit, die ihr einfiel, benötigte sie einen Beschluss vom Richter oder Staatsanwalt. Wieder alles ohne eine Erlaubnis durchzuziehen, konnte sie in Anbetracht der bevorstehenden Konfrontation mit ihrer Vorgesetzten mehr als nur eine kurze Zwangspause kosten. Sie seufzte, als ihr klar wurde, dass sie da jetzt eben durch musste. Auf dem Weg zum Aufzug wollte sie aber einen letzten Versuch starten. Sie wählte die Nummer der Recherche, wartete, bis Johni sich meldete. »Hast du was für mich?«, fragte sie, wie aus der Pistole geschossen.

Der junge Mann räusperte sich. »Zum Teil. Ist eine schlimme Familiengeschichte, die du da ausgegraben hast.«

»Was meinst du?«, fragte Una und hielt vor Aufregung den Atem an.

»Na ja, die Kleine hat sich mit zwölf Jahren umgebracht, und wie es aussieht, ist nur noch der Vater am Leben – sofern man das noch Leben nennen kann.« Er stieß die Luft hart aus und Una hörte, dass er, während er mit ihr sprach, wie ein Verrückter auf seine Tastatur einhämmerte. »Ganz durch bin ich noch nicht«, erklärte er schließlich. »Die Mutter ist verstorben, wie eine Todesanzeige im Onlinearchiv der Zeitung bestätigt. Hier steht etwas von kurzer und schwerer Erkrankung und dass der Tod eine Erlösung gewesen sein muss. Und was den Vater angeht, musste ich tiefer graben. Hab ihn übers Einwohnermeldeamt gefunden. Er lebt seit zwei Jahren in einer Pflegeeinrichtung etwas außerhalb der Stadt – die genaue Adresse schicke ich dir aufs Handy.« Er hielt inne, wartete. »Soll ich vorher versuchen, herauszufinden, was genau der Mann hat? Nicht, dass du da umsonst aufschlägst, falls er außerstande sein sollte, zu kommunizieren.«

»Nicht nötig«, sagte Una. »Gibt es Geschwister?«

»Fehlanzeige«, sagte Johni. »Eline war ein Einzelkind.«

Frustriert stieß sie den Atem aus. Sie hatte auf der Fahrt hierher an ihrer Argumentation gearbeitet, die sie ihrer Vorgesetzten entgegenbringen wollte, sobald die Sprache auf ihr Fehlverhalten käme.

Jetzt musste sie mit leeren Händen antreten, hatte außer Rechtfertigungen und vagen Vermutungen nichts weiter vorzuweisen.

»Danke dir«, sagte sie abwesend zu Johni, beendete das Gespräch.

Sie spürte einfach, dass sie der Auflösung der drei Fälle um Yrla, Freja und Zara ganz nahe war, näher sogar wie noch nie zuvor, auch wenn sie durch ihr eigenverantwortliches und zugegebenermaßen falsches Handeln am Ende jetzt auf weitere Stolpersteine stoßen würde.

Sie musste einfach nur alles geben und versuchen, Thea davon zu überzeugen, dass sie auf dem richtigen Weg war. Notfalls würde sie die paar Tage oder Wochen Zwangsurlaub eben wegstecken, solange sie anschließend den Fall zurückbekäme und weitermachen durfte.

Ihr Handy surrte.

Sie warf einen Blick darauf, lächelte, als sie das Foto erblickte, das Oli ihr geschickt hatte.

Emil war darauf zu sehen und das Kind wirkte, als sei er endlich nicht mehr böse auf sie.

Geh jetzt einfach da hoch und versuche, den ganzen Mist geradezubiegen, meldete sich ihre innere Stimme.

»Was solls«, murmelte Una und drückte entschlossen auf den Knopf nach oben. Sie hörte, wie der Aufzug nach unten kam, atmete tief durch, als die Tür aufglitt.

Etwas Gutes konnte sie der ganzen Sache am Ende vielleicht doch abgewinnen. Emil würde überglücklich sein, seine Mama ein paar Tage ganz für sich allein zu haben. Und ein bisschen Urlaub hatte schließlich noch keinem geschadet.

Sie stieg aus der Kabine und machte sich auf den Weg. Ihr Magen rumorte, als sie vor der Tür ihrer Vorgesetzten stand und anklopfte.

»Herein!«, vernahm sie Theas stahlharte Stimme und plötzlich hatte Una das Gefühl, innerlich zu erfrieren.

Ein schlechtes Zeichen!

Sie ignorierte das Wispern in ihrem Kopf, öffnete die Tür, trat zögernd ein. Als sie ihrer Vorgesetzten ins Gesicht blickte, zuckte sie zurück.

Thea sah nicht einfach nur wütend, sondern zutiefst enttäuscht darüber aus, dass gerade sie ihr Vertrauen derart missbraucht hatte. Sie bedeutete Una wortlos, ihr gegenüber Platz zu nehmen, schüttelte langsam den Kopf.

Vorbei, flüsterte die Stimme in ihrem Kopf. *Den Fall hast du verkackt!*

18

HARDANGERVIDDA 2019

»Jetzt bleib mal ganz ruhig«, beschwichtigte Bele sie. »Vielleicht ist sie auf Toilette gegangen oder sucht dich. Theoretisch könnte sie auch bei Fynn liegen, der ist vorhin ins Bett gegangen und hat, soviel ich weiß, vorher nach ihr gesehen.«

Norja schluckte gegen die stärker werdende Panik an. »Ich geh zu ihm rüber, kannst du bitte im Bad nachsehen und in den anderen Zimmern? Bei meiner Mutter ist sie nicht, da war ich gerade.«

Bele nickte, machte sich auf den Weg.

Als Norja vor Fynns Tür stand, schickte sie ein stummes Stoßgebet zum Himmel. Dann hämmerte sie gegen das Holz. »Ich bin es, hast du Taimi bei dir?«

Nichts.

Sie hämmerte noch einmal gegen die Tür, dann vernahm sie ein leises Fluchen, trat instinktiv zurück.

Sie hörte das Scharren der Verriegelung, sog die Luft ein. »Ist Taimi bei dir?«, stieß sie aus, sobald die Tür einen Spalt aufging, und wollte schon an Fynn vorbei ins

Zimmer vordringen, zwang sich aber, ruhig zu bleiben. »In ihrem Bettchen ist sie nämlich nicht.«

Der Junge schien fest geschlafen zu haben, denn seine Haare standen in alle Richtungen vom Kopf ab und er sah ziemlich zerknittert aus. »Hier ist keiner außer mir«, maulte er, trat aber beiseite. »Was ist eigentlich los?«

Norja, die bereits im Zimmer des Jungen stand und angestrengt in der Dunkelheit nach ihrer Tochter suchte, drängte die Tränen zurück. »Ich bin im Wohnzimmer eingenickt und durch ein Geräusch wach geworden. Als ich hochgekommen bin, um nach Taimi zu sehen, war sie verschwunden. Ihr Bett ist kalt, sie muss also schon eine ganze Weile weg sein.«

Fynn, plötzlich hellwach, starrte Norja an. »Hast du im Zimmer deiner Mutter nachgesehen?«

Sie nickte. »Auf dem Weg nach oben schon, da ist sie nicht.«

»Und bei Bele?«

»Bele ist schon wach, sie hat Taimi auch nicht gesehen.«

»Dann bleibt nur noch Arlette. Vielleicht hatte sie ein schlechtes Gewissen und hat Taimi deswegen mit zu sich genommen. Wer weiß, vielleicht ist die Kleine wach geworden, wollte zu dir und weil du geschlafen hast, kümmert Arlette sich um sie.«

Norja stieß die Luft aus, nickte. Dann drehte sie auf dem Absatz um, hämmerte an Arlettes Tür.

»Was ist los?«, kam es unwirsch von innen und augenblicklich spürte Norja, wie sie wütend wurde.

Wenn hier jemand grantig sein durfte, dann ja wohl ich, ging es ihr durch den Kopf, doch dann zwang sie sich, ruhig zu bleiben. »Ist Taimi bei dir?«, rief sie und hielt vor Anspannung die Luft an.

Die Tür ging auf. »Nein, bei mir ist sie nicht, wie kommst du darauf?« Durch die Dunkelheit konnte sie Arlettes Gesichtsausdruck zwar nicht erkennen, doch ihre Stimme verriet, dass auch sie in heller Sorge um das kleine Mädchen zu sein schien.

Norja schluchzte auf. »Sie ist weg, verstehst du? Ich war unten, bin eingeschlafen und jetzt ist sie weg.«

»Ich hab unten alles abgesucht«, kam es von Bele, die mit einer Kerze in der Hand atemlos die Treppe hoch kam. »Ich hab das komplette Erdgeschoss durchsucht und auf der Veranda nachgesehen.« Sie hob die Schultern, sah erst Norja und dann ihre Mutter betreten an. »Tut mir wirklich leid, aber da unten ist sie nirgends.«

»Das gibt es doch nicht«, rief Arlette. »Wo kann sie denn schon sein?«

»Also ich hätte da eine Idee«, kam es von Fynn. Er sah Norja beunruhigt an. »Vielleicht ist sie wach geworden und wollte zu ihrem Vater. Und da im Schlafzimmer niemand war und sie nur dich im Wohnzimmer gesehen hat, bekam sie Angst. Sie könnte einfach nach draußen gelaufen sein, um Papa zu suchen.«

Norja starrte Fynn an, schüttelte den Kopf. »Das ist Blödsinn!« Sie überlegte angestrengt, spürte, dass eine Migräne im Anmarsch war. »Okay, selbst wenn sie im Schlafzimmer nach ihrem Vater gesucht und Angst bekommen hätte, weil er nicht mehr da war, wieso sollte sie rausgehen? Ich lag im Wohnzimmer, sie hätte mich wecken können.«

»Und wenn sie es versucht hat? Ich meine, vielleicht hast du so fest geschlafen, dass du es nicht mitbekommen hast?« Er sah Bele an, dann Arlette. »Hattet ihr eure Zimmer abgeschlossen?«

Beide nickten.

Frustriert stieß er die Luft aus. »Seht ihr ... ich meins auch. Also könnte sie noch zu Norjas Mutter ins Zimmer geguckt haben, doch die ist vielleicht auch nicht aufgewacht.«

»Das ist trotzdem Bullshit«, rief Arlette. »Warum sollte eine knapp Vierjährige mitten in der Nacht das Haus verlassen? Noch dazu im Dunkeln? Wobei ...« Sie hielt inne, starrte nachdenklich in Fynns Richtung. »Vielleicht versteckt sie sich nur irgendwo? Weil sie Panik hat.« Sie zog die Augenbrauen empor, sah den Teenager bedeutungsvoll an. »Wie oft hast du der Kleinen schon Angst eingejagt, seit wir hier sind? All deine spitzen Kommentare und fiesen Bemerkungen gegen ihre Mutter ... Und dann die Tatsache, dass du ihr nicht gerade viel Geschwisterliebe entgegenbringst – wer weiß, vielleicht denkt sie, dass von dir eine Gefahr ausgeht?«

Fynn starrte Arlette hasserfüllt an. »Woher willst du wissen, ob es nicht genau andersrum ist? Vielleicht hast sie auch mitbekommen, dass du auf meinen Vater stehst und Norja zu verletzen versuchst? Könnte doch sein, dass sie los ist, um sich vor dir zu verstecken oder Hilfe zu holen, damit du ihrer Mutter nicht noch mehr antun kannst ... Wer weiß denn schon so genau, was im Kopf einer Dreijährigen vor sich geht.« Er sah kurz zu Norja, dann wandte er sich wieder Arlette zu. »Ach so, und falls sie wirklich Angst vor mir haben sollte, dann auch nur wegen dir und deines Gebrülls vorhin, als du all das hier mir in die Schuhe schieben wolltest.«

»Ruhe! Hört auf mit diesen gegenseitigen Schuldzuweisungen! Das hilft jetzt auch nicht weiter!« Norja spürte, wie ihr mehr und mehr die Nerven durchgingen.

»Ich hab neulich ein Buch gelesen, in dem traumatische Ereignisse bei der Hauptfigur dazu führten, dass sie plötzlich geschlafwandelt ist«, kam es von Bele. »Ich meine ja nur ... es ist zwar nur ein Buch, aber eine Überlegung wäre es definitiv wert.«

In Norjas Kopf drehte sich alles, sie war kaum noch imstande, einen klaren Gedanken zu fassen, wusste nur, dass sie alles daransetzen musste, ihre Tochter zu finden. »Ich zieh mir was über und gehe raus«, brachte sie schließlich mühsam hervor. »Ich meine, wenn sie wirklich irgendwo da draußen sein sollte, kann sie noch nicht weit gekommen sein.«

»Guck doch erst mal, ob etwas von ihren Sachen fehlt!«, warf Fynn ein. »Wenn sie da raus ist, weil sie nach ihrem Vater sucht, hat sie sich ganz sicher irgendwas Warmes angezogen.«

Norja starrte Fynn an, rannte nach unten, stolperte, krachte mit den Knien schmerzhaft auf den harten Fliesenboden im Gang.

»Du brichst dir noch den Hals«, kam es von Bele, die dicht hinter ihr gelaufen war und mithilfe der Kerze wenigstens für ein klein wenig Licht sorgte.

Stöhnend rappelte Norja sich wieder auf die Beine, humpelte zur Garderobe. An einem der Haken hing Taimis dicker Anorak, an einem weiteren ihr Schneeanzug. Auch ihre Stiefel standen nach wie vor auf der Fußmatte.

Norja schnappte verzweifelt nach Luft. Das alles war ein einziger nicht enden wollender Albtraum.

Was ging hier nur vor?

Der Traum fiel ihr wieder ein.

War es ein Zeichen, dass gerade jetzt alles wieder hochkam?

Hatte all das am Ende damit zu tun?

Doch niemand wusste davon.

Keiner außer ein paar Frauen, die sich als junge Mädchen geschworen hatten, niemals wieder darüber zu reden.

Und wenn eine von ihnen den Schwur gebrochen hat?

Blödsinn, dachte Norja, es muss eine andere Erklärung dafür geben, wo Taimi sein könnte.

Denk nach, mahnte die Stimme in ihrem Kopf. *Konzentriere dich!*

»Taimi war schon immer ein Papa-Kind«, stieß sie leise aus. »Vielleicht hat Fynn recht und sie ist rausgegangen, um zu gucken, wo ihr Vater ist. Sie könnte in einem der Schuppen sein, traut sich vielleicht nicht mehr ins Haus zurück oder kann nicht, weil die Tür klemmt.«

Fynn sah erst Norja und dann Arlette an. »Ich geh mit Bele dort nachsehen und ihr beide lauft währenddessen ein Stück ums Haus herum. Wenn sie wirklich irgendwo da draußen ist, finden wir sie auch«, erklärte er und wies Bele an, sich was überzuziehen. »Sie ist noch nicht einmal vier Jahre alt, hat sicher große Angst da draußen.«

Norja zuckte unter seinen Worten zusammen.

»DAS war jetzt echt hilfreich«, zischte Bele und zog Fynn hinter sich her in die Kälte hinaus.

Norja kämpfte gegen den sich anbahnenden Nervenzusammenbruch an und warf Arlette einen Blick zu. »Bist du so weit?«

Die Freundin nickte, schlüpfte in ihre Schuhe und Anorak, trat hinter ihr ins Freie.

Angesichts der eisigen Kälte sog Norja die Luft ein. Der Wind peitschte ihr schmerzhaft ins Gesicht, die Schneeflocken fühlten sich wie Nadelstiche auf ihren Wangen an. *Sollte Taimi wirklich hier draußen sein, ohne Schuhe und warme Kleidung –* ging es ihr durch den Kopf – *dann hält sie nicht lange durch.*

»Wenigstens schneit es nicht mehr so extrem wie vorhin«, sagte Arlette, während sie neben Norja auf den Haupteingang des Grundstücks zu rannte und unterbrach damit ihre düsteren Gedanken. »Falls die Kleine erst vor Kurzem da rausgegangen ist, müsste man noch ihre Fußabdrücke sehen.«

»Ihr Bett war kalt«, gab Norja angespannt zurück. »Sie muss also schon länger da draußen herumirren.«

»Das ist Quatsch«, beharrte Arlette. »Im Haus ist es scheißkalt! Kann also durchaus sein, dass sie nur ein paar Minuten Vorsprung hat und wir sie noch einholen.«

Als Norja mit Arlette eine knappe Stunde später zum Haus zurückkam, sah Fynn ihnen von der Veranda aus entgegen.

Norja fühlte sich so kraftlos, dass sie außer einem verzweifelten Kopfschütteln nichts zustande brachte. Fynn verzog das Gesicht, senkte den Blick. Norja wusste, was das bedeutete. Bele und er hatten Taimi auch nicht gefunden. Sie sackte schluchzend in den Schnee, japste verzweifelt nach Luft. Die Panik und Sorge um ihre Tochter hielten sie fest umklammert, sodass sie das Gefühl hatte, gegen einen Widerstand zu atmen.

Wie aus weiter Ferne nahm sie wahr, dass Arlette und Fynn erneut zu streiten angefangen hatten.

Egal, dachte sie, *alles, was zählt, ist Taimi zu finden.*

»Hörst du mich?«, drängte sich Arlettes keifende Stimme in ihr Bewusstsein. »Jetzt ist Bele auch noch verschwunden und dieser Irre behauptet, dass er nichts damit zu tun hat.«

Norja schüttelte verständnislos den Kopf, sah zu den beiden auf.

»Ich war im Geräteschuppen und Bele wollte in dem anderen nachsehen und dann war sie plötzlich nicht mehr da«, erklärte Fynn verzweifelt. »Ich hab überall geguckt, aber sie war wie vom Erdboden verschluckt. Ich dachte, dass sie euch beiden nachgelaufen ist, und hab auf der Veranda gewartet.«

Norja stöhnte leise.

Das dufte doch alles nicht wahr sein!

»Also ich denke, dass dein Stiefsohn in spe hinter allem steckt. Er hat Taimi irgendwohin gebracht und jetzt auch noch Bele verschleppt«, spie Arlette Norja entgegen. »Und das alles nur, weil er dich und jeden, der mit dir zu tun hat, hasst wie die Pest.«

Sie wirbelte herum, packte den Jungen am Saum seines Anoraks, stieß ihn gegen den Holzpfosten. »Du sagst mir jetzt sofort, wo Bele ist, du Psycho, verstanden?«

Fynn sah hilfesuchend zu Norja, doch sie fühlte sich noch immer außerstande, dem Geschehen hundertprozentig zu folgen, geschweige denn, einzugreifen. Arlette und Fynn, der Streit zwischen beiden, für Norja war es, als passierte all das in weiter Ferne. Der einzige Gedanke, der ihr Denken beherrschte, war, ihre Tochter zu finden.

Ein Knacksen ertönte, dann schrie Fynn auf.

Als Norja sah, dass Arlette wie irre auf sein Gesicht einhämmerte, kam Bewegung in sie. »Nicht!«, schrie sie, rannte zu den beiden hin, versuchte, ihrer Freundin den Aschenbecher zu entreißen, der normalerweise auf dem Holzgeländer stand und den sie jetzt zweckentfremdet hatte. »Du bringst den Jungen um!« Als sie es endlich geschafft hatte, Arlette von Fynn wegzureißen, war er längst zu Boden gesackt und rührte sich nicht mehr. »Was hast du getan?«, flüsterte sie, starrte Arlette fassungslos an.

»Der wird schon wieder«, gab die zurück und machte eine auffordernde Kopfbewegung in Norjas Richtung. »Hilf mir lieber, ihn reinzuschleppen und zu fesseln. Danach warten wir, bis er zu sich kommt, und nehmen ihn in die Mangel. Ich bin zu hundert Prozent sicher, dass er es war, der Taimi und Bele hat.«

Norja, noch immer vollkommen von der Situation überfordert, tat, wie ihr geheißen. Gemeinsam brachten sie Fynn ins Wohnzimmer, legten ihn aufs Sofa. »Du passt auf, falls er zu sich kommt und abhauen will, okay?« Arlette sah Norja durchdringend an. Sie schien zu allem entschlossen. »Sollte er wach werden, ziehst du ihm eins über. Ich gehe und sehe nach, ob ich etwas finde, mit dem wir ihn fesseln können.«

Norja nickte, deutete kraftlos auf die Kommode gegenüber. »Da sind noch zwei Kerzen drin. Am besten nimmst du dir eine, damit du überhaupt was siehst. Und wenn du schon oben bist, sei so gut und sieh mal nach meiner Mutter.«

Arlette nickte. Sie zündete eine der Kerzen an, stellte sie zu Norja auf den Tisch, dann nahm sie eine weitere und verschwand damit.

»Hier unten ist nichts Geeignetes«, rief sie kurz darauf aus der Küche. »Ich geh hoch.«

»Scheiße«, rief sie keine zwei Minuten später. »Deine Mutter fühlt sich irgendwie kühl an, atmet aber noch. Keine Ahnung, was das zu bedeuten hat.«

Ein Rumpeln ertönte.

Was war da oben los?

War Arlette gestürzt?

»Alles klar bei dir?«, rief NOrja nervös.

Keine Antwort.

Ihr Herz setzte für den Bruchteil einer Sekunde aus und kurz war sie versucht, aufzuspringen und ebenfalls nach oben zu gehen. Sie musste sich geradezu zwingen, sitzen zu bleiben und auf den Jungen aufpassen. Denn falls Arlette recht hatte und er hinter allem steckte, war das die einzige Chance, Taimi schnell zu finden. Zwar glaubte sie langsam nicht mehr an Fynn als Verursacher allen Übels, wollte aber dennoch nichts riskieren. Hinzu kam, dass sie sich mehr oder weniger für den Jungen verantwortlich fühlte, jetzt, wo Drue schon wieder weg war. Sie musste nur aufpassen, dass Arlette nicht erneut die Fassung verlor und auf ihn losging.

Außerdem besteht immer noch die Möglichkeit, dass Arlette selbst diejenige ist, die all das inszeniert hat.

Norja zuckte zusammen, als ihr die Tragweite dieses Gedankenganges so richtig bewusst wurde.

Denn falls dem so war, dann hatte die »Freundin« mit Fynn den einzigen Menschen außer Gefecht gesetzt, der jetzt noch zwischen ihr und Norja stand.

Sie dachte nach. Was genau wusste sie denn von Arlette? Sie hatten sich an der Uni kennengelernt, sich ein Zimmer im Wohnheim geteilt und auf Anhieb gut verstanden. Sie waren abends gemeinsam um die Häuser gezogen, hatten ihre neu erworbene Freiheit genossen, doch wirklich geöffnet hatte sich Arlette ihr gegenüber noch nie.

Im Grunde wusste Norja gar nichts über diese Frau. Nichts über ihre Kindheit, nichts über ihre Jugend und schon gar nichts über ihre Emotionen. Arlette war noch nie besonders offen gewesen, zählte nicht zu dem Typ Frau, der seiner besten Freundin die intimsten Details seines Lebens anvertraute. Bislang hatte es Norja nichts ausgemacht, diese Art Freundschaft mit Arlette zu führen, doch in genau diesem Augenblick keimten Zweifel in ihr auf.

Was, wenn Arlette eine Psychopathin war, die es darauf angelegt und von langer Hand geplant hatte, ihr alles zu nehmen, woran ihr Herz hing – aus welchem Grund auch immer?

Plötzlich hatte sie das dringende Bedürfnis, Arlette hinterherzugehen. Sie stand auf, lief in den Gang hinaus, horchte.

Oben war alles ruhig. Nichts deutete darauf hin, dass Arlette nach irgendwelchen Utensilien suchte, um Fynn fixieren zu können.

Mama!

Wie in Trance rannte Norja nach oben, ins Zimmer ihrer Mutter, stürzte aufs Bett zu. Arlette hatte recht gehabt. Gesicht und Gliedmaßen ihrer Mutter waren eiskalt, aber immerhin atmete sie noch. Sie rannte in ihr Schlafzimmer, zerrte die dicke Daunendecke vom Bett, schleppte sie zu ihrer Mutter, bedeckte die Frau damit.

Mit zwei Decken sollte ihr bald wieder warm werden, hoffte Norja. Dann machte sie sich auf die Suche nach Arlette. »Hast du was?«, rief sie, doch keiner antwortete ihr.

Norja spürte, wie ihr Magen sich verkrampfte und ihre Beine kaum noch die Kraft aufbrachten, weiterzulaufen. Sie suchte Zimmer für Zimmer ab, doch Arlette schien sich in Luft aufgelöst zu haben.

Fynn!

Hatte sie sich unbemerkt wieder runtergeschlichen, um dem Jungen etwas anzutun?

Norja zitterte wie Espenlaub, als sie die Treppen nach unten stieg und ins Wohnzimmer ging. Beim Anblick des leeren Sofas stockte ihr der Atem.

Jetzt erst bemerkte sie, dass die Haustür sperrangelweit offen stand. Ihr Herz raste, als sie darauf zustürzte, auf die Veranda hinaustolperte und schließlich Schleifspuren im Schnee entdeckte.

Arlette!

Sie hat Fynn … und Taimi!

Half Bele ihr am Ende sogar?

Hing das Mädchen da mit drin?

Norja keuchte schockiert, wollte sich gerade auf den Weg machen, der Spur zu folgen, als sie eine Bewegung aus dem Augenwinkel wahrnahm.

Etwas Längliches sauste auf ihren Schädel hernieder, zwang sie in die Knie.

Der Schmerz war so heftig, dass kleine Lichtblitze vor ihren Augen tanzten und ihr Kopf sich anfühlte, als zerbreche er in zwei Hälften.

»Meine Kleine …«, brachte sie mühevoll hervor, »bitte … tu ihr nichts.«

Dann wurde es dunkel.

19

BODØ 2019

»Hast du schöne Geschenke bekommen?«, fragte Bjarne Rolvsson, ihr neuer Kollege und grinste sie über den Rand seiner Tasse hinweg an.

Una schüttelte genervt den Kopf. »Ich hasse dieses ewige Hin- und Hergeschenke, würde am liebsten ganz darauf verzichten.«

Bjarne lachte. »Dann mach das doch in Zukunft. Bei uns zu Hause werden unter den Erwachsenen nur noch Kleinigkeiten geschenkt, einzig die Kinder bekommen was Größeres.«

Una legte den Kopf schief, musterte ihn. »Eigentlich keine schlechte Idee«, gab sie schließlich zu. »Ich schätze nur, dass mein Mann und meine Schwester mir dann aufs Dach steigen. Die wissen nämlich, dass ich ein Weihnachtsmuffel bin und den ganzen Trubel rund um die Feiertage am liebsten ausfallen lassen würde.«

Er lachte, trank einen Schluck Punsch, musterte sie. »Du vermisst Hardo, stimmts?«

Sie nickte. »Ich wusste ja, dass er, sobald das Kind da

ist, in den Erziehungsurlaub gehen wollte, aber dass er gar nicht mehr wiederkommt.« Sie brach ab.

»Na ja, er ist nicht aus der Welt, hat sich nur in eine andere Abteilung versetzen lassen, um mehr von seiner Familie zu haben. Manche Leute ändern eben ihre Prioritäten, sobald sie Verantwortung übernehmen müssen und Kinder haben.«

Una spürte, wie bei den Worten ihres Kollegen ein scharfer Schmerz durch ihr Innerstes fuhr. Sie war selbst Mutter und Ehefrau, hatte aber noch niemals ernsthaft darüber nachgedacht, beruflich kürzerzutreten, um mehr Zeit mit Emil verbringen zu können. Selbst während ihrer vierwöchigen Zwangsbeurlaubung im letzten Jahr hatte sie ihren Job jeden Tag schmerzlich vermisst und gegen Ende sogar die Stunden gezählt, bis sie das Präsidium endlich wieder offiziell betreten durfte.

»Du bist keine schlechte Mutter, nur weil du deinen Job liebst«, erklärte Bjarne, als hätte er ihre Gedanken erraten, und legte den Kopf schief.

Sie grinste. »Fühlt sich trotzdem irgendwie so an«, seufzte sie schließlich. »Lass uns bitte das Thema wechseln.« Sie trank ihren Punsch leer, sah auf die Uhr. »Ich muss dann jetzt …« Er nickte. »Nett, dass du dich während deines Urlaubs mit mir getroffen hast«, erklärte er. »Noch dazu an Weihnachten.«

Una grinste. »Oli ist mit Emil schon den ganzen Tag beim Schlittenfahren«, erklärte sie. »Ich hab es nicht so mit der Kälte, war deswegen allein zu Hause – dein Anruf kam also gerade recht.«

Er nickte, sah plötzlich nachdenklich aus. »Darf ich dir noch eine Frage stellen? Ich wollte dich schon länger darauf ansprechen, aber wusste nicht so richtig, wie ich das anstellen sollte.«

Una verzog das Gesicht. »Du weißt also, dass es meinetwegen eine Anhörung gab und ich beinahe suspendiert worden wäre, weil ich die Vorschriften missachtet habe?«

Er nickte. »Magst du drüber reden?«

Una seufzte. »Ungern. Es ging um einen Fall, der mich heute noch fertigmacht, und ich will einfach nicht, dass das alles wieder von vorne losgeht.«

»Hast du ihn dennoch aufklären können?«

Una schüttelte den Kopf, presste ihre Lippen fest aufeinander. »Der Fall ist dichtgemacht worden, weil alle davon ausgingen, dass es sich um einen Suizid handelte.« Sie schüttelte den Kopf, spürte, wie allein die Erinnerung daran ihren Magen brennen ließ. Sie sah ihren Kollegen an. »Die ganze Sache damals war dermaßen verzwickt, dass ich selbst nicht mehr sagen könnte, ob ich mich verrannt habe oder tatsächlich auf der richtigen Spur war und ihn hätte aufklären können, wenn ich mich nicht gegen die Vorschriften entschieden hätte.«

Er räusperte sich. »Ich weiß genau, was du meinst.« Er sah sie an, wirkte plötzlich seltsam abwesend. »Vor ein paar Jahren hatte ich es in Trondheim mit einem wirklich sehr tragischen Fall zu tun. Eine junge Mutter hat sich die Pulsadern aufgeschnitten und ist in der Badewanne verblutet. Als ihr Mann – ein ziemlich bekannter Anwalt – nach Hause kam, war sie bereits tot. Er hat bei uns angerufen, war vollkommen verzweifelt über die Tat seiner Frau, doch am meisten beunruhigte ihn, dass die zweijährigen Zwillinge des Paares verschwunden zu sein schienen. Er hat überall nach den Jungs gesucht, alle möglichen Leute angerufen, doch letzten Endes stellte sich raus, die Kinder befanden sich im Krankenhaus, jemand hatte sie einfach dort abgestellt.« Er brach ab, sah

Una betreten an. »Meine Kollegen und auch der Psychologe, der mit dem Ehemann gesprochen hat, waren der Meinung, dass die Frau einfach überfordert war und deswegen durchgedreht ist. Aber ich hatte von Anfang an meine Zweifel.« Er brach ab, holte Luft. »Sie hatten die Zwillinge adoptiert, verstehst du? Also konnte eine postnatale Depression schon mal nicht die Ursache dafür sein. Der Psychologe erklärte mir dann, dass eine Adoption extrem nervenzehrend und langwierig sei, er deswegen vermute, dass die Frau vorher schon einen nervlichen Knacks hatte. Dann plötzlich nur noch die Kinder um sich zu haben, die noch nicht mal die leiblichen sind – er vermutete, dass es die Kombination aus all diesen Faktoren war, die die Frau zu dieser Verzweiflungstat trieb.«

Una starrte ihren Kollegen an, schluckte. »Der Fall wurde ad acta gelegt?«

Er nickte bedrückt. »Alle waren sich einig, dass die Arme sich umgebracht hat und fertig. Es war Suizid und keiner außer mir und dem Ehemann stellte es infrage – was hätte ich also machen sollen?«

Una schluckte, bedeutete dem Kellner, dass sie bezahlen wollte. Danach warf sie einen Blick auf ihre Armbanduhr, sah Bjarne aufgeregt an. »Mein Mann und Emil kommen sicher erst in ein paar Stunden zurück, was hältst du also davon, ein bisschen arbeiten zu gehen?«

Im Präsidium angekommen, kam ihnen Bente aus dem Labor entgegen, starrte erst Bjarne und dann Una entgeistert an. »Ich dachte, ihr habt Urlaub?«

Sie hob die Schultern, grinste. »Ich hab etwas im Büro vergessen ... Ein Geschenk für meine Mutter, die morgen kommt. Und Bjarne ... keine Ahnung, was der hier will, wir haben uns unten in der Lobby zufällig getroffen.«

Bjarne räusperte sich betreten, schien um eine Ausrede bemüht. »Ich bin der Neue hier«, sagte er schließlich. »Ich muss mein Image polieren, mich ein wenig beliebt machen.«

Bente runzelte die Stirn, schien sich damit aber zufriedenzugeben. »Dann schönen Urlaub noch«, sagte er an Una gewandt, grinste Bjarne an. »Und dir frohes Schaffen.«

Den Rest des Weges zu ihren Büros legten sie schweigsam zurück, in der Hoffnung, dass so niemand mehr auf sie aufmerksam wurde. Als sie vor Unas Tür standen, musterte sie Bjarne. »Bist du sicher, dass du das machen willst?«

»Denkst du, ich überlasse die Lorbeeren dir allein?« Er grinste. »Ich rufe jetzt in Trondheim an, lasse mir die Akte des Falles kopieren und zumailen. Sobald ich die habe, rufe ich den Ehemann der Frau an und frage ihn nach dem Mädchennamen seiner verstorbenen Gattin, nur für den Fall, dass der nicht in den Akten stehen sollte. Und anschließend gehen wir die Namen auf deinen alten Handyfotos in Hinsicht auf Übereinstimmungen durch.«

Una spürte ein Kribbeln im Bauch, das sich langsam, aber sicher auf ihren ganzen Körper ausdehnte. Sie nickte, verschwand ohne weiteren Kommentar in ihrem Büro.

Eine knappe halbe Stunde später hatte die interne Suchmaschine noch immer keinen Treffer gelandet. Sie seufzte, wechselte ins Internet.

Wenn es keine offiziellen Fälle gab, die passten, musste sie es eben anderweitig versuchen. Sie googelte Suizid, weiblich, las sich durch unzählige Web- und Forenbeiträge, blieb schließlich bei einem älteren Online-Zeitungsartikel hängen, bei dem es um einen rätselhaften Vorfall in einem Hospiz in Tromsø ging. Eine todkranke Frau war mit ihrem Rollstuhl die Treppe hinuntergestürzt und hatte sich dabei das Genick gebrochen. Ihre Angehörigen hatten anschließend im Rahmen eines Zivilprozesses versucht, herauszubekommen, ob der Tod der Frau nicht eventuell der Nachlässigkeit des Pflegepersonals zugeschrieben werden konnte. Am Ende hatten sich alle Beteiligten auf einen Unfall geeinigt, doch Una war klar, dass dies nur die Beschönigung dafür darstellte, dass der Fall auf eine Ausgleichszahlung hinausgelaufen war. Sie las den Bericht erneut, spürte, wie das Kribbeln stärker wurde.

Sie nahm ihr Handy zur Hand, suchte nach den alten Fotos aus den Jahrbüchern, die sie 2018 in der Schule gemacht hatte, ging eines nach dem anderen durch. Plötzlich stockte sie, vergrößerte das Bild, las den Namen erneut. Stine Tennfjord stand unter einem der Fotos, auf denen auch Freja und Zara zu sehen waren. Sie sah auf den Bildschirm ihres Computers, stieß die Luft aus. Der Name der toten Frau, um die es in dem Bericht über den Hospiz-Vorfall ging, war abgekürzt worden, dennoch stand für Una außer Frage, dass es kein Zufall sein konnte, dass es sich dabei um eine Stine T. handelte.

Sie zuckte zusammen, als es an der Tür klopfte und Bjarne zu ihr ins Zimmer kam. »Ich hab alles zusammen«, erklärte er und wedelte mit einem Stapel Papier. Als er Unas Gesichtsausdruck sah, riss er die Augen auf. »Du hast auch was gefunden?«

Sie nickte, streckte die Hand nach den Unterlagen aus, fing sofort an zu lesen. Als sie den Namen der Frau in der

Akte las, zuckte ihr Kopf hoch. »Der Name der Toten lautet also Alkana? Alkana Sinason?«

Er nickte.

»Wie sieht es mit ihrem Mädchennamen aus?«

»War ganz einfach. Ich hab den Ehemann angerufen, seine Notfallnummer hab ich im Impressum seiner Anwaltshomepage gefunden. Scheint wohl ein fleißiger Zeitgenosse zu sein – immerzu auf Mandantenjagd.«

»Hast du ihn erreicht?«

Bjarne grinste noch breiter. »Klar, außer uns zwei Deppen sind heute wohl alle Leute zu Hause.«

Una stieß einen ungeduldigen Seufzer aus.

»Ist schon gut«, sagte Bjarne. »Du bist ja schlimmer als ich. Der Mädchenname der Frau lautet Svenhaugen.«

Una spürte, wie ein Stromschlag durch ihr Innerstes fuhr, und nahm ihr Handy zur Hand. Sie hatte diesen Namen definitiv schon einmal gehört ... oder gelesen. Ihre Finger zitterten, als sie die Bilder heute zum zweiten Mal durchging. »Bingo«, sagte sie und zeigte ihrem Kollegen das Foto. Sie schloss für den Bruchteil einer Sekunde die Augen, sah dann Bjarne an.

»Was machen wir jetzt?«, fragte der atemlos.

Una grinste. »Wir rufen eine alte Freundin an, die uns ganz bestimmt gerne weiterhelfen wird.«

»Es ist Weihnachten, die Schulen haben geschlossen«, gab Bjarne zu bedenken, nachdem Una ihm in aller Kürze ihr weiteres Vorgehen erläutert hatte.

Sie grinste. »Ich hab der Dame letztes Jahr sowohl ihre Festnetznummer als auch ihren Handykontakt aus der Hüfte geleiert. Wenn sie die Feiertage nicht gerade auf einer einsamen Insel verbringt, erreichen wir sie auch.«

Sie scrollte in ihren Kontakten, drückte auf Wählen. Es klingelte gerade zweimal, dann hatte Una die Frau am anderen Ende der Leitung. »Ich hoffe, dass Sie sich noch an mich erinnern«, begann Una. »Mein Name ist Una Strand von der Polizei, wir hatten letztes Jahr im Rahmen der Ermittlungen bezüglich Zara Leonardsen miteinander gesprochen.«

Für einen Moment herrschte Schweigen in der Leitung, bis ein leises Räuspern erklang.

»Ich hatte schon viel früher mit einem Anruf von Ihnen gerechnet«, entgegnete die Frau.

Una hüstelte verlegen. »Ich ehrlich gesagt auch«, gab sie schließlich zu. »Die Ermittlungen um Zara wurden aber bereits kurz nach unserem Gespräch eingestellt, weil man letztendlich doch davon ausging, dass es Suizid gewesen ist.«

Die Frau seufzte. »Eine wirklich schlimme Geschichte. Ich hatte gehofft, dass sich am Ende doch etwas anderes als Ursache der Tragödie herausstellt, aber nachdem Sie nicht angerufen haben ...« Sie machte eine kurze Pause. »Wie kann ich Ihnen weiterhelfen?«

Una atmete erleichtert aus. »Zunächst einmal tut es mir leid, dass ich Sie an den Feiertagen stören muss, doch es hat sich da eine neue Entwicklung ergeben, die es notwendig machen könnte, die Fälle wieder aufzurollen.«

»Die Fälle?«

»Na ja, als wir zuletzt miteinander gesprochen hatten, ging es nicht nur um Zara, sondern auch um zwei weitere Frauen, die früher Schülerinnen an Ihrer Schule waren. Tja ...« Una brach ab, überlegte, ob sie der Frau die Wahrheit sagen sollte, entschied sich schließlich dafür. »Sie müssen mir versprechen, dass Sie mit niemandem darüber sprechen, was ich Ihnen jetzt anvertraue. Am besten wäre sogar, wenn Sie gänzlich unerwähnt ließen, dass ich überhaupt angerufen habe.«

»Sie ermitteln also inoffiziell?«

Una stieß die Luft aus. »Kann man so sagen, ja.«

»Gut zu wissen«, gab die Frau zurück. »Sie können sich darauf verlassen, dass ich niemandem von unserem Telefonat erzähle.«

»Okay, der Grund, aus dem ich anrufe, hat mit Eline zu tun. Sie waren es, die mich auf diesen Fall brachte, und mittlerweile bin ich fast sicher, dass all diese ... Todesfälle mit dem zu tun haben, was diesem Mädchen vor über zwanzig Jahren passiert ist.«

»Das verstehe ich nicht«, gab die Frau zu.

»Um ehrlich zu sein, weiß ich auch noch nicht genau, in welchem Zusammenhang alles zueinander steht. Aber Fakt ist, dass mehrere ehemalige Schülerinnen Ihrer Schule inzwischen tot sind.«

Die Frau am anderen Ende der Leitung sog die Luft scharf ein. »Darf ich fragen, wie die Namen der Frauen lauten?«

»Alkana Svenhaugen und Stine Tennfjord«, sagte Una nach einem Moment des Überlegens.

»Die Beiden sagen mir nichts«, erklärte die Frau bedauernd. »Und Sie denken, dass auch diese Todesfälle mit Eline zu tun haben?«

»Scheint so, ja, allerdings ist die Ermittlung momentan ziemlich festgefahren, da es keine Beweise dafür gibt.« Una seufzte, suchte nach Worten. »Wir haben niemanden, den wir in Bezug auf Elines Tod befragen können und bei dem es Sinn machen würde, genauer nachzuhaken«, gab sie zu. »Ihre Mutter ist gestorben, der Vater lebt im Pflegeheim, außerdem hatte sie keine Geschwister. Und nach dem, was Sie mir letztes Jahr erzählt haben, gab es wohl auch keine Freundinnen, geschweige denn einen Freund, der hinter allem stecken könnte.«

»Aber wie soll ich Ihnen da weiterhelfen?«, wollte die Frau wissen. »Ich kannte Eline auch nicht so gut.«

Una räusperte sich. »Eline war die erste Schülerin der Schule, die zu Tode kam – weil sie sich umbrachte. Jahrzehnte später folgten vier weitere – angeblich ebenfalls durch Suizid. Eine weitere Schülerin sitzt seit Jahren im Gefängnis, weil sie aus heiterem Himmel ihren Ehemann tötete. Das alles mag auf den ersten Blick keinen Sinn ergeben, aber ich bin sicher, dass da doch etwas ist, das mit all dem zu tun hat.« Sie hielt inne, überlegte sich ihre nächsten Worte genau. »Gab es kurz vor oder nach Elines Tod irgendwelche Vorfälle an der Schule oder erinnern Sie sich daran, ob es Schülerinnen oder Schüler gab, die plötzlich anders waren als zuvor, auffälliger oder aggressiver?«

»Puhhh, das ist schon so lange her … und mein Gedächtnis ist nicht mehr das allerbeste, aber lassen Sie mich kurz nachdenken.« Sie brach ab, schwieg einen Moment, um in Ruhe nachdenken zu können. »Eine Sache könnte wichtig sein. Nachdem bekannt wurde, dass Eline sich umgebracht hat, stellten einige Eltern und Lehrer eine Art anonyme Telefon-Seelsorge auf die Beine. Unsere Schule war eine der ersten hier in der Stadt, die etwas Derartiges auf die Bahn brachte. Eine Art Anlaufstelle, bei der sich Schüler, die sich in schwierigen häuslichen oder auch schulischen Situationen befinden, auch heute noch anonym beraten lassen oder um Hilfe bitten können.«

»Klingt nach einer guten Sache.«

»Das ist es auch.« Die Frau räusperte sich. »Allerdings brauchen solche Dinge Zeit, bis sie ins Rollen kommen und die Menschen sich trauen, sie in Anspruch zu nehmen.«

»Was meinen Sie?«

»Na ja, die Seelsorge wurde wegen Eline ins Leben gerufen, damit so etwas nicht wieder passiert. Aber Hintergedanke war auch, dass Schüler, denen Elines Tod naheging, mit jemandem darüber reden konnten.«

»Lassen Sie mich raten – es hat keiner angerufen?«

»Nicht wegen Eline, nein.« Die Frau klang plötzlich traurig. »Erst als im darauf folgenden Jahr dieser schreckliche Unfall passierte, gab es einige Schüler, die derart traumatisiert waren, dass sie sich schließlich Hilfe holten.«

Una riss die Augen auf, zwang sich, ruhig zu bleiben. »Was für ein Unfall?«

Die Frau seufzte. »Die Zeiten haben sich verändert, wissen Sie? Heute stehen die Jugendlichen nur noch auf dem Schulhof herum, rauchen und gucken auf ihre Handys. Aber damals, vor über zwanzig Jahren haben die Kinder in den Pausen und nach der Schule noch miteinander gespielt. So auch Selma, das Mädchen, das verunglückt ist.«

Una fiel auf, dass die Stimme der Frau zitterte.

»Was ist mit Selma passiert?«

Die Frau stöhnte leise. »Was genau passiert oder dem Unglück vorausgegangen ist, konnte nie herausgefunden werden«, erzählte die Frau. »Ob sie mit einigen Mitschülern Verstecken gespielt oder sich aus einem anderen Grund versteckt hat – keine Ahnung. Fakt ist aber, dass sie plötzlich verschwunden war und Schüler, Lehrer sowie später noch ihre Eltern verzweifelt nach ihr gesucht haben. Am Ende musste die Polizei gerufen werden und die haben dann alles auf den Kopf gestellt.« Die Frau atmete schwer, die Erinnerung schien ihr zuzusetzen.

»Wo war Selma?«

»In einer alten Aufbewahrungstruhe im Keller. Sie hat das Zeug, das vorher da drinnen war, herausgenommen und sich reingelegt, den Deckel von innen zugemacht. Sie wusste nicht, dass das Schloss von außen so einrastet, dass man den Deckel später nicht einfach von innen wieder aufmachen kann, und ist letztendlich qualvoll in der Truhe erstickt.«

Una spürte, wie die feinen Härchen im Nacken sich aufrichteten, sah Bjarne alarmiert an. »Um es auf den Punkt zu bringen: Ein Jahr nach Elines Tod starb an Ihrer Schule ein Mädchen, weil es sich in einer Truhe im Keller versteckt hat?«

»Genauso ist es.«

»Und wieso haben Sie mir das im letzten Jahr nicht schon erzählt?«

»Wieso sollte ich?«, fragte die Frau. »Sie haben sich für Zara interessiert, einen Suizid-Fall. Und dieser erinnerte mich eben an die kleine Eline, die sich ebenfalls selbst tötete. Das mit Selma Sjöberg war ein schrecklicher Unfall, der mit all dem nichts zu tun haben kann.«

Una sog die Luft ein. In ihrem Kopf wirbelten die Gedanken wild durcheinander.

Und wenn doch?

Blitzschnell ging sie im Geist die Fakten durch, machte sich einige Notizen. »Ich melde mich später noch mal«, erklärte sie der verdutzten Frau am anderen Ende der Leitung vollkommen überstürzt, beendete das Gespräch abrupt. Sie sah Bjarne an. »Tu mir einen Gefallen und durchforste das Internet nach einer Selma Sjöberg oder eventuellen Familienangehörigen. Ich jage den Namen inzwischen durch die interne Suchmaschine.«

Eine knappe viertel Stunde später hatte Una alles, was es über den Fall des Mädchens zu wissen gab. Eine Untersuchungskommission hatte den Fall damals ganz genau unter die Lupe genommen und festgestellt, dass es sich tatsächlich um einen bedauerlichen Unfall handelte. Niemandem konnte ein Vorwurf gemacht werden, auch dem Hausmeister nicht. Die Untersuchungen hatten ergeben, dass Selma in die Truhe gestiegen sein musste, als der Mann auf Toilette war. Anschließend hatte er das komplette Kellergeschoss wieder abgeschlossen und war nach Hause gefahren, weshalb keiner auch nur auf die Idee gekommen war, da unten zu suchen.

Una schüttelte den Kopf. Eine wirklich schlimme Geschichte, das musste sie zugeben. Doch war es wirklich so passiert?

Sie scrollte weiter, suchte in der Datenbank nach Einträgen, doch da war nichts.

Der Fall war ad acta gelegt worden, nachdem sicher war, dass es sich um einen Unfall handelte.

Una stieß die Luft aus. Sie spürte ... nein ... sie wusste, dass mehr hinter dieser ganzen Sache steckte.

Einer Intuition folgend, suchte sie nur nach dem Nachnamen in der Datenbank, zuckte zurück, als eine weitere Akte aufploppte. Sie drückte auf öffnen, fing an zu lesen.

»Das darf nicht wahr sein«, rief sie plötzlich und winkte Bjarne, der noch immer das Internet auf seinem Handy durchforstete, zu sich.

»Das musst du dir angucken«, erklärte sie und lehnte sich zurück.

Als Bjarne fertig war, sah er zu ihr, hob die Schultern. »Erklärst du mir, was genau das zu bedeuten hat?«

Una nickte. »Selmas Unfalltod in der Schule hatte, wie es aussieht, schlimme Folgen für ihre Familie«, erklärte sie. »Laut Akte hat Selmas Vater zwei Jahre später erst seine Frau und dann sich selbst erschossen.«

Bjarne verzog mitleidig das Gesicht. »Sieht für mich ganz so aus, als habe er den Tod seiner Tochter einfach nicht überwinden können.«

Una stieß die Luft aus. »Laut Arzt könnte Selma noch am Leben sein, wenn man sie früher gefunden hätte, und einer Zeugenaussage zufolge ist der Vater genau deswegen durchgedreht. Er hat nämlich seiner Frau die Schuld am Tod der Tochter gegeben. Angeblich, weil die an jenem Tag wieder mal viel zu spät dran war und das Mädchen eine knappe Stunde später als vereinbart abholte.«

»Das heißt also, dass der Vater seine Frau erschossen hat, weil er sie wegen ihrer Verspätung für den Tod an Selma verantwortlich machte?«

»Ganz genau.«

»Und wer ist dieser Zeuge?«

Una verzog das Gesicht zu einem bedeutungsvollen Lächeln. »Was denkst du wohl?«

Bjarne riss die Augen auf. »Selma war also kein Einzelkind?«

Una grinste breit, schüttelte den Kopf. »Und ich wette, ganz genau diese Person ist das Puzzleteil, nach dem wir beide seit Jahren suchen.«

20

HARDANGERVIDDA 2019

In ihrem Kopf tobte ein Presslufthammerkonzert, als sie endlich wieder zu sich kam. Im ersten Augenblick wusste sie nicht, wo genau sie sich befand, doch dann fiel ihr alles wieder ein.

Da war jemand auf der Veranda gewesen und hatte sie niedergeschlagen.

Arlette!

Sie schoss in eine aufrechte Sitzposition hoch, schrie auf, als der Schmerz in ihrem Kopf explodierte. Matt ließ sie sich zurücksinken, fragte sich, ob sie es jemals schaffen würde, ihre Augen zu öffnen. Selbst durch die geschlossenen Lider spürte sie, wie schmerzhaft sich das Licht anfühlte.

Doch halt…

Stopp!

Licht?

Wieso brannte auf einmal wieder Licht im Haus? Sie zwang sich, gegen den Schmerz anzukämpfen, öffnete die Augen, sah sich um. Sie wusste mit hundertprozentiger Sicherheit, dass sie auf der Veranda niedergeschlagen worden war und dort das Bewusstsein verloren hatte. Wieso lag sie also jetzt auf dem Sofa im Wohnzimmer?

Und warum funktionierte der Strom wieder?

Sie versuchte erneut, sich aufzusetzen, kämpfte gegen das höllische Stechen in ihrem Kopf an, stemmte sich Stück für Stück weiter nach oben. Als sie endlich saß, zuckte sie zurück. Sie blinzelte mehrmals, als müsse sie sich vergewissern, dass es keine Einbildung war, der sie aufsaß.

Sie schluckte, schüttelte verständnislos den Kopf.

Da war Arlette, die ihr gegenüber auf einem Stuhl saß.

Doch nicht nur das.

Arlette war gefesselt, schien bewusstlos zu sein, helles Blut tropfte ihr von der linken Schläfe bis auf die Schulter.

Norja schluckte.

Das ergab keinen Sinn!

Arlette war es doch, die sie niedergeschlagen hatte.

Arlette musste zuvor auch Fynn aus dem Haus geschleift und Taimi in ihrer Gewalt haben.

Doch wieso saß sie dann vor ihr, ohne Bewusstsein, wehrlos und ausgeliefert?

Weil es gar nicht Arlette war, du Dummerchen! Erinnerst du dich nicht an den Knall da oben? Jemand muss sie niedergeschlagen und gefesselt haben.

Norja stöhnte, schaffte es, schwankend aufzustehen.

Sie musste nach oben und nach ihrer Mutter sehen, sofort!

Andererseits war sie vollkommen erschöpft und konnte sich beim besten Willen nicht vorstellen, es in diesem Zustand in den ersten Stock zu schaffen.

Ihr Blick fiel auf den Wohnzimmertisch vor ihr. Als

ihr Gehirn registrierte, was ihre Augen längst erfasst hatten, stieß sie ein Keuchen aus, sackte auf die Knie.

Ihre Finger zitterten, als sie nach einem der ausgeschnittenen Zeitungsberichte griff.

Yrla!

Sie schluckte, als sie die Schlagzeile las. Natürlich erinnerte sie sich an diesen Fall, doch hätte sie niemals damit gerechnet, dass er irgendwas mit ihr zu tun haben könnte.

Sie nahm einen weiteren Ausschnitt vom Tisch, fing an zu lesen.

Er handelte von einer Krankenschwester namens Zara L., die eine Geisel genommen, sich dann selbst erschossen hatte.

Im nächsten Ausschnitt war vom Ertrinken einer Frau namens Freja die Rede. In denen danach ging um die Todesfälle zweier Frauen mit den Namen Alkana und Stine.

Sie fing an zu zittern.

Was sollte das alles?

Wer tat ihr das an?

Wer hatte ihnen allen das angetan?

»Was willst du von mir?«, schrie sie plötzlich und fing an zu weinen. »Es war ein Unfall, hörst du? Wir wollten das nicht!«

Espen!, schoss es ihr durch den Kopf.

Er musste es sein, der hinter all dem steckte. Hatte Drue nicht gesagt, dass es seine Idee war, sich auf der Suche nach Hilfe zu trennen?

Und außerdem – was wusste sie schon von diesem Mann? Im Grunde noch weniger als über Arlette.

Doch woher sollte er wissen, dass sie damals dieses Mädchen ...

Ein scharfer Schmerz schoss durch ihr Innerstes, als

die längst verblassten Bilder wieder auftauchten. Die schreiende Mutter, als ihr bewusst wurde, dass sie ihre Tochter nie wieder in die Arme würde nehmen können. Der schwarze Leichensack, den die Beamten schließlich mit betreten dreinblickenden Mienen aus dem Keller der Schule nach oben trugen. Man hatte sie nicht sehen können, doch seltsamerweise hatte Norja immer gewusst, wie Selma als Tote aussah. Die blasse und beinahe wächsern schimmernde Haut, das glanzlose Haar und Augen, die leblos ins Nichts starrten. Ein Bild, das sie jahrelang verfolgte, bis sie es endlich geschafft hatte, es tief in ihrem Unterbewusstsein zu verbarrikadieren.

Mit zitternden Knien stand sie auf, ging schwankend zur Tür. Um sie herum drehte sich alles, die Umgebung verschwamm vor ihren Augen. Was immer Espen ihr vorhin über den Schädel gezogen hatte, musste ganze Arbeit geleistet haben. Sie vermutete, dass sie unter einer schweren Gehirnerschütterung litt, wenn nicht gar unter einer Blutung im Kopf. Sie schluckte.

Trotzdem musste sie es wenigstens in die Küche schaffen, ehe er wiederkam. Dort befanden sich etliche Messer, mit denen sie versuchen konnte, sich gegen ihn zur Wehr zu setzen und Taimi zu retten.

Schritt für Schritt schleppte sie sich vorwärts, bis sie nach einer gefühlten Ewigkeit endlich in der Küche stand. Sie zog die Schublade auf, registrierte, dass da keine Messer mehr waren.

Ihr Herz donnerte wie wild gegen ihre Rippen.

Denk nach, befahl sie sich. *Was kannst du noch tun?*

Doch in ihrem Kopf herrschte gähnende Leere.

Plötzlich hörte sie, wie die Haustür aufging und Schritte sich näherten. Sie sah sich um, dachte für den Bruchteil einer Sekunde darüber nach, sich zu verstecken, doch dann sah sie ein, dass es zu spät war. Sie erkannte die Umrisse eines Schattens auf dem Boden vor der Küche, dann trat ein Mann zu ihr in den Raum, die Kapuze seines Anoraks tief ins Gesicht gezogen. Ihr Herz setzte einen Schlag aus, als sie die vertrauten Züge darunter erkannte, den lächelnden Mund, den sie so oft geküsst hatte.

»Drue? Wie kommst du ... Was machst du ...?« Sie stockte, versuchte krampfhaft, eine Erklärung für alles zu finden.

Als sie schließlich das amüsierte Zucken seiner Mundwinkel und das verschlagene Funkeln in seinen Augen bemerkte, begriff sie endlich.

»Du?«, brachte sie mühsam hervor. »Das alles hier bist du gewesen?«

Er zog seine Kapuze vom Kopf, entledigte sich in aller Seelenruhe seiner Jacke, warf sie achtlos über einen der Stühle.

Schließlich sah er sie an, nickte. Plötzlich wirkte er wehmütig, wie jemand, der begriff, dass er am Ende eines langwierigen Projektes angekommen war, sich sein Leben ab morgen wieder um andere Dinge drehen würde.

»Ich hab so lange auf diesen Augenblick gewartet«, sagte er leise. »Hab mir vorgestellt, was ich dabei empfinden würde, dir endlich als derjenige gegenüberzustehen, der ich wirklich bin.« Er brach ab, holte Luft. »Und jetzt, wo es endlich so weit ist, bedauere ich beinahe, dass es schon vorbei ist.«

Er schluckte.

»Es war meine Schwester, die ihr getötet habt, verstehst du? Und auch wenn sie unberechenbar und oft ziemlich anstrengend war, ist sie dennoch ein Teil von mir gewesen.« Er schüttelte den Kopf, schien mit den

Tränen zu kämpfen. »Nachdem die Polizei sie damals im Keller der Schule gefunden hat, ist meine Familie in tausend Teile zerbrochen. Mutter konnte mit der Schuld nicht leben, dass Selma ihretwegen sterben musste, nur, weil sie wieder mal viel zu spät von der Arbeit rausgekommen war. Der Arzt hat meiner Mutter gesagt, dass es sich um ein Zeitfenster von nicht einmal zwanzig Minuten handelte, seit sie tot war. Und dass sie hätte noch leben können, wäre sie früher gefunden worden. Mein Vater ... er hat meiner Mutter niemals verziehen, dass sein kleines Mädchen auf diese Weise sterben musste. Er hat sie dafür gehasst, verstehst du? Sie verachtet, weil sie ihren Kummer über ihr Versagen im Alkohol ertränkte. Irgendwann hat er es nicht mehr ausgehalten und sie erschossen. Hat anschließend Selbstmord begangen. Ich musste alles mit ansehen. Jahrelang. All die Vorwürfe und Schuldzuweisungen. Den Hass, den mein Vater meiner Mutter entgegenbrachte. Ihre Verzweiflung. Und dann den Tod von beiden, all das viele Blut.« Er sah sie hasserfüllt an. »Ihr habt mir nicht nur meine Schwester genommen, sondern auch meine Eltern. Und das Schlimmste an allem ist, dass mir euretwegen dreimal der Boden unter den Füßen weggerissen wurde. Zum ersten Mal wegen Selmas Tod, dann als meine Eltern starben und zuletzt, als ich erfahren habe, dass es gar kein Unfall gewesen ist.«

Er durchbohrte sie mit seinem Blick. »Erinnerst du dich an Stine? Stine Tennfjord? Sie war die Einzige von euch, die wenigstens ansatzweise über so etwas wie ein Gewissen verfügte«, spie er ihr entgegen. »Stine litt an ALS, war dem Tode geweiht, als sie mich nach all den Jahren kontaktierte. Sie war zu der Zeit bereits im Hospiz, hatte nur noch ein paar Tage oder Wochen und wollte nicht mehr länger mit ihrer Schuld leben, geschweige denn, sie mit ins Grab nehmen.« Er stieß die Luft aus, senkte den Blick. »Zuerst konnte ich gar nicht fassen, was Stine mir da erzählte, doch dann ergab plötzlich alles einen Sinn. Ihr alle wart so durchtrieben und von Grund auf bösartig. Ein Jahr zuvor habt ihr ein Kind in den Suizid getrieben, dann meine Schwester getötet. Als mir bewusst wurde, dass ihr im Grunde auch meine Eltern auf dem Gewissen habt, konnte ich an nichts anderes mehr denken, als daran, es euch allen heimzuzahlen.«

Norja, die sich nicht mehr auf den Beinen halten konnte, klammerte sich mit letzter Kraft an der Arbeitsplatte fest. »Das mit Eline war Selmas Idee. Sie hasste das Mädchen, schikanierte es fast täglich, zwang uns, dabei mitzumachen. Und als sich schließlich herausstellte, dass Eline Suizid begangen hatte, waren wir anderen vollkommen entsetzt, bereuten, was wir ihr angetan hatten. Anders deine Schwester. Ihr tat gar nichts leid, ganz im Gegenteil, sie hat sogar darüber gelacht.« Norja zitterte am ganzen Leib, als sie es endlich schaffte, Drue fest in die Augen zu sehen. »Deswegen hab ich die anderen Mädchen dazu überredet, Selma einen Denkzettel zu verpassen. Wir schlichen uns in den Keller, überredeten deine Schwester, mit uns Verstecken zu spielen, warteten, bis sie in die Truhe stieg und ließen das Schloss zuschnappen. Geplant war, sie ein paar Minuten, vielleicht eine halbe Stunde darin schmoren zu lassen und sie anschließend wieder rauszuholen. Doch dann war auf einmal der Keller abgeschlossen und der Hausmeister nirgendwo zu finden. Wir haben alles versucht, um irgendwie in den Keller zu gelangen, doch es verging trotzdem über eine Stunde. Alkana war die Dünnste von uns und hat es durch ein offenes Fenster in den Keller geschafft, wollte Selma rauslassen, doch die rührte sich zu dem Zeitpunkt bereits nicht mehr. Wir hatten natürlich eine Heidenangst, deswegen belangt zu werden, beschlossen, alles wie ein Unglück aussehen zu lassen und zu schweigen, konnten nicht ahnen, dass man sie zu dem Zeitpunkt noch hätte retten können.«

Sie hob die Schultern, verzog das Gesicht. »Wir wollten sie nicht töten, das musst du mir glauben, es war ein Unfall wegen eines aus dem Ruder gelaufenen Kinderstreiches.«

»Ihr wart damals alle alt genug, um zu wissen, was ihr tatet. Und dann habt ihr auch noch geschwiegen, alles aus Feigheit nur noch schlimmer gemacht.«

Norja schluchzte auf. »Ich kann dir gar nicht sagen, wie leid mir das alles tut.«

Drue musterte sie kalt. »Das macht keinen Unterschied mehr.« Er sah zu Boden, ließ die Schultern hängen. »Ich hab jede von euch lange beobachtet, meinen Plan, die Familie zu rächen, perfektioniert und darüber hinaus diejenigen vernachlässigt, die mir einst aus der Dunkelheit halfen. Meine Frau war mein Ein und Alles, verstehst du? Wir lernten uns in der Klinik kennen, in der ich wegen meines Traumas behandelt wurde. Sie war ebenfalls Patientin, hatte auch ein schweres Schicksal hinter sich, litt immer wieder unter schweren Depressionen. Wir gaben uns gegenseitig Halt, gründeten eine Familie, heirateten. Wir waren so glücklich, bis Stines Geständnis alles zum Einsturz brachte. Plötzlich konnte ich an nichts anderes als an Rache denken, bekam nicht mit, dass meine Frau erneut erkrankte, mir immer mehr entglitt. Ich musste sie irgendwann in die Klinik bringen, konnte nicht rund um die Uhr auf sie aufpassen und gleichzeitig meinen Rachefeldzug planen. Letztendlich brachte sie sich um, wohl weil sie dachte, ich würde sie nicht mehr lieben, hätte sie wegen ihrer Krankheit oder einer anderen Frau aufs Abstellgleis gestellt.«

»Und ich?«, fragte Norja schwach. »Wieso hast du mich nicht einfach umgebracht? Wieso dieses Theater und dann noch Taimi? Wie konntest du eine Familie mit der Frau gründen, die du bis auf den Tod hasst?«

Er grinste böse. »Weil ich von Stine wusste, dass alles deine Idee war. Wegen dir ist Selma tot und deswegen wollte ich, dass unser Spiel ein ganz Besonderes wird. Alles musste echt wirken, deswegen hab ich mich auf den Foto-Job beworben, mir dein Vertrauen erschlichen, so getan, als läge mir etwas an dir oder einer Freundschaft mit dir.«

»Deinetwegen hasst mich Fynn! Er denkt, dass seine Mutter sich umbrachte, weil sie irgendwie von uns erfahren hat. Dabei waren wir zu dem Zeitpunkt noch gar nicht zusammen.« Sie stockte ... »Warst du das etwa auch? Hast du deine Frau am Ende getötet, weil sie etwas herausgefunden hat, dich stoppen wollte?«

Drue zuckte zusammen, sah aus, als sei er ernsthaft verletzt. »Ich habe meiner Frau kein Haar gekrümmt.« Er grunzte abfällig. »Und ich habe auch sonst niemanden getötet, keine Menschenseele! Zumindest bis zum heutigen Tage nicht.« Er atmete schwer. »Vielleicht wusste sie von dir, hat alles nur vollkommen falsch interpretiert, weil sie die wahren Hintergründe nicht kannte. Rückblickend betrachtet, ist es wirklich schwer für mich, zu akzeptieren, wie alles gelaufen ist, denn sie war eine tolle Frau und eine noch bessere Mutter. Sie hätte einen besseren Mann verdient, einen, der auf sie aufpasst, sie vor sich selbst beschützt.«

»Und jetzt?«, fragte Norja matt. »Was hast du vor? Mich töten?«

Er grinste, griff hinter sich, zog eine Pistole aus dem Hosenbund.

»Wie ich bereits sagte, bist von uns beiden du das Monster.« Er sah sie an, legte den Kopf schräg. »Stines Tod war ein frei gewählter Suizid. Sie hatte schon lange nicht mehr die Kraft zu kämpfen, konnte ihr Leid nicht mehr länger ertragen, hat nur meinetwegen so lange durchgehalten, weil sie sich alles von der Seele reden wollte. Sie hat sich noch am Tag unseres Gesprächs die Treppe hinuntergestürzt. Bei den anderen musste ich nachhelfen. Ich hab ihnen aber immer die Wahl gelassen – ein Leben für ein anderes. Bei Yrla, Freja und Alkana entführte ich die Kinder, bei Zara war es etwas schwieriger, hat am Ende aber auch geklappt. Sie alle durften sich frei entscheiden. Entweder das eigene Leben für das ihrer Lieben zu geben oder ein anderes zu opfern. Yrla war die Einzige, die sich für ein fremdes Leben entschieden und ihren Mann erstochen hat, weil er ein Betrüger war.« Er lachte, wedelte mit der Pistole in der Luft. »Sie ist seit Jahren genau da, wo sie hingehört, denn ich hab ihr gedroht, ihren Sohn zu töten, sollte sie jemals von mir sprechen.«

Norja sah Drue fassungslos an. »Du willst also, dass ich mich töte, um Taimi zu retten?«

Er sah sie ernst an. »Sie ist meine Tochter, mein Fleisch und Blut, ihr würde ich niemals etwas zuleide tun.« Er seufzte. »Sie hat all das am wenigsten verdient, genau wie Fynn, den deine verblödete Freundin zu Unrecht verdächtigte und niederschlug. Meine beiden Kinder sind alles, was ich noch habe, und ich werde für sie da sein und nicht noch mal denselben Fehler machen wie bei meiner Frau.« Er stockte, sah auf die Waffe in seiner Hand, dann wieder zu ihr. »Taimi geht es gut und es wird ihr auch nichts geschehen. Sie war so froh, ihren Papa zu sehen, hält alles hier für ein Spiel. Ich hab ihr erklärt, dass alles gut wird, wenn sie keinen Mucks von sich gibt und in ihrem Versteck bleibt. Nur ihr zuliebe werde ich auch dir eine Wahl lassen, obwohl du diese gar nicht verdienst.« Er stockte, schien sich zu sammeln. »Wenn du dir jetzt in den Kopf schießt und deine Schuld damit ein für alle Mal tilgst, bleiben Arlette, Bele und deine Mutter am Leben. Solltest du wie Yrla zu feige sein, Verantwortung zu übernehmen, töte ich die drei und anschließend dich, lasse alles so aussehen, als seist du es gewesen. Alle werden denken, dass du wegen deiner Schuldgefühle durchgedreht bist, genau wie Yrla. Du hast also die Wahl: Abtreten und alles ist gut oder drei weitere Menschen mit dir in den Tod reißen.«

Norja spürte eisige Kälte in sich aufsteigen.

»Ich denke, du bist kein Mörder und dennoch drohst du mir?«

Er hob die Schultern, seufzte. »Ich will das nicht tun, aber solltest du dich weigern, mache ich es – für meine Familie.«

Norja schluckte gegen die Panik an.

Rede mit ihm!

Gewinne Zeit!

Und dann überlege dir was!

Ihre Gedanken rasten. »Wo ist Espen? Was hast du mit ihm gemacht?«

»Er ist tot.« Drue seufzte. »Warum musste er auch darauf bestehen, dass wir uns aufteilen? Ich wollte es ihm ausreden, ihn dazu bringen, dass es zu gefährlich ist, allein weiterzugehen, doch er ließ nicht mit sich reden, wurde richtig hysterisch. Ich konnte nicht riskieren, dass er es in den nächsten Ort schafft, musste ihn aufhalten. Es kam zum Handgemenge zwischen uns und dabei ist er ausgerutscht und einen Abhang hinabgestürzt, hat sich den Kopf aufgeschlagen. Er war sofort tot, hat glücklicherweise nicht viel gespürt.«

Norjas Brust schnürte sich zusammen, als sie sich Espen ganz allein da draußen vorstellte, seinen leblosen Körper begraben unter einer Decke aus Schnee und Eis.

Sie schauderte.

»Und was ist mit Taimi und den anderen? Wo hast du sie überhaupt hingebracht? Und das mit den Tabletten meiner Mutter warst auch du oder?«

Er grinste bösartig. »All das, was du in den letzten Tagen hier oben durchmachen musstest, ist nichts gegen das, was ich deinetwegen ertragen musste.«

»Wo ist Taimi?«, fragte Norja erneut, bemerkte, dass ihre Stimme hart wie Stahl klang, sie aus unerfindlichen Gründen doch noch über einige Kraftreserven zu verfügen schien.

Das nennt sich Überlebenstrieb, ging es ihr durch den Kopf. *Nutze ihn!*

Drue sah sie mitleidig an. »Ich hatte dich eigentlich für klüger gehalten«, sagte er schließlich. »Dieses Haus ... hast du dich nie gefragt, woher plötzlich dieser Flyer im Briefkasten kam, kaum dass du mir erzählt hast, dass du von Weihnachten in den Bergen träumst?«

Norja starrte ihn perplex an. »Das Haus gehört dir?«

Er nickte. »Und ich hab seit Langem gewusst, dass du eines Tages mit hierher kommen würdest, hier alles sein Ende findet. Ich musste nur auf den richtigen Moment warten. Deswegen habe ich bereits vor zwei Jahren einen geheimen Keller unter die Schuppen gebaut. Taimi meint, dass er sehr gemütlich und kuschelig ist.«

»Dann war meine Tochter die ganze Zeit hier auf dem

Grundstück? Eingesperrt und allein in einem kalten Keller?«

Er nickte. »Allein und kalt trifft es allerdings nicht ganz, denn ich bin auch die meiste Zeit dort gewesen. Irgendwann kam Bele dazu, nachdem ich sie überwältigt hatte. Und es muss auch keiner frieren, denn ich hab Decken und alles mögliche da unten gebunkert.«

»Du hast außerdem das Auto und den Generator kaputt gemacht und dafür gesorgt, dass das Handynetz nicht mehr funktioniert?«

Wieder ein Grinsen. »Und ich hab immer fleißig meine Spuren beseitigt, auch wenn das ziemlich stressig war, gerade nach dem ich Taimi geholt habe und du viel früher wach wurdest, als erhofft.« Er verzog das Gesicht, dann wurde er schlagartig ernst, reichte ihr die Pistole. »Genug gequatscht, jetzt bist du am Zug! Entsichert habe ich schon!«

Das Gewicht der Waffe brannte sich in ihre Hand, ließ sie leicht nach unten sinken.

»Ich weiß nicht, ob ich das kann«, stieß sie aus.

»Du musst«, kam es von ihm. »Denn sterben wirst du heute so oder so. Die Frage ist nur, ob du bereit bist, drei Unschuldige mitzunehmen, nur weil du der Feigling bist, für den ich dich halte.«

Norja spürte, wie ihr die Tränen in die Augen stiegen, dann straffte sie die Schultern.

Drue hatte recht.

Alles, was passiert ist, war ihre Schuld.

Sie hatte Selma auf dem Gewissen und somit auch seine Familie.

Ihr Herz hämmerte so hart, dass sie Angst hatte, es würde durch ihre Rippen nach außen brechen.

Sie sah ihn an, erkannte den Hass in seinen Augen, die Hoffnung, dass endlich alles vorbei wäre.

»Ich verspreche dir, dass ich mich um Taimi kümmere, es ihr niemals an etwas fehlen wird«, stieß er aus, klang beinahe atemlos in Erwartung dessen, was als Nächstes geschehen würde.

Norja nickte, dann holte sie Luft.

Stimmte es, was Drue sagte?

War sie wirklich ein Monster?

»Du kannst das!« Seine ermunternde Stimme zwang sich in ihr Bewusstsein, wirbelte ihre Gedanken durcheinander. Er klang auf einmal so zärtlich, fast als sei zwischen ihnen wieder alles wie zuvor. »Setz am besten unter dem Kinn an, dann tut es nicht einmal weh.«

Sie sah den Vater ihres Kindes an, schluckte.

Dann richtete sie die Waffe auf seine Brust und drückte, ohne zu zögern, ab.

21

OSLO 2019

Una sah auf den Tacho und fluchte. Wieso hatte sie sich nur für einen solchen Schrotthaufen als Mietwagen entschieden, der noch nicht mal 160 km/h schaffte?

Sie malträtierte das Gaspedal weiter, doch es war vergebens. Schließlich gab sie frustriert auf, warf einen Blick auf das Display ihres Smartphones, das neben ihr auf dem Beifahrersitz lag.

Noch immer keine Entwarnung.

Sie seufzte.

Schickte ein Stoßgebet zum Himmel.

Sie war absolut sicher gewesen, dass jetzt endlich alles gut werden würde.

Alles hatte glasklar auf der Hand gelegen.

Selma hatte einen Bruder.

Er hatte all diese Frauen in den Tod getrieben und Yrla dazu gebracht, ihren Ehemann zu ermorden.

Es musste einfach so sein, weil nur das endlich einen Sinn ergab.

Bjarne und sie hatten das Rechercheteam um Hilfe gebeten, herauszufinden, wo Drue Sjöberg heute lebte.

Einer ihrer Kollegen hatte ihn schließlich gefunden.

Drue Holt, ehemals Sjöberg, der den Namen seiner verstorbenen Frau angenommen hatte. Drues Frau hatte ebenfalls Suizid begangen und letzten Endes war es genau dieser Fakt gewesen, der Una klargemacht hatte, dass dies die langersehnte Lösung ihres Falles war. Danach hatten sie weiter recherchiert, herausgefunden, dass Holt inzwischen in Oslo lebte, als Lebensgefährte einer berühmten Autorin, deren Name Una auf Anhieb bekannt vorkam. Nicht wegen ihrer Bücher, sondern weil sie ihn erst wenige Minuten zuvor unter einem der Handyfotos gelesen hatte. Als Bjarne und sie begriffen, was dieses Monster vorzuhaben schien, hatten sie die Kollegen in Oslo involviert und zum Haus von Norja geschickt – leider vergeblich. Eine Nachbarin hatte den Kollegen in der Hauptstadt schließlich gesagt, dass die Familie mit einigen Freunden in die Berge gefahren sei, genauer gesagt in die Gegend um Hardangervidda.

Una und ihre Kollegen hatten eine landesweite Eilmeldung an alle Funk- und Notdienste herausgegeben und als kurz darauf tatsächlich ein Notruf aus genau dieser Ecke des Landes gemeldet wurde, hatten sich die Einsatzkräfte sofort per Hubschrauber auf den Weg gemacht.

Ein gefährliches Unterfangen angesichts der Wetterlage, doch Una hatte allen Beteiligten unmissverständlich begreiflich gemacht, dass Menschenleben davon abhingen, wie schnell sie jetzt waren.

Sie selbst hatte sich einen Platz im nächsten Flieger nach Oslo gebucht und den ganzen Flug über auf die erlösende Nachricht gewartet, dass die Osloer Kollegen noch rechtzeitig gekommen waren.

Sie seufzte.

Der Anruf hatte sie erreicht, als sie gerade auf dem Weg zur Autovermietung war.

Sie hatten das Haus gefunden, von dem der Notruf gekommen war.

Leider etwas zu spät, wie Una inzwischen wusste.

Drue Holt war tot. Erschossen hatte ihn sein eigener Sohn während eines Handgemenges. Und dann war da noch Norja, die ebenfalls eine Schussverletzung aufwies und momentan notoperiert wurde, nachdem sie mit dem Hubschrauber nach Oslo gebracht worden war. Die Ärzte des Universitätsklinikums kämpften seit Stunden um das Leben der Autorin, doch noch immer war nicht abzusehen, ob sie es auch schaffen würden.

Als sie die Lichter des Klinikums in der Ferne aufleuchten sah, seufzte sie erleichtert.

Sie musste so schnell wie möglich mit Fynn Holt, Drues Sohn aus erster Ehe, sprechen, sich von dem Jungen ganz genau erklären lassen, was sich innerhalb der letzten Minuten im Leben seines Vaters zugetragen hatte.

Danach würde sie sich mit den Kollegen vor Ort austauschen und sich anschließend ein Zimmer suchen, bis sie endlich mit Norja selbst sprechen konnte – sofern diese die OP überlebte.

Die letzten Kilometer bis zur Klinik konzentrierte sie sich auf die vor ihr liegenden Gespräche. Gerade bei dem Jungen musste sie wirklich einfühlsam und vorsichtig vorgehen, damit er sich ihr gegenüber nicht sofort verschloss.

Sie fuhr gerade auf den Parkplatz, als das Telefon neben ihr zu surren anfing. Sie nahm es in die Hand, sah aufs Display, atmete erleichtert auf.

Eine Nachricht von den Kollegen vor Ort ...

OP überstanden – stand darin und Una fand, dass das die beste Nachricht seit Langem war.

Der Junge und die Kollegen aus Oslo erwarteten sie bereits in der Lobby des Krankenhauses. Sie stellte sich ihnen vor, fragte den Jungen, ob er etwas zu trinken wollte. Er verneinte leise und plötzlich hatte Una das Bedürfnis, ihn ganz fest in die Arme zu schließen. »Magst du mir erzählen, was genau passiert ist?«
Fynn nickte, wischte sich die Tränen aus dem Gesicht, fing schließlich ganz von vorne zu erzählen an. Von seiner Mutter, die sich umgebracht hatte, und seinem Vater, der bereits kurze Zeit später eine neue Frau in seinem Leben hatte.
Norja.
Una sah dem Jungen an, dass er diese Frau lange Zeit verabscheut hatte, seine Meinung inzwischen aber geändert zu haben schien.
Er erzählte ihnen von dem Urlaub in den Bergen, bei dem alles schiefging, was schiefgehen konnte, und dass zum Schluss jeder jedem misstraute.
Arlette, Norjas Freundin, hatte ihn wegen ihrer Paranoia niedergeschlagen und als er wieder zu sich gekommen war, hatte er sich neben deren gefesselten und bewusstlosen Tochter Bele und seiner kleinen Schwester Taimi in einer Art Kartoffelkeller wiedergefunden. Taimi hatte ihm schließlich erzählt, dass es ihrer beider Papa war, der sie und Bele dort runter gebracht hatte, und bereits da habe er sich schon denken können, wer in Wahrheit hinter allem steckte.
Nur unter allergrößter Kraftaufwendung hatte er es hinbekommen, die Falltür aufzustemmen, die glücklicher-

weise nur mit einer Hälfte des Hackstocks beschwert worden war.

Leise hatte er sich zum Haus zurückgeschlichen, aus dem Verborgenen mitangehört, was sich zwischen Norja und seinem Vater abspielte. Er war bereits auf dem Sprung gewesen, einzugreifen, als Norja die Waffe bekommen und diese anstatt auf sich selbst, auf seinen Vater gerichtet hatte. Doch dann war dieses merkwürdig hohle Klicken ertönt. Das Magazin der Waffe war leer gewesen, weil sein Vater sich natürlich hatte denken können, dass Norja diese Chance niemals ungenutzt lassen würde. Er hatte sie niedergeschlagen, sich die Waffe zurückgeholt, ein volles Magazin eingelegt.

Fynn war genau in dem Moment in die Küche gekommen, als Drue die Waffe auf Norjas Kopf gerichtet hielt, und war, ohne zu überlegen, dazwischen gegangen, wodurch sich ein Schuss löste und Norja anstatt am Kopf an der Brust erwischte.

Eine Heldentat, die ihr, wie es aussah, das Leben gerettet hatte.

Drue selbst hatte nicht so viel Glück gehabt. Durch Fynns Angriff war ihm die Waffe aus der Hand gefallen und beim Versuch, sie wiederzubekommen, um Norja doch noch in den Kopf zu schießen, war ihm sein Sohn erneut zuvorgekommen. Beide hatten am Boden erbittert um die Waffe gekämpft und als der Junge sie endlich zu fassen bekam, hatte er einfach keine Zeit gefunden, lange zu überlegen.

»Du wolltest es nicht«, sagte Una aufrichtig und drückte seine Hand. »Du wusstest, dass er gefährlich ist, und wolltest ihn nur aufhalten.«

Fynn nickte, sah sie an. »Trotzdem war er mein Vater. Er liebte mich und ich weiß, dass er auch Taimi liebte. Er war ein guter Vater ... und er wäre auch ein guter Mensch gewesen, wenn das mit seiner Familie nicht passiert wäre.«

Una strich dem Jungen sanft übers Haar und nickte. Sie brachte es nicht über sich, ihm zu sagen, was sie wirklich dachte. Nämlich, dass Drue Holt auch nach der Wahrheit um die Tragödie seiner Familie eine Wahl gehabt hätte, anders zu handeln. Niemand hätte mehr sterben müssen, wenn er zur Polizei gekommen wäre und ihnen gesagt hätte, was er von Stine wusste.

Stattdessen hatte er sich als Rächer aufgeführt und Gott gespielt.

Und auch wenn Drue selbst nicht aktiv an der Tötung von Alkana, Freja, Zara und Yrlas Mann mitgewirkt hatte, wäre er im Falle seines Überlebens dennoch für den Tod an diesen Menschen zur Verantwortung gezogen worden.

Sie räusperte sich. »Weißt du überhaupt schon, dass Norja die OP überstanden hat?«

Der Junge nickte, sah tatsächlich so aus, als freue ihn dieser Umstand.

»Und wie geht es den anderen?«, wollte Una wissen.

Der Junge seufzte. »Norjas Mutter hatte einen weiteren Schlaganfall und wird noch eine ganze Weile hierbleiben müssen. Und was Arlette angeht – die wird schon wieder. Genau wie Bele, die ist sowieso hart im Nehmen.«

Una bemerkte am Klang seiner Stimme, dass er es der Freundin seiner Stiefmutter in spe noch immer übel nahm, dass sie ihn niedergestreckt hatte.

Sie grinste innerlich. »Und deine Schwester?«

Er senkte den Blick, schüttelte den Kopf. »Sie weiß es noch nicht ... ich konnte es ihr einfach nicht sagen.«

Una nickte verständnisvoll.

»Vielleicht musst du das auch gar nicht. Sobald es Norja besser geht, ist es ihre Aufgabe als Mutter, mit Taimi darüber zu reden.«

Fynn schluckte. »Wurde Espen schon gefunden?«

Una verneinte. »Notfalls müssen wir eben aufs Tauwetter warten. Und was Norja angeht und die Auflösung meiner Fälle werde ich hier vor Ort bleiben, bis sie ansprechbar ist.«

Sie stand auf, sah den Jungen an, legte den Kopf schräg. »Falls ich auch an dich noch weitere Fragen habe, melde ich mich, okay?«

Er nickte.

»Bist du absolut sicher, dass du klarkommst?«

Fynn seufzte. »Das wird sich erst noch herausstellen.« Er schluckte. »Für den Anfang habe ich mit einem meiner Kumpels telefoniert, seine Mutter ist einverstanden, dass Taimi und ich bei ihnen bleiben dürfen, bis Norja hier raus ist. Danach müssen wir erst mal sehen, ob sie sich für den Tod an meiner Tante verantworten und vielleicht selbst ins Gefängnis muss.«

Una zog überrascht die Augenbrauen empor. »Du würdest also in Erwägung ziehen, eventuell bei ihr zu bleiben?«

Er nickte. »Allein schon wegen Taimi. Jetzt wo unser Vater tot ist, braucht sie den Rest ihrer Familie umso mehr.«

EPILOG
JANUAR 2020

Norjas Herz schlug ihr bis zum Hals, als sie die Klinke zum Zimmer ihrer Mutter hinunterdrückte. Heute war der Tag ihrer Entlassung und bevor sie nach Hause fuhr, musste sie unbedingt mit ihrer Mutter über alles sprechen. Während ihrer kurzen Besuche innerhalb der letzten Tage hatte sie das Thema weitestgehend vermieden, weil ihre Mutter noch zu schwach war und die Ärzte ihr ans Herz gelegt hatten, mit aufregenden Themen noch zu warten, doch jetzt hielt sie es einfach nicht mehr aus.

Sie trat ein, nahm sich einen der Besucherstühle, stellte ihn neben das Bett ihrer Mutter, setzte sich.

»Es tut mir leid«, sagte sie schließlich, sah ihr fest in die Augen. »Alles. Auch das, was du mir in den Bergen vorgeworfen hast.« Sie brach ab, forschte im Gesicht ihrer Mutter nach einer Regung oder vielmehr einem Zeichen dafür, dass sie über sie urteilte, doch da war nichts.

Alles, was sie darin entdeckte, war grenzenlose Erleichterung, dass es ihr, Norja, gut ging. Und Freude darüber, dass sie sie nun endlich doch in ihr Innerstes lassen wollte.

Sie lächelte traurig, strich ihrer Mutter übers Haar, sah sie fest an. »Ich muss dir jetzt etwas erzählen. Etwas sehr Schlimmes, das ich getan habe und das ich dir schon vor sehr langer Zeit hätte erzählen müssen.«

Als Norja ein paar Stunden später die Tür zu ihrem Haus aufschloss, hatte sie auf einmal das Gefühl, zu ersticken. Sie war von hier weggefahren, im festen Glauben, zusammen mit ihrer Familie und Freunden ein paar schöne Tage in den Bergen zu verbringen. Jetzt stand sie hier, Wochen später, und hatte weder einen Lebensgefährten noch Freunde.

Espen war tot und das war allein ihre Schuld, auch wenn Fynn, ihre Mutter und sogar Una Strand von der Polizei das Gegenteil behaupteten.

Drue hatte all diese Abscheulichkeiten begangen, nicht sie. Und dennoch bekam sie den Gedanken nicht aus ihrem Kopf, dass sie es war, die dieses Monster erschaffen hatte.

Selma ...

Was gäbe sie dafür, ihren Tod und somit den größten Fehler ihres Lebens ungeschehen zu machen.

Nachdem Una Strand den Fall um Yrla, Freja und Zara dank ihrer Hilfe abschließen konnte, hatte die Polizistin sich sogleich daran gemacht, Yrla zu helfen. Zum gegenwärtigen Zeitpunkt konnte zwar noch keiner sagen, ob die Aufklärung des Falles ihre vorzeitige Entlassung bedeutete, doch es war auf jeden Fall gut, dass Yrla von Drues Tod wusste und sich endlich sicher fühlen konnte. Norja und sie würden, wenn es so weit war, eben gemeinsam vor Gericht aussagen und hoffen, dass Una recht behielt und ihnen allenfalls eine Bewährungsstrafe bevorstand, weil sie damals noch Kinder waren und keine Tötungsabsicht hatten.

Una hatte angemerkt, dass der Prozess angesichts ihrer Bekanntheit hohe Wellen schlagen würde, doch das war Norja egal.

Sollte ihre Karriere doch zum Teufel gehen ...

Genau wie ihre Freundschaft mit Arlette, die ein für alle Mal Geschichte war. Erst gestern hatten sie wegen Espens Pro-forma-Trauerfeier und Drues Beerdigung telefoniert und dabei festgestellt, dass es nicht einmal mehr möglich war, normal miteinander zu reden. Viel zu viel war vorgefallen, unzählige Lügen und Fragezeichen standen unausgesprochen zwischen ihnen, doch sie hatten beide kein Interesse daran, für Klarheit zu sorgen.

Norja schüttelte den Kopf.

Auch dieses Thema interessierte sie nicht mehr, weil es schlicht und ergreifend nicht wichtig war.

Alles, was jetzt noch zählte, war, Taimi eine gute Mutter zu sein.

Sie würde die Kleine und deren Halbbruder jetzt gleich von Bekannten des Jungen abholen und schwor sich, fortan alles daranzusetzen, Fynn das Gefühl zu vermitteln, dass er hier bei ihr und in ihrem Herzen für immer ein Zuhause hatte. Ihr selbst blieb nur, zu hoffen, dass er das auch wollte und dass das Gericht ihr das Sorgerecht zusprach –, zumindest war sie es Selma und auch Drue schuldig, darum zu kämpfen, die Entscheidung mussten andere treffen.

Februar 2020

Norja drückte Fynns Hand ganz fest, als die Urnenträger den Behälter mit der Asche seines Vaters in die Erde hinabließen. Der Junge erwiderte ihren Druck, warf ihr einen kurzen Blick zu. Er hatte seit dem Tod seines Vaters schon so viele Tränen vergossen, dass Norja erleichtert war, ihm wenigstens morgen, nach etwas Abstand von der Beerdigung, sagen zu dürfen, dass das gerichtliche Schnellverfahren in Hinsicht auf seine Unterbringung zu seinen Gunsten ausgefallen war.

Er durfte von nun an bei ihr leben, war ganz offiziell Teil ihrer Familie.

Sie dankte ihrer Mutter in Gedanken, dass sie ihr für heute Taimi abgenommen hatte, damit die Kleine nicht mit zum Friedhof hatte gehen müssen.

»In dem Alter muss sie nun wirklich noch nicht dabei sein, wenn die Asche ihres Vaters in der Erde verscharrt wird«, hatte ihre Mutter energisch gesagt und sich nur zu gern bereit erklärt, auf ihre Enkelin aufzupassen. Überhaupt hatte sich die Frau seit ihrer Aussprache vor einigen Wochen im Krankenhaus sehr verändert. Mittlerweile verbrachte Norja gern Zeit mit ihrer Mutter und auch Fynn und Taimi waren froh, sie so oft wie möglich um sich zu haben.

Als es so weit war, dass die Angehörigen Blumen ins Grab geben konnten, ließ es sich auch Norja nicht nehmen, eine Rose zu Drues Urne zu geben.

So sehr sie seine Taten auch verabscheute, so hatte sie diesen Mann und Vater ihrer Tochter doch über viele Jahre hinweg geliebt.

Sie trat beiseite, sah Fynn zu, wie er sich ein letztes Mal von seinem Vater verabschiedete, nahm ihn fest in die Arme, als er wieder zu ihr kam. »Es tut mir so leid«, flüsterte sie an seinem Ohr, musste sich beherrschen, nicht in Tränen auszubrechen.

Ihr stand es heute am allerwenigsten zu, sich durch solcherlei Gefühlsbekundungen Erleichterung zu verschaffen.

Sie schluckte, schob Fynn auf Armesbreite von sich weg, wollte noch etwas nachschieben, doch der Junge schüttelte energisch den Kopf. »Ich weiß, was du sagen willst, doch das stimmt nicht. Du bist kein Monster, auch wenn mein Vater in jener Nacht das Gegenteil behauptet hat. Und du bist auch nicht für den Tod meiner Mutter verantwortlich, das weiß ich inzwischen. Außerdem ist es nicht deine Schuld, dass wir heute hier stehen und meinen Vater begraben müssen, sondern einzig und allein die seine. Er war es, der nicht sehen konnte, was ich sehe – nämlich dass da ein paar Kinder waren, die vor langer Zeit einen schrecklichen Fehler gemacht haben, den sie für ihr restliches Leben bereuen werden.«

Ende

DANKSAGUNGEN

Liebe Leserin, lieber Leser, diesmal das Wichtigste zuerst :-)

Es handelt sich bei »Wie ein Flüstern in der Nacht« um meinen 25. Thriller. Deswegen möchte ich diesmal auch unter jenen meiner Leser, die nicht bei Facebook oder Instagram sind, ein Gewinnspiel veranstalten. Verlost werden ein Kindle Reader, zwei Thriller-Tassen, ein Thriller-Sofakissen und mehrere Taschenbücher unter all meinen Newsletter-Abonnenten. Wer mitmachen möchte und bereits meinen Newsletter abonniert hat, muss nichts weiter tun, da er automatisch im Lostopf ist. Alle anderen schreiben mir bitte eine Mail an: autorin@daniela-arnold.com und landen somit in meinem Newsletter-Verteiler und im Lostopf.

Jetzt zu den üblichen Danksagungen:

Ich danke meiner Coveragentur Zero, insbesondere Kristin Pang, für über 25 tolle Cover!

Ich danke meiner Lektorin Claudia Heinen für ihre tolle Arbeit und das offene Ohr, das sie stets für mich hat.

Ich danke all jenen Lesern und Kollegen, die mich bei der Titel und Coverauswahl unterstützt haben.

Ich danke euch Bloggern da draußen, für all das, was ihr für uns Autoren macht. Eure Arbeit und Mühe ist so wertvoll – danke sehr!

Ich danke meinen Kollegen für das offene Ohr in Hinsicht auf Klappentext-Bastelarbeiten (das ist wirklich keine meiner Stärken).

Besonders danke ich Susanne, Sylvia, Nicole und Emilia für eure Unterstützung rund ums neue Buch :-)

Ich danke meiner Familie, die immer für mich da ist.

Meinem Schatz – auch wenn er sich bislang standhaft weigert, meine Bücher zu lesen!

Meinem Sohn, der, obwohl er meine Bücher ebenfalls nicht liest, dennoch Verständnis hat, wenn ich mich tagelang im Büro verbarrikadiere.

Meinen Freunden, die mich aufbauen, wenn ich am Boden bin.

Eventuelle Fehler bei der Ermittlung meiner Protagonisten gehen übrigens einzig und allein auf meine Kappe oder sind meiner Fantasie geschuldet. Im Übrigen habe ich mir auch in diesem Roman wieder einige künstlerische Freiheiten genommen – welche selbstverständlich nicht verraten werden :-)

Über Mails mit Anregungen und Kritik freue ich mich unter: autorin@daniela-arnold.com.

Wenn Sie sich für Gewinnspiele und Neuigkeiten rund um

meine Bücher begeistern können, würde ich mich freuen,

wenn Sie sich in meinen Newsletter eintragen lassen. Dafür ein-

fach eine kurze Nachricht an mich und fertig. :-)
Bitte bleiben oder werden Sie gesund!
Ihre Daniela Arnold

LESEPROBE

DANIELA ARNOLD: DÜSTERWALD

Entgegen der Warnung ihrer Eltern gehen zwei junge Mädchen zum Spielen in den Wald, doch nur eines von ihnen kehrt nach Hause zurück. Was ist im Dunkel des Waldes passiert? Auch Jahre später beschäftigt diese Frage die Angehörigen des toten Mädchens und wirft die Frage auf, warum man damals zwar die Leiche des Kindes, jedoch nicht den kleinsten Hinweis auf seinen Mörder gefunden hat?

Doch was hat diese grauenvolle Begebenheit mit den rätselhaften Todesfällen im beschaulichen Küstenstädtchen Turku zu tun?

Kommissarin Henni Ahola und ihr Team ermitteln fieberhaft, um herauszufinden, weshalb vier junge Männer auf abscheuliche Weise ihr Leben lassen mussten.

Als schließlich eine junge und bildschöne Frau spurlos verschwindet, und ihre beste Freundin behauptet, sich seither beobachtet und verfolgt zu fühlen, begreift auch Henni, dass die Wahrheit manchmal schwärzer ist als der Tod selbst.

Und dann verschwindet wieder ein kleines Mädchen. Ein mörderischer Wettlauf gegen die Zeit nimmt seinen Lauf ...

PROLOG

Ein Schrei weckte sie. Benommen riss sie die Augen auf, erschrak. Es war stockdunkel und ... ziemlich kalt. Sie richtete ihren Oberkörper auf, um nach dem Lichtschalter ihrer hübschen Nachttischlampe zu tasten, doch ihre Hand ging ins Leere. Da war kein Nachtschränkchen, kein Stromkabel und ... oh Gott!

Erst jetzt begriff sie, dass da auch kein Bett war, in dem sie lag. Ihr Rücken schmerzte, fast so, als bekäme sie eine fiese Erkältung. Sie öffnete den Mund, wollte nach ihrer Mama rufen, doch kein Laut kam über ihre Lippen. Sie befühlte mit der Hand ihre Wangen und ihre Stirn, bemerkte, dass sie sich heiß anfühlten. Was war hier los? Fantasierte sie? Lag sie in Wahrheit in ihrem Zimmer, eingekuschelt in ihre warme Decke und bildete sich nur ein, dass sie sich woanders befand?

Doch wo?

Sie streckte ihre Hand aus, fühlte den Boden, auf dem sie lag, spürte, dass er sich feucht und kalt und ... hart anfühlte. Irgendwie rau und kratzig, wie Holz ...

Sie schüttelte den Kopf, presste ihre Lider fest aufeinander, versuchte, ruhig zu atmen.

Du träumst, beruhigte sie sich selbst im Stillen, doch etwas in ihr wehrte sich gegen diese Feststellung.

Erneut riss sie die Augen auf, nur um festzustellen, dass es noch immer stockdunkel war. Das alles ergab überhaupt keinen Sinn.

Wenn sie sich in ihrem Zimmer befände, müsste doch zumindest ein bisschen Licht von der Laterne vorm Haus zu ihr hereindringen.

Doch hier ... hier war es absolut finster.

Schwarz beinahe.

Sie rappelte sich in eine hockende Position, streckte beide Hände aus, versuchte, in der Dunkelheit wenigstens etwas zu ertasten, aus dem sich ableiten ließ, wo sie war.

Vergebens.

Um sie herum war nur dieser kühle Fußboden, aus dem irgendwelche scharfen Splitter hervorstanden, die ihr an den Händen wehtaten, als sie darüber strich.

Sie schluckte, spürte, wie Angst und Hilflosigkeit ihr die Kehle zuschnürten.

Das alles war so furchtbar und sie verstand überhaupt nicht, was sie getan hatte, um so etwas zu verdienen.

Schließlich fielen ihr die Worte ihrer Mutter ein.

»*Bleibt im Garten!*«, hatte sie gesagt. »*Ich möchte euch sehen, wenn ich aus dem Fenster gucke!*«

Wieso zum Teufel hatte sie denn nur nicht auf sie gehört?

Die Antwort war einfach.

Weil Mama dazu neigte, zu übertreiben.

Immerzu machte sie sich Sorgen um ihr kleines Mädchen, wie sie sie liebevoll nannte.

Carlotta, ihre beste Freundin, hatte sie deswegen oft ausgelacht und sogar gehänselt.

Sie hasste es, wenn Carlotta so gemein zu ihr war und sie ein Baby nannte, obwohl sie schon zehn Jahre alt war, doch sie wusste natürlich, dass sie es nicht so meinte.

Ihre Freundin wollte sie nur aufziehen, sie ärgern und aus der Reserve locken.

Deswegen hatte sie auch mutig sein wollen, als sie die Idee vorbrachte, diesmal eben nicht ganz brav zu sein und im Garten zu spielen, nur weil Mama sich wieder mal wie eine Glucke aufführte.

Das alles war sowieso nur so schlimm wegen des Mannes aus den Nachrichten.

Sie hatte ihn neulich abends im Fernsehen gesehen, besser gesagt ein Foto von ihm und obwohl der Nachrichtensprecher behauptete, dass der Mann sehr gefährlich sei und man sofort die Polizei rufen solle, wenn man ihm begegnete, erinnerte sie sich daran, dass er gar nicht so böse aussah, wie alle behaupteten.

Beim Gedanken an jenen Abend spürte sie, wie ein eisiger Schauer sie überlief.

In ihrem Bauch begann es, zu rumoren.

Wenn sie nicht in ihrem Zimmer war und auch nicht träumte, konnte es dann sein, dass der Mann aus dem Fernsehen sie geholt hatte?

Doch wie sollte er das angestellt haben?

Mama schloss am Abend immer das Haus ab, verriegelte alle Fenster, schaltete die Alarmanlage ein.

Aber was, wenn sie gar nicht zu Hause in ihrem Bett eingeschlafen war?

Sie erinnerte sich, dass sie Carlotta an der Hand genommen und sie aus dem Garten gezogen hatte.

»*Lass uns in den Düsterwald gehen*«, hatte sie ganz leise

geflüstert, einerseits aufgeregt, andererseits ängstlich, Mama könnte es mitbekommen. Blitzschnell waren sie beide gewesen, hatten das Gartentor geöffnet, waren hinaus geschlüpft und auf den Wald hinterm Haus zugelaufen, den Düsterwald, wie ihn Mama in ihren Geschichten oft nannte.

Sie schluckte.

Mama machte sich inzwischen bestimmt große Sorgen um sie.

Doch nicht nur ihre Mutter, fiel ihr ein.

Carlotta war bei ihr gewesen und wenn sie jetzt hier, an diesem gruseligen Ort war, musste auch ihre beste Freundin noch irgendwo sein.

»Carly«, rief sie leise, hielt instinktiv die Luft an.

Nichts.

»Ich hab Angst«, kam es dann etwas lauter von ihr.

Doch es blieb still.

Langsam und zögernd kroch sie vorwärts, tastete sich in der Dunkelheit voran, bis ihre Hand an etwas Weiches stieß.

Es fühlte sich an wie ...

Sie keuchte entsetzt.

War das ihre Freundin, die vor ihr auf dem kalten Boden lag?

Sie kroch ein Stück näher, konzentrierte sich auf ihre Umgebung, doch so sehr sie sich auch anstrengte, sie konnte einfach nichts erkennen. Wieder streckte sie die Hand aus, griff ein klein wenig beherzter zu, obwohl die Angst sie fast gänzlich zu lähmen schien, spürte etwas Festes unter ihren Handflächen, das sich wie Beine anfühlte.

Spindeldürre Mädchenbeine ...

Das, was da reglos vor ihr lag, war definitiv ein

menschlicher Körper.

Ein Kind!

Ein Mädchen!

Carly?

Sie tastete weiter, spürte raschelnden Stoff.

Ein Rock.

Carlys Rock!

In Gedanken sah sie ihre Freundin lachend vor sich, wie sie sich mehrmals um die eigene Achse drehte, der Rock wie eine Glockenblume geöffnet.

Sie schnappte nach Luft, arbeitete sich nach oben vor.

Da war etwas Flauschiges, das sich anfühlte wie der rosafarbene Pullover, den Carly angehabt hatte, als sie in den Wald gegangen waren.

»Carly«, brachte sie mühsam und mit zittriger Stimme über die Lippen, doch wenn das tatsächlich ihre Freundin war, die da vor ihr lag, musste ihr etwas Schreckliches passiert sein, das sie daran hinderte, zu antworten.

Sie ließ ihre Finger weiter nach oben wandern, bis sie zum ersten Mal auf etwas Glattes traf.

Haut!

Eiskalte Haut!

Sie schluckte, als sie etwas Klebriges an ihren Fingern spürte, und roch daran.

Ihr Magen rebellierte, als der ekelhafte Geruch ihr Innerstes erfüllte.

Was war das nur?

Sie streckte ihre Hand erneut aus, traf auf etwas Matschiges, das sie nicht genauer definieren konnte.

Es fühlte sich an wie … Brei, in dem irgendwelche harten Brocken steckten.

Dann spürte sie plötzlich Haare unter ihren Fingern.

Lange, weiche Haare, die an einigen Stellen merkwürdig steif waren.

Ein Stromschlag ging durch ihren Körper, als ihr klar wurde, was das zu bedeuten hatte.

Eine klebrige Masse, dann lange seidige Haare.

Bitte, bitte lieber Gott, lass es ein böser Albtraum sein, betete sie im Stillen.

Er erhörte sie nicht.

Stattdessen erfasste sie das Grauen mit Haut und Haar, als ihr aufging, dass die matschige Masse, in die sie eben gegriffen hatte, einst ein Gesicht gewesen sein musste.

Das Gesicht ihrer Freundin Carly?

Ein Schrei gellte durch die Finsternis und es dauerte eine Weile, ehe ihr klar wurde, dass sie selbst es war, die geschrien hatte.

Sie begann zu weinen.

»Bitte, lieber Gott«, schluchzte sie und erzitterte am ganzen Körper, »*bitte, ich will zu meiner Mami!*«

1
TURKU
JUNI 2017

»Ach du liebe Scheiße!« Henni starrte betroffen auf den toten Körper vor ihr im Straßengraben, dann auf das total demolierte Fahrrad, das ein paar Meter weiter weg am Straßenrand lag. Schließlich ging sie in die Hocke, um besser sehen zu können. In ihrem Magen rumorte es, was mit allergrößter Wahrscheinlichkeit daran lag, dass sie heute in aller Herrgottsfrühe aus dem Schlaf gerissen worden war und bislang weder Zeit für Frühstück noch für einen Kaffee gefunden hatte. »So was sieht man auch nicht alle Tage ...« Sie drehte sich zu ihrem Kollegen Ramon Salo um, grinste, als sie bemerkte, dass es ihm ähnlich gehen musste, er aussah, als müsse er gegen den Brechreiz ankämpfen. Sie wandte sich wieder dem Toten zu, studierte dessen Statur und seine Gesichtszüge oder vielmehr das, was noch davon übrig war.

Wie es aussah, handelte es sich bei dem Toten um einen Mann zwischen zwanzig und dreißig Jahren, wenn Henni präziser sein müsste, würde sie sich auf gerade mal Anfang zwanzig festlegen. Allem Anschein nach musste der junge Mann stark alkoholisiert gewesen sein, als er mit dem Kopf voraus von seinem Rad in den Graben gestürzt war und sich das Genick gebrochen hatte. Unglücklicherweise hatte er keinen Helm aufgehabt, was ihm letztendlich sowohl das Leben als auch sein ehemals gutes Aussehen gekostet hatte.

Das Gesicht des Mannes war auf der linken Seite vollkommen eingedrückt und glich nur mehr einer blutigen Masse, weil er nicht einfach nur in den Graben, sondern mit voller Wucht auf einen riesigen Stein geknallt sein musste.

Henni schluckte schwer, dann stand sie auf, winkte Niilo Jokinen, den neuen Kollegen der Spurensicherung, herbei. »Habt ihr die Leiche schon genauer untersucht?«

»Ja, aber wie es aussieht, ist die Todesursache definitiv auf einen Unfall zurückzuführen. Es gibt keinerlei Hinweise, dass er angegriffen wurde, keine Schnittwunden, Würgemale oder dergleichen.«

Henni nickte, suchte anschließend stirnrunzelnd den Boden ab, sah Niilo an. »Dennoch wäre mir wichtig, dass ihr die Unfallstelle absichert und sie im Umkreis von circa fünfhundert Metern absolut gründlich absucht, ob es nicht doch eventuelle Hinweise auf eine Fremdbeteiligung gibt.«

»Du meinst Fahrerflucht?«

»Genau.« Sie sah die Leiche erneut an, deutete auf die blutig fleischige Masse, die früher einmal zu einem wirklich hübschen Gesicht gehört haben musste. »Es ist auf alle Fälle kein Schaden, auch in diese Richtung zu ermitteln. Was genau wissen wir eigentlich über den Toten?«

Niilo kratzte sich unbehaglich hinterm Ohr, sah Henni betreten an. »Laut Papiere handelt es sich um den 23-jährigen Julius Pulkkinen. Er wohnt direkt in der Innenstadt, wir sind gerade dabei, herauszufinden, ob es Angehörige gibt.«

Henni seufzte leise. »Dann würde ich sagen, ihr macht jetzt euer Ding, damit die Leiche schnellstmöglich in die Pathologie abtransportiert werden kann.«

Am späten Nachmittag, Henni wollte sich gerade auf den Weg zur heutigen Tagesbesprechung machen, klingelte das Telefon. Sie sah aufs Display, stieß die Luft aus, als sie registrierte, dass es der Pathologe war.

»Ahola am Apparat«, meldete sie sich knapp und hielt instinktiv den Atem an.

»Ich bin soweit durch«, kam es von Dr. Mäki.

Henni stieß die Luft aus, als ihr klar wurde, dass in der Stimme der Pathologin ein düsterer Unterton mitschwang.

»Der junge Mann starb definitiv an Genickbruch, was sein Glück war, wenn man seine Kopfverletzung näher betrachtet. Der Aufprall beim Sturz war so heftig, dass er einen Schädelbasisbruch erlitten hat. Sein Gehirn ist extrem angeschwollen, wer weiß, ob er sich jemals davon erholt hätte. Außerdem hat er einen gebrochenen Oberkiefer, sein Nasenbein ist mehrfach gebrochen und sein Auge ist irreparabel beschädigt.«

»Ich nehme an, dass das aber noch nicht alles ist, das Sie herausgefunden haben«, kam Henni auf den Punkt.

Dr. Mäki seufzte tief. »Das kann mal wohl sagen.« Sie brach ab, schien nach Worten zu suchen.

»Dieser junge Mann hatte keinen Alkohol oder sonstige Substanzen im Blut, war absolut nüchtern und im Vollbesitz seiner geistigen Kräfte. Ich will damit sagen ...« Die Pathologin brach erneut ab, schwieg anschließend sekundenlang. »Als Sie mir heute Vormittag schilderten, wie Sie den jungen Mann aufgefunden haben und vor allem wo, dachte ich im ersten Moment, er hätte zu viel getrunken und deswegen die Kontrolle über die Situation verloren. Solche Kandidaten hatte ich in den letzten Jahren öfters auf meinem Tisch. Auf diese Weise hätte sich auch die Heftigkeit des Sturzes erklären lassen. Aber so ...«

»Das mag sich jetzt blöd anhören«, erwiderte Henni leise, »doch seltsamerweise hab ich mit so was schon gerechnet.«

»Was meinen Sie?«, fragte Dr. Mäki verblüfft.

»Sein Fahrrad«, erklärte Henni ihr. »Es ist nicht nur der vordere Teil hinüber, sondern auch das Hinterrad. Meine Kollegen haben bereits am Unfallort Ablagerungen am Schutzblech gefunden, die von einem anderen Fahrzeug stammen könnten – die Spurensicherung ist gerade dabei, herauszufinden, ob es sich dabei um Autolack handelt. Hinzu kommt, dass die Straße an der Unfallstelle keinerlei Unebenheiten aufweist, es gibt keine Schlaglöcher, geregnet hat es auch nicht.«

»Also könnte der arme Junge das Opfer eines Rasers geworden sein?«

Henni räusperte sich. »Entweder das oder jemand wusste ganz genau, was er tut, zum Beispiel, weil er es auf Julius Pulkkinen abgesehen hat.«

Die Worte waren Henni einfach so über die Lippen gekommen, ohne dass sie sich hätte bremsen können. Um ehrlich zu sein, wunderte sie sich gerade über sich selbst, diese Möglichkeit überhaupt in Betracht zu ziehen, obwohl es dafür nicht den Ansatz einer Spur, geschweige denn eines Hinweises gab.

»Wie kommen Sie denn darauf, dass es auch Mord

gewesen sein könnte?«

Henni sog die Luft ein, stockte für den Bruchteil einer Sekunde. »Tja, das weiß ich selber nicht so genau«, erklärte sie aufrichtig und meinte es ganz genauso. »Es ist nur so ein Gefühl, das mir sagt, dass dieser Unfall nicht das ist, was er vorgibt, zu sein.«

Als Henni mit zehnminütiger Verspätung im Konferenzzimmer ankam, waren ihre Kollegen bereits vollzählig versammelt und in angeregte Gespräche vertieft, welche abrupt verstummten, als sie den Raum betrat.

»Ich hab Neuigkeiten«, begann sie und starrte mit finsterem Blick in die Gesichter ihrer Kollegen.

»Nur ganz kurz, bevor du loslegst«, unterbrach Ramon sie, sah Henni entschuldigend an. »Wir wissen mittlerweile, dass Julius auf dem Weg von der Arbeit nach Hause war«, erklärte er. »Er stammt ursprünglich aus Oulu, lebt seit ein paar Jahren hier in Turku, weil er auf einen Studienplatz an der Uni in Helsinki wartet. Er verdient seinen Lebensunterhalt mit seinem Job als Barkeeper in einer Kneipe am Hafen. Seine Eltern hab ich auch erreicht. Sie wollten sich in den nächsten Flieger setzen und so schnell wie möglich herkommen.«

Hennis Magen verkrampfte sich, als sie daran dachte, wie es sein würde, den beiden armen Menschen das Herz zu brechen. Schließlich nickte sie. »Danke dir.« Sie schluckte, sah von Ramon in die Runde. »Die Pathologin hat eben angerufen. Der Tote hat definitiv weder getrunken noch irgendwelche Drogen konsumiert.« Sie ließ ihre Worte wirken, sah jedem Einzelnen ihrer Kollegen ins Gesicht. »Das heißt also, dass er entweder von einer Sekunde auf die andere die Kontrolle über sein

Rad verloren hat, vielleicht weil er abgelenkt oder müde war, oder – was meiner Ansicht nach wahrscheinlicher ist – Opfer eines Rasers oder sogar Schlimmeres wurde.«

»Da könnte auch ein Tier gewesen sein, das wie aus dem Nichts vor ihm zwischen den Bäumen rausgeschossen kam und ihn erschreckt hat«, kam es von Joanna Harju, einer Kollegin aus der Recherche. »Das ist mir auch schon passiert, als ich spät abends auf der Landstraße gefahren bin.«

Henni dachte darüber nach, nickte schließlich. »Denkbar wäre es«, sagte sie zu Joanna und entlockte ihr ein schüchternes Lächeln, das Ramon, ihr Kollege, mit einem Augenrollen kommentierte.

»Das erklärt aber nicht, wieso es auf den letzten Metern bis zum Graben nicht den Ansatz einer Bremsspur gibt.«

Henni sah ihn erstaunt an. »Überhaupt keine?«

Kopfschütteln. »Außerdem haben wir den Sturz des jungen Mannes in einer Computeranimation nachgestellt und versucht, ihn nahezu vollständig zu rekonstruieren. Er hatte sein Handy im Rucksack und keine Kopfhörer auf. Das Licht an seinem Rad war funktionstüchtig und wir haben auch ansonsten keinerlei Mängel gefunden, die zu dem Unfall geführt haben könnten. Alle Schäden am Fahrrad sind erst durch den Unfall selbst entstanden – so viel ist sicher. Es scheint, als sei der Mann tatsächlich ohne Eigenverschulden von der Straße abgekommen.«

»Und diese Lackspuren am Schutzblech? Wissen wir da schon Näheres?«

Ramon verzog das Gesicht. »Die Kollegen aus der Forensik sind überzeugt, dass es sich dabei um Spuren von Autolack handelt. Genaueres wissen wir aber noch nicht, deswegen habe ich veranlasst, dass sie eine Probe ins kriminaltechnische Labor nach Helsinki schicken, wo Spezialisten sitzen, die anhand der Farbzusammensetzung herausfinden können, um welche Automarke es sich genau handelt. Wir brauchen so bald wie möglich Hinweise, um endlich richtig loslegen zu können.«

Henni ließ die Worte ihres Kollegen einen Augenblick wirken, holte tief Luft. »Dann steht im Grunde also fest, dass ein weiterer Verkehrsteilnehmer an dem Unfall beteiligt war?«

»Wenn wir die fehlenden Bremsspuren am Ort des Geschehens in Betracht ziehen, die Heftigkeit des ungebremsten Sturzes des Mannes, die Tatsache, dass er nüchtern war, und die Beschädigungen des hinteren Teils seines Rades – definitiv.«

Henni nickte abwesend, schloss für einen Moment lang die Augen. »Das mit den fehlenden Bremsspuren verstehe ich trotzdem nicht. Ich meine, selbst wenn da jemand war, der den jungen Mann auf seinem Rad erst viel zu spät bemerkt hat, müsste er doch zumindest im Nachhinein kurz angehalten haben, um nachzusehen, was los ist. Ich meine, wie wahrscheinlich ist es denn, dass ein Autofahrer mit einem Fahrrad kollidiert und tatsächlich einfach weiterfährt, als sei nichts gewesen. Jeder normale Mensch wäre erst mal vollkommen geschockt, sodass ihm gar nichts anderes übrig bliebe, als anzuhalten und ein paar Sekunden darüber nachzudenken, was seine Möglichkeiten sind.«

Ramon legte den Kopf schief, musterte sie. »Du denkst also, dass es ein geplanter Mord sein könnte?«

Henni erwiderte seinen Blick. »Bis vor wenigen Minuten hätte ich das nur für eine Möglichkeit von vielen gehalten, doch jetzt bin ich mir ziemlich sicher, dass es die einzige Option ist!«

2

TURKU
MAI 2019

»Stella, haben Sie einen Augenblick Zeit für mich?«
Sie wirbelte herum, sah Dr. Heiskanen ungeduldig an.

»Es geht um Ihren neuen Patienten, Lenni Rosu.«

Stella stöhnte innerlich auf, hielt dem Blick ihres Vorgesetzten aber stand.

»Sie fragen sich, wieso ich beschlossen habe, ihn nicht zu sedieren?«

Dr. Heiskanen sagte nichts, sah Stella nur interessiert an.

Sie zögerte kurz, dann gab sie sich einen Ruck. »Als Sie mich vor drei Jahren einstellten, dachte ich, dass Sie meinen Fähigkeiten vertrauen.«

Der Mann nickte. »Das tue ich selbstverständlich. Dennoch interessiert es mich, weshalb Ihre Ansicht bezüglich des Patienten sich so extrem von der Ihrer Kollegen unterscheidet.«

Stella schluckte. »Lenni Rosu wirkt auf mich absolut ruhig, beinahe gefasst. Ich sehe keine akute Gefahr von ihm ausgehen, weder für sich selbst noch für seine Mitpatienten in der Einrichtung.«

»Dann hat er mit Ihnen gesprochen?«

Stella nickte. »Er hat mir alles erzählt, woran er sich erinnert. Und er wirkte währenddessen weder aggressiv noch unruhig, weshalb ich angeordnet habe, dass er keine Beruhigungsmittel bekommen sollte. Ich würde gerne morgen noch mal mit ihm sprechen und finde, dass es mehr bringt, wenn er dabei absolut klar im Kopf ist.«

»Der Mann hat seine Mutter halb tot gewürgt!«

Stella nickte. »Aber er war während der Tat nicht wirklich vollkommen bei sich, hat geschlafwandelt.«

»Behauptet er«, kam es von Heiskanen. »Seine Mutter wiederum sagt, dass er aussah, als sei er vollkommen klar und auch wach gewesen.«

»Schlafwandler laufen nicht mit geschlossenen Augen durch die Gegend und das wissen Sie«, schoss Stella zurück. »Hinzu kommt, dass Lenni Rosu zuvor noch nie gewalttätig gegen seine Familie oder sonst jemanden war.«

Heiskanen stieß ein Prusten aus. »Er verbringt seine Freizeit damit, in Online-Spielen Menschen abzuschlachten.«

»So wie viele junge Männer im Alter von sechzehn Jahren«, erwiderte Stella. »Das ist der Lauf der Zeit. Früher verbrachte die Jugend ihre Freizeit auf der Straße und mit Freunden, heute treffen sie sich via Skype, quatschen online oder zocken eben Computerspiele.«

Heiskanen schüttelte den Kopf.

»Ich verspreche Ihnen«, beschwichtigte Stella ihn, »dass ich die Situation vollkommen im Griff habe. Lenni Rosu ist zuvor noch nie aufgefallen, er schreibt gute Noten in der Schule, hat Pläne für seine Zukunft, liebt seine Eltern und seine Geschwister. Was immer der Auslöser für diesen ... Vorfall war – ich finde ihn und ich garantiere, dass keine Gefahr von dem jungen Mann ausgeht.«

Heiskanen nickte bedächtig, fixierte Stellas Gesicht. »Kennen Sie die Familiengeschichte des Jungen?«

»Er wuchs bis zu seinem fünften Lebensjahr in Heimen auf, nachdem seine leibliche Mutter ihn schwer misshandelt hatte und verwahrlosen ließ. Die Rosus nahmen ihn auf, gaben ihm ein neues Zuhause, adoptierten ihn schließlich im Alter von zwölf Jahren.« Stella verstummte, als sie Heiskanens Grinsen wahrnahm.

Eine Welle des Zornes flutete ihr Innerstes. »Das soll die Erklärung sein? Okay, er hat eine schwere Kindheit und Gewalt durch seine leibliche Mutter erlebt. Das muss aber noch lange nicht bedeuten, dass er seinen lange unterdrückten Hass gegen sie jetzt an seiner Adoptivmutter auslässt.«

»Manchmal tritt ein Trauma nicht im Wachzustand zutage, sondern äußert sich, wenn die Betroffenen schlafen. Durch Albträume zum Beispiel oder Verletzungen, die sich Menschen im Schlaf selbst zufügen. Oder anderen ...«

Stella nickte, sah Heiskanen fest an. »Das weiß ich selbstverständlich. Doch ich bin absolut überzeugt davon, dass das bei Lenni nicht der Fall ist. Ich habe schon mit jungen Leuten gesprochen, die Ähnliches durchlebt haben und dadurch nun ja ... vollkommen neben der Spur stehen. Bei Lenni ist das glücklicherweise nicht der Fall. Er hat seine Vergangenheit – auch mithilfe der Rosus – verarbeiten können, hat sich von seinen negativen Gefühlen lösen können.«

»Wieso ist er dann auf seine Adoptivmutter losgegangen?«

»Da gibt es unzählige Möglichkeiten«, erklärte Stella. »Zum Beispiel ist er gerade mitten in der Pubertät, könnte an einer hormonellen Störung leiden, die sich durch kurzzeitige psychische Episoden auswirkt. Oder er könnte einen Tumor haben. Drogenmissbrauch käme ebenso infrage. Lenni Rosu ist in einem Alter, in dem junge Menschen alles Mögliche ausprobieren. Er wäre nicht der Erste, der an psychischen Nebenwirkungen durch LSD-Konsum leidet.«

»Haben Sie eine Blutuntersuchung angeordnet?«

»Selbstverständlich.«

»Und wann wissen wir mehr?«

»Wenn wir Glück haben, morgen früh.«

Das schien Heiskanen fürs Erste zufriedenzustellen, denn er lächelte, drehte sich auf dem Absatz um, ließ Stella stehen.

Erleichtert machte sie sich auf den Weg zum Aufzug. Sie hatte einen Zwölf-Stunden Arbeitstag hinter sich, freute sich jetzt auf eine schöne erfrischende Dusche sowie einen ruhigen Abend vor dem Fernseher mit einem Glas Wein und einer Pizza vom Lieferservice. Doch zuvor musste sie unbedingt Isa anrufen, ihre beste Freundin. Isa hatte sie heute mehrfach versucht zu erreichen, doch sie hatte einfach keine Zeit gefunden, dranzugehen, geschweige denn, zurückzurufen. Als sie aus dem Aufzug trat, zog sie ihr Handy aus der Tasche, suchte Isas Kontakt, drückte auf Wählen.

Nichts.

Sie versuchte es erneut, doch wieder ging Isa nicht dran.

Der Anflug eines schlechten Gewissens machte sich in

Stella breit. Sie hätte Isa während der Mittagspause zurückrufen können, hatte es aber schlicht und ergreifend vergessen.

Was, wenn ihr etwas passiert war, sie Hilfe gebraucht hätte?

Doch dann sagte Stella sich, dass es bestimmt wieder einer von Isas Anfällen von Selbstmitleid gewesen war, wegen dem sie ihren Rat gebraucht hatte.

Isa war von Beruf Schauspielerin und auch im echten Leben eine wahre Dramaqueen. Sie war genau wie Stella sechsunddreißig Jahre alt, wunderschön und führte ein Bilderbuchleben – zumindest nach außen hin. Isa hatte eine niedliche kleine Tochter, einen gut aussehenden und sehr netten Ehemann, ein wunderschönes Haus und mehr Geld, als sie jemals ausgeben könnte.

Trotzdem war Isa ein Mensch, dem die Fähigkeit fehlte, jemals Zufriedenheit zu empfinden.

Oder echtes Glück.

Stattdessen war Isa permanent am Jammern und bemitleidete sich gerne selbst. Mal war es Luna, ihre Tochter, die sie zur Weißglut trieb und sie nicht zur Ruhe kommen ließ. Dann ihr Ehemann Janni, der sie mit seinen Eifersuchts-Eskapaden fertigmachte. Oder eine Kollegin, die hinterrücks über sie gelästert hatte, der neue Film, von dem Isa sicher war, dass ihre schauspielerische Leistung eine Katastrophe sei. Isa fand immer etwas, wegen dem sie ihrem Umfeld die Ohren vollheulen konnte. Anstatt sich darüber zu freuen, was sie hatte, sich angesichts dessen, was sie in ihrem jungen Alter bereits erreicht hatte, zufrieden zurückzulehnen, schaffte Isa es immer wieder, anderen ein vollkommen anderes Bild von sich selbst zu vermitteln. Das Bild einer vom Leben verwöhnten Frau, die einfach nicht zufriedenzustellen war.

Es gab Menschen, die Isa deswegen aus dem Weg gingen, sie nicht mochten, doch Stella empfand in Bezug auf die Freundin völlig anders. Sie war eine der wenigen Personen, denen Isa es erlaubte, ihr näherzukommen, ihr tief in die Seele zu blicken, wo man ihr wahres Ich erkennen konnte. Die scheue Isa, die Angst vor Zurückweisung hatte. Die Isa, die bereits seit ihrer Kindheit an furchtbaren Minderwertigkeitskomplexen litt. Eine Frau, die noch immer glaubte, dass man sich die Liebe und Anerkennung der eigenen Familie und Freunde hart erkämpfen musste.

Stella wusste, dass dies daran lag, wie ihre Freundin aufgewachsen war. An der Seite ihres strengen Vaters, dem Isa nie etwas hatte gut genug machen können. Mit einer desinteressierten Mutter – ebenfalls Schauspielerin –, der Partys mit Kolleginnen, ihre jungen Lover und das nächste Projekt stets wichtiger gewesen war als der Ehemann oder das eigene Kind.

Stella wusste, dass Isa noch heute darunter litt, dass sie nie ein wirklich inniges Verhältnis zu ihren Eltern hatte aufbauen können. Zu ihrer selbstverliebten Mutter nicht und auch nicht zu ihrem Vater, der die Wut über seine Ehefrau bis heute an der Tochter ausließ. Und auch jetzt noch, als ebenfalls erfolgreiche Schauspielerin mit eigener Familie schafften es ihre Eltern immer wieder, Isa mit spitzen Bemerkungen runterzuziehen und an sich selbst zweifeln zu lassen. Das war auch der Grund für Isas Hang zu außerehelichen Aktivitäten. Nicht, dass sie die Freundin dafür verurteilte ... Doch Stella kam nicht umhin, zuzugeben, dass es ihr einen Stich versetzte, mitzubekommen, wie leichtfertig Isa ihr Glück für zwanglose und unbedeutende Abenteuer aufs Spiel setzte. Sie selbst war da ganz anders. Bei einer sehr liebevollen Mutter aufgewachsen, hatte Stella nie erfahren müssen, was es bedeutete, um Aufmerksamkeit und Fürsorge betteln zu müssen. Stella wusste, was sie als Mensch wert war, lechzte daher weder nach Anerkennung noch nach Bestätigung.

Sie brauchte das alles nicht, was sicherlich auch daran lag, dass sie im Gegensatz zu Isa ein sehr inniges Verhältnis zu ihrer Mutter gepflegt hatte.

Sie sog die Luft ein, wählte erneut die Nummer ihrer Freundin, gab schließlich auf, als Isa noch immer nicht ranging. Sie schloss ihren Wagen auf, setzte sich hinters Lenkrad, überlegte kurz, bei ihr vorbeizufahren, entschied sich aber dagegen.

Doch auch auf dem Weg nach Hause, Stella lebte in einem kleinen Häuschen am Stadtrand von Turku, gingen ihr Isas Anrufe nicht aus dem Kopf.

Was hatte sie denn nur von ihr gewollt?

Und was genau könnte so dringend gewesen sein, dass sie sie sogar während der Arbeit anrief?

Isa wusste, dass sie in der Klinik regelmäßigen Patientenkontakt hatte und nicht ans Telefon gehen konnte, wieso hatte sie es trotzdem mehrmals hintereinander bei ihr versucht?

Als sie nach der zwanzigminütigen Fahrt endlich die Auffahrt zu ihrem Haus hinauffuhr und die Freundin zusammengesunken auf ihrem Treppenabsatz vorfand, stieß sie einen Seufzer aus.

Einerseits war sie erleichtert, Isa wohlbehalten zu wissen, andererseits wäre es ihr lieber gewesen, die Freundin hätte sie vorgewarnt, sodass sie sich in Ruhe damit hätte abfinden können, dass aus ihrem gemütlichen

Abend nun nichts mehr werden würde.

Nachdem sie den Wagen abgestellt hatte, stieg sie aus, lief auf Isa zu.

Als sie bei ihr war, ging sie vor ihr in die Hocke. »Hey«, sagte sie sanft und strich ihr behutsam über die hellblonden Haare. »Was hast du denn?«

Ganz langsam, fast zögernd hob Isa den Kopf.

Stella zuckte zusammen, als sie den leuchtend roten Abdruck mehrerer Finger sah, der die linke Wange der Freundin zierte.

»Um Gottes willen«, stieß sie aus, »was ist denn mit dir passiert?«

Isa brach in Tränen aus, bebte plötzlich am ganzen Körper.

Schnell nahm Stella sie bei der Hand, zog sie mit sich ins Haus.

»Hinsetzen«, befahl sie ihr schließlich mit sanfter Stimme und schob sie in Richtung des Sofas im Wohnzimmer, von dem aus man den angrenzenden Wald durchs Fenster sehen konnte. Sie nahm eine Flasche Scotch aus dem Barschrank, goss einen ordentlichen Schluck davon in ein Glas, reichte es Isa. Die stürzte die hellbraune Flüssigkeit beinahe auf einmal hinunter.

»Noch einen?«

Isa nickte, reichte ihr wortlos das Glas, wischte sich die Tränen aus dem Gesicht.

Diesmal machte Stella das Glas ein klein wenig voller, gab es Isa zurück. Sich selbst schenkte sie anschließend einen guten Rotwein ein – harte Sachen bekam sie einfach nicht runter und schon gar nicht, wenn sie noch nichts im Magen hatte.

Sie stießen schweigend an, tranken.

»Wenn du wissen willst, wer das war, musst du ihn anrufen...«

Stella sah Isa irritiert an, hob die Augenbrauen empor. »Wen meinst du? Janni etwa?«

Isa wich ihrem Blick aus, nickte kaum wahrnehmbar.

»Das ... ich weiß überhaupt nicht, was ich sagen soll...«

Das stimmte, denn eigentlich war Isas Mann eine Seele von einem Mann und vollkommen vernarrt in seine beiden Mädels – wie er Isa und ihr gemeinsames Töchterchen Luna immer nannte. Niemals hätte sie ihm zugetraut, dass er seiner Frau gegenüber handgreiflich werden könnte.

»Und das war auch nicht das erste Mal«, kam es von Isa, als ahne sie, was Stella gerade durch den Kopf ging.

»Wieso hast du nie etwas gesagt?«, fragte sie Isa und sah sie betroffen an. »Ich meine, wir sind doch Freundinnen, du kannst mir also vollkommen vertrauen, verstehst du?«

Isa senkte den Blick, räusperte sich. »Ich habe mich so geschämt«, kam es brüchig über ihre Lippen. »Der Streit heute, das war meine Schuld.«

»Egal, was du getan oder gesagt hast – berechtigt deinen Mann nicht, zuzuschlagen und dir Gewalt anzutun!«

»Er hat mich geschlagen, weil ich ihm gesagt habe, dass ich es satthabe, sein Goldesel zu sein.«

Stella riss die Augen auf, starrte Isa sprachlos an. Als sie ihre Fassung zurückerlangt hatte, schnappte sie nach Luft.

»Wie kommst du denn auf so was?«

Sie hob die Schultern. »Er hat sich schon wieder so einen sündhaft teuren Blödsinn gekauft, der nur Platz weg nimmt. Hauptsache, er hat seinen Spaß, an mich denkt doch sowieso keiner.«

Stella hörte aus Isas Stimme heraus, dass sie selbstverständlich wusste, wie falsch sie lag.

»Du kaufst dir doch auch genügend Zeug«, wandte Stella ein.

»Es ist ja auch MEIN Geld«, konterte Isa.

Stella sah sie an, verzog das Gesicht. »Du warst es doch, die von Janni verlangt hat, seinen Job aufzugeben, weil du genug für euch beide verdienst. Du wolltest, dass er sich um euer Kind kümmert, während du bei Auswärtsdrehs bist.«

Isa schluckte.

»Was ist wirklich los? Wieso hast du den Streit vom Zaun gebrochen?«

»Da ist nichts anderes!«

Stella nickte, sah aus dem Fenster. Nach einer Weile sah sie wieder zu Isa.

»Also hast du Janni bewusst mit deinen Worten verletzt? Weil es dich nervt, dass er so sorglos mit eurem Geld umgeht.«

»Sieht wohl so aus.«

»Das gibt ihm trotzdem nicht das Recht, dich zu schlagen. Erzählst du mir, bei welchen Gelegenheiten er dich früher bereits geschlagen hat?«

Isa seufzte. »Geschlagen nicht direkt, eher fest zugepackt, sodass ich blaue Flecken an den Armen hatte, oder er hat mich im Zorn gegen die Wand gestoßen, dass mir tagelang der Rücken wehtat – solche Sachen eben. So richtig zugehauen hat er heute zum ersten Mal.«

Stella dachte einen Augenblick über Isas Worte nach, sah sie an. »Es ist trotzdem nicht okay«, erwiderte sie schließlich. »Egal, wie wütend man ist, Gewalt gegen den Partner darf einfach niemals passieren.«

Isa schluckte. »Vielleicht wäre es wirklich besser, wenn ich mich von ihm trenne …«

»Hast du so was schon mal zu ihm gesagt?«

Isa zuckte mit den Schultern. »Kann schon sein.«

»Er hat Angst, Isa. Angst, dich zu verlieren. Deswegen ist er so … so leicht auf die Palme zu bringen.« Stella hasste sich dafür, diese Sache zu bagatellisieren, doch Fakt war, dass sie tatsächlich ahnte, worauf das Ganze hinauslief.

Janni war mit einer Frau verheiratet, die sich ihrer Anmut und Besonderheit nicht bewusst war, eine Frau, der es an Selbstbewusstsein mangelte und die deswegen permanent nach Bestätigung von außen suchte.

Er hingegen hatte seinen Job aufgegeben, seine finanzielle Unabhängigkeit, sein gesamtes früheres Leben und das missfiel ihm von Tag zu Tag mehr. Deswegen brachte er es auch nicht über sich, seine reiche, talentierte und wunderschöne Frau tagein, tagaus zu hofieren und ihr zu sagen, wie stolz er auf sie war.

Es kratzte schlichtweg an seiner Ehre, auf sie angewiesen zu sein, hinzu kam, dass er vielleicht sogar ahnte, was hinter seinem Rücken geschah.

Falls er wirklich wusste oder zumindest ahnte, dass Isa andere Männer traf, musste er sich schrecklich fühlen. Hilflos, alleingelassen und verraten. Stella schätzte, dass Isa mit ihrer Äußerung das Fass einfach zum Überlaufen gebracht hatte.

»Vielleicht ahnt er ja, dass es außer ihm …« Sie brach ab, sah Isa an.

Die schüttelte den Kopf. »Ausgeschlossen. Er kann es nicht wissen, weil ich immer sehr vorsichtig bin.«

»Er ist nicht blöd!«

»Das hab ich auch nicht gesagt, trotzdem bin ich sicher, dass er nichts wissen kann. Vielleicht ahnt er etwas, hat Angst, dass es irgendwann passieren könnte, doch wissen kann er es nicht.«

»Und was willst du jetzt tun?«, fragte Stella und musterte sie besorgt.

Die Freundin schüttelte den Kopf. »Nach Hause gehen, so tun, als sei alles wieder gut, bis es erneut passiert. Das heißt es doch immer – wer einmal schlägt, hat die Hemmschwelle längst überschritten.«

Stella verzog das Gesicht. »Das muss nicht zwangsläufig auch auf Janni zutreffen und das weißt du auch. Er hat dir eine Ohrfeige verpasst, das ist kein Kavaliersdelikt – okay. Trotzdem müsst ihr euch aussprechen, diese Sache ein für alle Mal aus der Welt schaffen, grundlegend an eurer Beziehung arbeiten. An einem Streit ist nie einer alleine schuld, wenn du verstehst, was ich meine. Und mach ihm klar, dass du weg bist, sollte er auch nur noch einmal die Hand gegen dich erheben.«

Isa sah Stella resigniert an, nickte, stand auf. »Dann mach ich mich jetzt mal auf den Weg, damit du den Abend genießen kannst. Kommt Harri noch vorbei?«

Stella schüttelte den Kopf. »Ich schaff es diese Woche wohl an keinem Tag vor sieben aus der Klinik, da brauche ich am Abend niemanden mehr um mich herum.« Als ihr bewusst wurde, dass sie mit dieser Aussage Isa verletzt haben könnte, sog sie die Luft ein, verzog betreten das Gesicht. »Dich meinte ich damit natürlich nicht«, erklärte sie, doch die Freundin schien es gar nicht mitbekommen zu haben.

Gemeinsam gingen sie zur Tür, umarmten einander zum Abschied.

»Wenn du willst, kann ich dich fahren«, sagte Stella, als ihr klar wurde, dass Isa zu Fuß hergekommen sein musste, nachdem sie vorhin weit und breit kein anderes Auto gesehen hatte.

Die Freundin winkte ab. »Lass nur, ich brauche noch ein paar Minuten für mich – ein kleiner Spaziergang kommt mir da gerade recht.«

Isa küsste sie auf die Wange, griff nach der Klinke.

Ein ungutes Gefühl beschlich Stella. »Bist du sicher, dass da nicht doch noch etwas anderes ist, das dich bedrückt?«, fragte sie aus einem Impuls heraus und tatsächlich meinte sie, in Isas Augen einen düsteren Schatten zu erkennen.

Für den Bruchteil einer Sekunde starrte die Freundin sie unschlüssig an und es schien, als stünde sie kurz davor, einzuknicken.

Schließlich ging ein Ruck durch Isas Körper, der Schatten in ihren Augen löste sich auf, ihr Gesicht erstarrte zu jener emotionslosen Maske, die sie auch den Medien gegenüber stets präsentierte.

»Mir geht es wieder gut«, sagte sie zu Stella und sah sie fest an. »Versprochen!« Dann drehte sie sich auf dem Absatz um und verschwand.

ÜBER DIE AUTORIN

Die Thriller-Autorin Daniela Arnold wurde 1974 geboren und lebt mit ihrer Familie im schönen Bayern.

Daniela Arnold hat Journalismus studiert und viele Jahre als freie Autorin für zahlreiche und namhafte Zeitschriften gearbeitet.

Sie schrieb mit Lügenkind und Scherbenbrut zwei Kindle Top 1 Bestseller und Bild-Bestseller.

Mit ihrem Thriller – Die Nacht gehört den Schatten – schaffte es die Autorin unter die Finalisten des Kindle Storyteller Award 2020

facebook.com/ArnoldThriller
twitter.com/damati3
instagram.com/autorin.daniela.arnold

Made in United States
Orlando, FL
02 March 2023